Le secret de Mamm-Gozh

Soizick C. Lardez

Le Secret de Mamm-Gozh

ROMAN

« Le Secret de Mamm-Gozh »
Écrit par Soizick Cifuentes-Lardez
ISBN broché: 979-8-218-70567-1
Independently published
Impression à la demande

Designer graphiste : Nolwen Cifuentes
Illustrateur : Cristian Vasco Lopera
Mise en page : Jacques Rémond

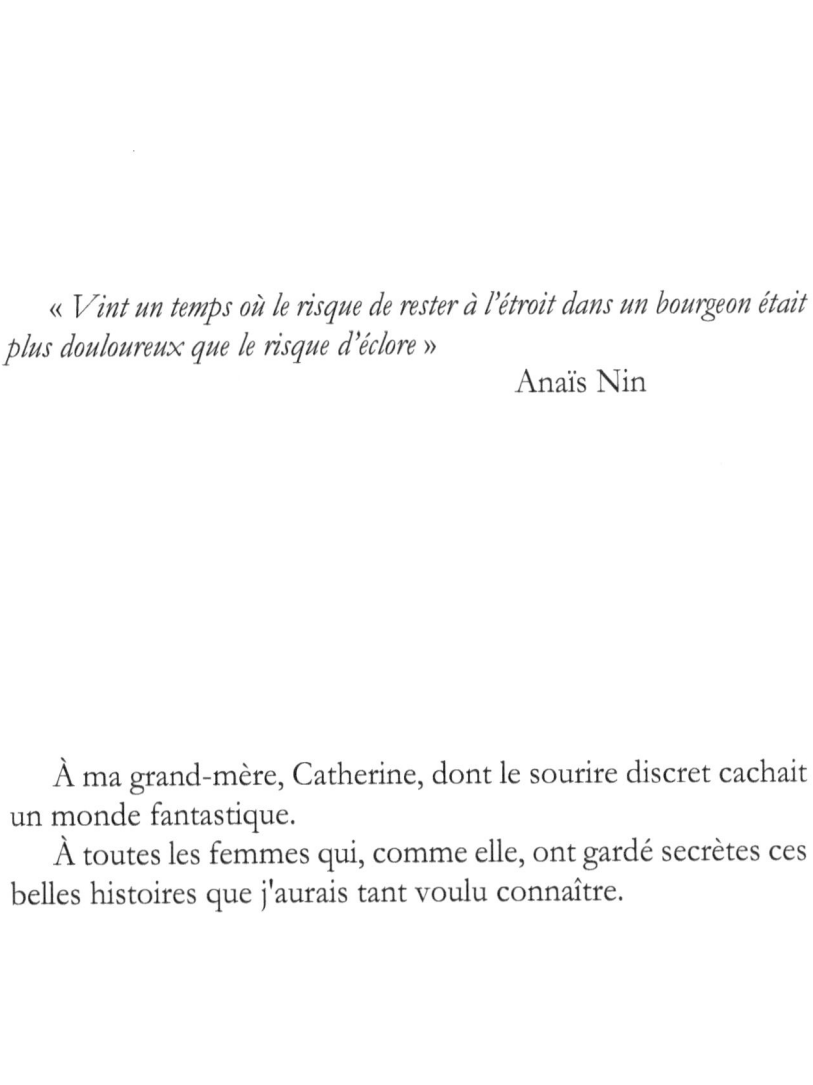

« *Vint un temps où le risque de rester à l'étroit dans un bourgeon était plus douloureux que le risque d'éclore* »

Anaïs Nin

À ma grand-mère, Catherine, dont le sourire discret cachait un monde fantastique.

À toutes les femmes qui, comme elle, ont gardé secrètes ces belles histoires que j'aurais tant voulu connaître.

1

Le jour où Mamm-Gozh a pris la faux de l'Ankou

Nous entrelaçons nos vies de souvenirs soigneusement choisis, puis nous allumons la lanterne de l'imaginaire autour de ces mémoires pour transcender les limites du réel. C'est à cet endroit, entre le tangible et la fantaisie, que l'enchantement s'opère et que les voiles tombent.

Ensemble, nous panserons nos plaies, nous retrouverons notre pouvoir, nos recettes, nos secrets, nos rires complices, et notre magie.

***

Août 1967, à la ferme de Mamm-Gozh dans le Trégor

Pour Gadaïck, le crépuscule n'est pas la fin du jour, mais le prélude d'une promesse qui l'attend dans le grenier de la vieille ferme. Les yeux brillants d'impatience, la fillette gravit les marches poussiéreuses de l'escalier. Le cœur battant, elle imagine déjà les pages cornées du grimoire s'ouvrir sous les doigts de Mamm-Gozh.

Comme à l'accoutumée, Marie-Anne, la mère de Gadaïck reste en bas à s'occuper dans la cuisine.

Les senteurs de vieux bois, de cire d'abeille, de poussière, d'almanachs jaunis, de déguisements empilés, d'herbes séchées s'insinuent dans les narines de Gadaïck aussitôt qu'elle pénètre dans le repère de sa grand-mère. Ce parfum unique imprègnera chaque journée de son année scolaire jusqu'à l'été prochain. Il est son secret, caché dans la trame du quotidien, sa petite étoile qui lui rappellera les contes et les enchantements du grenier de Mamm-Gozh.

Ces drôles de chapeaux, ces voiles, ces capes multicolores, ces ailes de toutes tailles en papier irisé que son aïeule lui fixe entre les épaules, les statuettes et l'antique faux emmanchée à l'envers qui avait appartenu au serviteur de la mort demeureront gravés tout au fond de son cœur.

Tout éblouit ses dix ans : du grimoire aux objets hétéroclites qui jonchent le sol, comme les bougies posées sur des cageots de bois éclairant le grenier. Sans oublier ce rayon de lune qui entre timidement par la lucarne mansardée.

La grand-mère et la petite-fille vénèrent ce rituel qui dure le temps des grandes vacances d'été, en Bretagne. Aussitôt que Gadaïck a refermé la porte, elle s'empresse de défaire le chignon de Mamm-Gozh, constitué d'une tresse enroulée sur sa nuque. Sa crinière blanche et ondoyante se déploie alors, sur ses épaules et jusqu'au bas de son dos. Elle devient Viviane la fée, l'enchanteresse du grenier.

— Eh bien, choisis ma coiffe maintenant, *ma boudig koant[1]*, commande-t-elle chaque fois. Tu sais bien qu'on ne commence pas sans.

Se balançant dans son fauteuil, elle pointe sa baguette sur un tas de couvre-chefs en tout genre pour sélectionner son préféré, celui qu'elle a crocheté en laine bleu foncé, orné de fleurs séchées et de minuscules pierres ramassées dans la forêt.

— Attention ! Ce chapeau-là est particulier. Tu vois ce petit coquillage fossilisé ?

Gadaïck sourit discrètement. Son histoire, elle la connaît par cœur, mais elle la laisse poursuivre.

---

[1] Ma jolie fée en breton

— Un jour que j'allais à la cueillette près du lavoir, à trente minutes de la ferme, une fée pas plus grosse qu'une libellule s'est posée sur la dalle. Et elle m'a fait ce présent pour décorer mon chapeau.

— Et tu le mets à ton oreille pour écouter les esprits chanter, dit la fillette.

Gadaïck tourne au milieu des trésors accumulés par sa grand-mère. Elle inspecte un drôle de bonnet de lutin miniature, quelques coiffes en dentelle. Elle sait que Mamm-Gozh l'observe, attendrie. Soudain, elle en saisit un.

— Le bleu, je trouve qu'il va bien avec tes yeux.

Il leur reste maintenant à revêtir quelques ultimes accessoires nécessaires avant de rentrer dans leur jardin secret. Ainsi parée, Gadaïck lui apporte cérémonieusement le grimoire à serrure.

— Qu'est-ce tu as rajouté dans ton livre ? Mamm-Gozh, il a grossi depuis l'année dernière.

— De nouvelles histoires, quelques recettes et des herbes que j'ai mises à sécher.

Puis la fillette s'installe en face de l'aïeule, les jambes croisées sur un coussin géant. Comme par magie, la clé du vieil ouvrage apparaît dans la main de Mamm-Gozh. Depuis l'été passé, Gadaïck n'ignore plus que sa grand-mère la sort des plis de sa robe. Mais elle feint toujours d'être surprise.

— Cette clé, ma petite, sait que c'est le lien entre le monde ordinaire et celui des légendes.

Elle l'approche du trou de la serrure, l'insère doucement, puis la manœuvre en pesant chaque geste. Au premier déclic, elle l'ouvre au hasard et de sa baguette, choisit une légende.

— La faux de l'Ankou, annonce-t-elle après avoir prononcé une formule incantatoire en breton.

11

Mamm-Gozh n'a pas besoin de lire l'histoire. Ces histoires, ce sont les siennes. Elle a toujours affirmé les avoir vécues.

— Apporte-moi cette faux ! Je vais te raconter ma rencontre avec l'Ankou quand j'étais très jeune. Prends garde à ne pas te couper, car son tranchant est tourné vers l'extérieur.

Gadaïck s'empare du sombre instrument avec précaution tandis qu'elle perçoit des bruits qui proviennent de la cuisine. « J'ai encore oublié d'aider Maman à essuyer les assiettes. Pourvu qu'elle ne vienne pas interrompre l'histoire comme elle le fait parfois ! ».

Ce n'est plus le moment de songer à la vaisselle. Déjà, le grenier s'impatiente à l'évocation de l'extraordinaire récit :

— L'Ankou, c'est un grand bonhomme squelettique revêtu de haillons et coiffé d'un feutre noir à larges bords, précise Mamm-Gozh d'un ton grave en saisissant l'objet dangereux des mains de sa petite-fille. Il fait peur aux Bretons, car il moissonne ceux qui traînent trop longtemps après une certaine heure. Et ça, c'était sa faux. Ce n'est pas un jouet.

— Mais comment as-tu fait pour la lui prendre ?

— Ce soir-là, je revenais de ma grotte. En ce temps-là, je n'étais pas ta Mamm-Gozh. J'avais seize ans et j'étais encore la Léonor Lézec. La nuit était si claire que j'avais complètement oublié cette histoire de l'Ankou qu'on nous racontait pour que les enfants ne s'attardent pas dehors. Alors, quand j'ai entendu les roues grincer, je me suis mise à détaler en quatrième vitesse.

Mamm-Gozh se balance de plus belle sur son fauteuil pour faire crisser la faux sur le sol puis elle reprend, imitant la voix du sinistre faucheur :

— Où cours-tu si vite ? Voici ta chance, je n'ai pas commencé ma tournée. Monte dans la charrette, je te ramène chez toi, tu as encore un peu de temps. Cette nuit-là, l'Ankou, ce n'était pas un méchant. Il m'a raccompagnée et il m'a donné sa vieille faux toute rouillée en souvenir. Puis, d'un sinistre éclat de rire, il brandit une autre lame, étincelante dans l'obscurité. Alors, *Karrig an Ankou*[2] aux roues grinçantes s'est remis à rouler sur le chemin tortueux de la mort.

Mamm-Gozh bloque son fauteuil à bascule puis s'incline avant de murmurer :

— Après cette rencontre, je n'ai plus jamais entendu son inquiétant attelage et j'ai toujours pris soin de revenir de ma grotte hors de ses heures de travail.

— Mamm-Gozh, un jour, tu m'emmèneras la visiter ?

— Ma doué ! Pas avant que tu saches jouer du biniou pour éloigner les korrigans, les lutins et les diablotins qui pourraient bien jouer de vilains tours à une citadine comme toi qui oserait s'aventurer par là.

À cet instant, Marie-Anne ouvre brusquement la porte du grenier, les sourcils froncés.

— Encore tes histoires à dormir debout, fulmine-t-elle. Et puis, arrête avec cette faux, quelqu'un va se blesser. Quant à toi, Marguerite, retire immédiatement ces frusques et va m'attendre dans ta chambre !

Quand Marie-Anne est en colère, elle se sert du véritable prénom officiel de sa fille, ce qui exaspère Gadaïck. Ce joli sobriquet, c'est celui que Mamm-Gozh lui a donné la première fois qu'elle est montée dans le grenier.

« Tu n'es pas une Marguerite, tu es ma Gadaïck, lui avait-elle dit. Car c'est unique.

Pour l'heure, Marie-Anne lui arrache tout son attirail des mains et elle le jette sur le sol. Puis, elle l'entraîne sur le palier en refermant la porte derrière elle.

---

[2] Char de l'Ankou en breton

Dans l'obscurité parvient à Gadaïck le mélange des voix des deux femmes. Celle de Marie-Anne écrase l'autre.

— Si tu continues de raconter tes sornettes à ma fille, on ne viendra plus en Bretagne, c'est très simple, déclare Maman. Et puis, ouvre la lucarne, ça sent le renfermé !

Dans l'entrebâillement de la porte, Gadaïck perçoit l'odeur de la bougie, il lui semble qu'aucun mot ne sort de la bouche de Mamm-Gozh.

Elle n'a même pas eu le temps de filer dans sa chambre. Elle reste là figée, sans comprendre la réaction de sa mère. Avant de descendre le vieil escalier en bois, elle envoie de la main un doux baiser à Mamm-Gozh, occupée à refaire son chignon.

Marie-Anne a fauché en un instant tous les émerveillements de sa fille. Viviane la fée s'endort doucement dans un coin du grenier.

2

Le chocolat chaud

16 ans plus tard, 1983 à Paris

Machinalement et sans enthousiasme, Gadaïck corrige les copies de ses élèves sur le même bureau de sa chambre d'adolescente. Marie-Anne, enseignante de la vieille école, bientôt en retraite, ne manque jamais une occasion de la critiquer. « Quoi ? Corriger en violet ? Mais tu es folle ma fille, il faut que ça saigne ! Qui est le maître ? » Gadaïck n'est pas de cet avis, elle qui déteste ces balafres infligées aux textes balbutiants. Qu'à cela ne tienne ! Ce soir, elle se pliera à la norme établie et glissera ses commentaires en rouge. Inutile de provoquer un nouvel affrontement avec sa mère. Aujourd'hui, elle n'en a pas la force.

— Gadaïck, tu n'as pas faim ? crie Marie-Anne de la cuisine. Il est vingt heures, tu n'as rien mangé de la journée.

— Si, j'ai pris un gros goûter avec Pierre. Maman, on n'est pas obligé de tout faire toujours ensemble. Je dois finir la correction des copies. C'est pour demain.

— Mais il t'en faut du temps ! Ça fait des heures que tu es enfermée. Tu n'as pas tant d'élèves que ça dans ta classe.

Marie-Anne Le Gorff pousse brusquement la porte de la chambre.

— Tu n'as pas aéré aujourd'hui ?

— Tu ne peux pas frapper avant d'entrer ? s'indigne Gadaïck.

Malgré les années écoulées depuis son enfance, la pièce demeure inchangée. Les souvenirs s'accrochent aux murs, et à vingt-six ans, la jeune fille vit encore dans l'appartement parisien de sa mère. Dans le coin bibliothèque, les livres de contes et légendes côtoient des ouvrages universitaires et des romans récents. La chambre est impeccable, le lit soigneusement fait, chaque objet à sa place attitrée. Une odeur d'encaustique sature la pièce. Marie-Anne persiste à organiser l'espace privé de Gadaïck comme elle l'a toujours fait, sans prendre en compte le fait que sa fillette a aujourd'hui vingt-six ans bien sonnés.

Elle s'assied sur le bord du lit et tapote l'oreiller pour effacer des plis qui n'existent pas sur cette taie déjà repassée. Elle inspecte les alentours d'un œil satisfait. Sentant le regard pesant de sa mère, elle se tourne vers elle. Marie-Anne lui lance ce demi-sourire qu'elle arbore lorsqu'elle souhaite discuter un peu.

— On dirait que tu plais à Pierre, tu as remarqué toi aussi, demande Marie-Anne.

— Il est sympa, répond-elle.

— Ce n'est pas une bonne idée de passer tant de temps avec un collègue.

— Écoute Maman, j'ai une grosse migraine ce soir.

Marie-Anne pose doucement sa paume sur le front de Gadaïk qui détourne le visage, agacée.

— Ça va, tu n'as pas de fièvre. Mais je te trouve bien pâlotte… et trop maigre. Tes joues sont creuses et je reconnais tes cernes violets comme quand tu étais ado. Je vais aller te préparer un petit chocolat chaud. Tu verras, ça se boit sans faim, ma chérie !

Marie-Anne quitte la pièce. La jeune femme en profite pour ouvrir son journal.

Ma chère Mamm-Gozh,

À vingt-six ans, j'habite toujours chez Maman. Initialement, c'était, comme tu le sais, pour achever mon CAPES. Mais voilà, malgré mon amour et la reconnaissance que je lui dois, j'étouffe ici. L'autre jour, au lycée, une collègue m'a dit que j'avais l'air d'une fleur qui s'étiole. Elle a raison. Je ressens le besoin de partir, mais je crains tellement de lui briser le cœur, Maman ne vit que pour moi.

Cette année, je dois agir. Me réveiller. Déménager, explorer de nouveaux horizons, voyager. Bien que je ne sache pas encore quelle direction prendre, je sens que c'est le moment de transformer ma vie sinon, je mourrai. Je serai tel un papillon qui, n'ayant pas émergé à temps de sa chrysalide, voit ses ailes rester collées et desséchées, sans espoir de s'envoler.

Dix minutes après, Marie-Anne revient, portant un plateau avec une tasse de chocolat et quelques biscuits. Gadaïck a juste le temps de refermer son journal. Le parfum de cacao la propulse dans le passé.

***

Paris, 1969

Elle a 12 ans.

Marie-Anne lave les assiettes en attendant que sa fille finisse son chocolat chaud. Gadaïck touille la boisson nonchalamment. Mais dès que sa mère sort de la cuisine, elle en profite pour vider presque tout le contenu dans l'évier. Un rapide coup d'éponge et il n'y paraît plus rien. Puis, innocemment, elle revient s'asseoir, dans la même position, la cuillère à la main. Marie-Anne est déjà de retour.

— Alors, tu as fini, passe-moi ta tasse, tu vas être en retard à l'école.

— Presque.

Elle feint de tourner les dernières gouttes pour que Marie-Anne ne se doute de rien.

— J'ai l'impression que tu manges de moins en moins chaque jour. Tu m'inquiètes.

— Pas du tout, je me nourris très bien, c'est toi qui bouffes trop, grommelle-t-elle, en grinçant des dents.

Assise à la table, l'adolescente contemple les formes rebondies de sa génitrice. À travers le tissu de sa robe, les deux globes lunaires bougent en frottant les assiettes, les bols, et d'autres ustensiles.

« Je ne veux pas de ces fesses qui gigotent de la sorte », songe-t-elle.

Elle ne se sent pas prête à posséder semblable corps féminin. Le comble, ce sont les jours où Marie-Anne déambule nue dans la maison entre la salle de bain, la cuisine et sa chambre, quand elle se prépare le matin. Sans pudeur, elle vient vérifier que l'eau ne se mette pas à déborder d'une casserole. Ébahie, Gadaïck observe ses seins balloter devant elle, ce ventre royal où ses courbes de femme s'entremêlent.

« Je la trouve belle, pense-t-elle, bien proportionnée, mais je ne veux pas de tout ça. Quelle horreur ce serait de voir mon corps pousser de tous les côtés ! »

— Franchement, ça te gênerait de te vêtir de temps en temps !

— Et pourquoi, c'est magnifique la nudité ? Et puis, entre nous, on est pareil !

Justement, l'adolescente refuse d'être femme. Grandir ne reviendrait-il pas à mettre un pied, puis deux, puis le corps et l'âme tout entière dans ce monde où tout fantastique est interdit ? À observer sa mère devenue aveugle aux forces invisibles qui animent la forêt, les fées de l'étang, les korrigans et les esprits de la nature, elle redoute de devenir comme elle : une adulte de chair, de sagesse et de raison qui ne croit plus en rien, surtout pas à l'univers de Mamm-Gozh ! Comment pourrait-elle alors espérer un jour pénétrer dans la grotte ?

Certains jours, Gadaïck a des accès de boulimie et se sent comme un énorme ballon. Avec son argent de poche, elle s'achète des laxatifs pour se purger. Tout son corps la dégoûte. Elle se rend bien compte que son comportement est anormal, mais elle parvient à contrôler son poids juste assez pour ne pas éveiller les soupçons de sa mère. Elle a sa limite de quarante-deux kilos. Elle s'assure de ne pas descendre au-dessous.

Elle aurait préféré que ses règles n'arrivent jamais. Marie-Anne l'a déjà avertie de tous les changements. Elle s'en est même voulu d'avoir trop mangé quand elle les a eues. Pourtant, sa mère l'a félicitée, puis embrassée en ajoutant : « voilà, c'est le début d'une nouvelle étape de ta vie ».

Puis elle lui a confié un des mauvais souvenirs de son enfance qui l'a marquée.

— Quand j'ai eu mes règles, ta Mamm-Gozh, elle m'a refilé des guenilles à porter entre les jambes et de grosses épingles à nourrice pour les fixer sur ma culotte. J'étais terrorisée. J'avais compris que ce sang-là, on ne devait jamais le voir. J'allais enterrer mes chiffons pollués loin de la ferme ou bien je les dissimulais. Comme s'il me fallait cacher la honte. La maladie. Le malheur féminin.

— Tu inventes. Mamm-Gozh n'aurait pas fait ça.

Quand Marie-Anne parle de sa mère, Gadaïck n'a pas l'impression qu'il s'agit de sa Mamm-Gozh, celle du grenier, celle qui l'appelle « ma jolie fée », celle qui l'emmènera un jour à la grotte.

— Tu lui en veux encore après tout ce temps ? demande-t-elle surprise. Pourquoi me racontes-tu tout ça ? Elle n'agirait pas de la sorte aujourd'hui.

Sitôt réglée, Gadaïck fait tout pour éviter de nouveaux bouleversements. Elle réussit très vite à ne survivre qu'avec trois pommes par jour, une avant chaque repas et un peu de poisson le vendredi pour ne pas alarmer Marie-Anne. Tout est terminé au début de l'été. Elle a gagné. Elle en est convaincue et elle se le répète en boucle :

« Je deviens un être magique, car j'ai gardé tout ce qu'il fallait pour visiter l'autre monde ».

3

Le rendez-vous manqué

Paris, 1983

L'odeur du chocolat chaud fumant sort Gadaïck de ses rêveries. Elle ne s'est pas rendu compte que Marie-Anne a eu le temps de quitter sa chambre et de revenir avec un plateau de gâteries.

— Je t'ai dit que j'avais déjà mangé, proteste-t-elle.

— Les biscuits Traou Mad, c'est pour moi. Au moins, le chocolat chaud te fera du bien.

Gadaïck accepte la tasse à contrecœur, sans dire un mot. Une fois de plus, son espace est envahi par l'amour de sa mère. Marie-Anne entre dans sa chambre à tout moment, sans frapper pour s'assurer que sa fille ne manque de rien. Elle a besoin de tout savoir. Ranger tout ce qui lui paraît désordonné.

— Bon, tu ne veux pas parler ce soir. Mais je tenais à te dire de te méfier de ce Pierre, implore Marie-Anne. J'ai bien vu comment il te regardait. L'année dernière, il a eu une histoire avec une stagiaire et…

— Maman, laisse-moi tranquille à la fin, s'emporte Gadaïck. Mêle-toi de tes affaires une fois pour toutes !

Soudain, à l'évocation du nom de Pierre, la jeune femme se souvient du rendez-vous prévu avec son collègue de travail. « Mince, je l'avais oublié, celui-là ! » pense-t-elle en regardant sa montre.

— Je suis ta mère quand même, murmure Marie-Anne dans un demi-sanglot. Tout ce qui t'arrive me concerne.

— Ah non, tu ne vas pas te mettre à pleurer ! De toute façon, selon toi, personne n'est jamais assez bien pour moi. Bon, sors de ma chambre, prends une aspirine et on n'en parle plus !

Alors que Gadaïck se lève de son bureau et se dirige vers la cuisine, elle contient sa colère. Elle se sent fautive d'être une mauvaise fille, sans avoir rien fait, d'en avoir ras-le-bol, et de ne pas aimer son métier d'enseignante. Marie-Anne a l'art de la faire culpabiliser avec trois mots. Gadaïck se demande souvent : « Suis-je donc devenue indigne au point de provoquer les pleurs de ma mère ? »

Elles sursautent au son du téléphone. Marie-Anne déboule en toute hâte dans l'entrée. Elle s'empresse de décrocher le combiné. « C'est sûrement Pierre », pense la jeune femme. « Que vais-je lui raconter ? ».

— Allô ? répond Marie-Anne d'une voix autoritaire. Un instant, je l'appelle. C'est pour toi, Gadaïck.

C'est Pierre. Il se demande ce qui s'est passé. Il l'attend depuis une demi-heure au restaurant.

— Pierre, je suis vraiment désolée. Ce soir, je ne me sens pas bien. J'ai très mal à la tête et je n'ai pas fini de corriger les copies. On se rattrapera une autre fois.

Elle bredouille quelques paroles d'excuse et raccroche.

Restée au bout du couloir, Marie-Anne a tout entendu et s'indigne.

— J'en déduis que tu avais prévu d'aller dîner avec Pierre. Il me connaît très bien et il ne s'est même pas présenté. Quel culot ! Ça commence bien.

Sachant qu'il n'y a plus rien à ajouter, Marie-Anne tourne aussitôt les talons d'un air peiné et sans se retourner, gagne sa chambre.

Sur le meuble du téléphone en merisier massif près de l'imposante porte d'entrée à double battant, Gadaïck reconnaît immédiatement le colis de la poste adressé à son nom : le grimoire de Mamm-Gozh. En réalité, c'est un simple carnet. Mamm-Gozh et sa petite-fille ont opté pour cette solution plus pratique et moins risquée pour correspondre, l'original étant trop précieux pour être expédié.

***

Le lendemain matin, rien ne laisse présager la dispute de la veille. Marie-Anne sirote déjà son café noir en attendant sa fille dans la cuisine.

— J'ai vu que tu as trouvé le colis.

Gadaïck sait que sa mère ne déballe jamais la pochette matelassée marron qui lui parvient régulièrement de Bretagne. Surtout depuis ce qui s'était passé une fois.

Un jour, alors que Gadaïck sortait impatiemment le grimoire de l'enveloppe, il lui glissa des doigts et s'écrasa lourdement sur le parquet. Le regard de Marie-Anne s'était aussitôt posé sur la page du journal ouvert où figurait une vieille recette d'infusion.

— Un lutin protecteur, avait remarqué Marie-Anne en le ramassant. C'est amusant qu'elle y croie encore.

— À quoi ? avait demandé Gadaïck en reprenant le carnet des mains de sa mère.

— Elle pense que c'est un bon esprit de la ferme qui veille sur la famille, avait expliqué Marie-Anne.

Depuis cette anecdote, Marie-Anne s'imagine qu'il ne renferme que des formules bizarres et des feuilles séchées qui dégagent des odeurs un peu âpres et sucrées.

— Alors, qu'est-ce qu'elle te raconte de beau, lance Marie-Anne.

— Elle m'a donné une recette de tisane aux orties. Est-ce que tu savais que l'on trouve six fois plus de vitamine C dans cette herbe que dans les oranges ? interroge Gadaïck.

Un léger sourire las relève les coins de la bouche de Marie-Anne. Son dépit se manifeste :

— Jamais ta grand-mère ne m'a confié des secrets comme à toi. Faut dire qu'elle n'avait le temps de rien avec la ferme. Sauf pour ces escapades !

Gadaïck demeure songeuse : *« sa mère serait-elle jalouse d'un amour et d'une complicité qu'elle-même, enfant, n'a jamais connus ? »*

Mamm-Gozh s'amuse à cacher ses trésors entre les tisanes, les fleurs séchées et ses dessins peints à la teinture végétale. Elle rédige ses messages secrets avec un morceau de bois taillé très fin et du jus de citron. Il suffit de passer les mots sous une bougie pour les révéler. Le plus difficile, c'est de les trouver, car Mamm-Gozh les place n'importe où sur une page quelconque du cahier. Elle laisse juste une tache de couleur comme indice.

Le rose fuchsia du géranium signifie qu'elle évoque son Merlin. Le vert intense de la fougère est réservé pour sa grotte. Le noir violacé de la mûre sauvage indique une réponse aux messages privés de Gadaïck.

Précisément, la jeune femme découvre soudain une nouvelle note éclatante ! Le rose fuchsia va parler !

4

Gadaïck et Pierre

Paris, 1983

Pierre a beaucoup insisté pour que Gadaïck accepte sa deuxième invitation. Si sa cour charme la jeune femme depuis quelque temps, une question persiste : son cœur vibre-t-il vraiment pour lui, ou est-ce un désir qu'elle s'invente ? Légèrement plus âgé qu'elle et sans être particulièrement beau, c'est sa voix, douce et envoûtante, qui l'attire comme un aimant. C'est moins son apparence qui la séduit que cette mélodie secrète qui la transporte au-delà des mots, vers des horizons lointains.

Elle a remarqué que Pierre affiche déjà une calvitie naissante et une tendance à s'éterniser dans ses discours. Mais, pour le moment, c'est ailleurs qu'elle a besoin de s'évader, loin de l'atmosphère pesante du domicile maternel.

Gadaïck jette un coup d'œil à sa montre. Cinq minutes de retard à ce nouveau rendez-vous ! Du progrès, se dit-elle. La première fois, j'ai totalement oublié.

Pourtant, quand elle ouvre la porte du restaurant, elle le voit attablé au fond de la salle, l'air anxieux. Lorgnant l'entrée du coin de l'œil, il pince la tige d'un verre de vin blanc entre le pouce et l'index. Dès qu'elle apparaît, il manifeste sa présence, d'un geste de la main. Puis, d'un mouvement fluide, il fait tournoyer son breuvage par le pied, à la manière d'un connaisseur.

Elle a eu du mal à localiser le restaurant qu'il a choisi. Surtout, elle a refusé qu'il vienne la chercher à son domicile. Pas question d'entendre les inévitables reproches de sa mère !

— J'ai cru que tu allais encore me poser un lapin, plaisante-t-il, en se levant pour lui faire la bise, sans lâcher son blanc sec.

— Pas deux fois de suite tout de même ! C'est ta faute, le taxi ne trouvait pas ton fichu resto. Et puis cinq minutes, ce n'est pas la mer à boire.

— Si j'étais venu te chercher, on serait arrivés en même temps, se sent-il obligé de renchérir.

— On en a déjà parlé. Je ne veux pas que Maman nous voie ensemble. Ta réputation de charmeur est apparemment bien établie parmi les collègues.

— Il n'y a rien de mal à séduire les jeunes femmes. Je sais bien que Marie-Anne n'est pas ma plus grande admiratrice au lycée.

— Elle n'est fan de personne qui me tourne autour.

— C'est le genre de mère qui intimide tes soupirants ?

— Disons qu'elle a des attentes élevées, sourit-elle.

Un serveur s'approche de leur table et brandit la carte du menu.

— Bonsoir.

Pierre ne perd pas de temps. Il lui demande aussitôt :

— Quel est le plat du jour, s'il vous plaît ?

Le serveur, aimable et empressé, se lance dans une ode culinaire :

— Aujourd'hui, nous vous proposons un magret de canard confit aux pruneaux, accompagné d'un gratin dauphinois et d'une fondue de poireaux.

Séduit par cette description alléchante, Pierre partage son enthousiasme :

— Tout cela a l'air exquis, nous sommes tentés, n'est-ce pas Gadaïck ?

Troublée, elle ne peut s'empêcher de remarquer l'inflexion possessive dans son « nous ». Comme si à travers ce simple choix, elle les liait déjà d'une manière plus intime. Elle hésite un instant, l'esprit chahuté par ses pensées.

— Eh bien, Pierre, cela semble effectivement délicieux. Mais je me contenterai d'une salade niçoise.

Le sourire de Pierre s'estompe légèrement, remplacé par une nuance de déception subtile. Gadaïck, observatrice perspicace, ne manque pas de le remarquer dans ses yeux.

Une interrogation se dessine dans sa tête. Est-ce une simple impression de sa part ? Ou son habitude à déchiffrer la contrariété dans le regard de sa mère face à ses choix la pousse-t-elle à projeter ses propres interprétations sur les réactions de Pierre ?

Déterminée à ne pas laisser ses pensées s'emballer, elle les chasse résolument. Après tout, Pierre n'est qu'un collègue, un visage familier croisé dans la salle des professeurs lors de leurs pauses café. Elle ne le connaît pas encore suffisamment pour décoder ses émotions avec certitude.

Il lui ressert du vin.

— Le blanc ira parfaitement avec ta salade, dit-il.

Gadaïck sourit avec gratitude, son appréhension initiale s'estompe tandis qu'elle apprécie la prévenance derrière son geste.

Au fil de la soirée, la conversation coule plus facilement. Ils partagent des anecdotes sur leur travail, leurs familles et même leurs rêves. Bien que ce soit surtout Pierre qui parle au début du repas, une nouvelle connexion se fait jour entre eux.

Après quelques verres, Gadaïck d'ordinaire plutôt discrète sur sa vie privée lui avoue :

— J'adore ma mère, mais je n'en peux plus. Elle est trop protectrice et me traite comme une enfant.

— Tu n'as jamais songé à déménager ? demande Pierre d'un ton paternaliste, en lui prenant la main. Vivre si longtemps chez ses parents n'est peut-être pas l'idéal.

Elle hésite. Si elle sait qu'il a raison, l'idée de quitter le nid familial, de se confronter à l'inconnu lui semble insurmontable.

— Elle serait bouleversée, murmure-t-elle finalement.

— Les rumeurs courent au lycée.

— Et qu'est-ce qu'on dit sur nous ?

— Que la distinguée Madame Le Gorff exerce une emprise telle que tu te sens incapable de prendre ton envol. Et toi, tu renies tes désirs pour te conformer aux siens par amour pour elle.

— Assez de cette psychanalyse à deux balles, interrompt-elle, avec fermeté, en dégageant sa main.

— C'est un fait. Ta mère est un vampire énergétique, qui te dépouille de toute ta force. Réfléchis : serais-tu devenue enseignante sans son influence ?

— Je ne suis pas venue ici pour écouter tes théories fumeuses, balaie-t-elle d'un geste impatient.

L'intrusion de Pierre dans cet aspect si intime de sa vie la perturbe. Mal à l'aise, elle regrette aussitôt de lui avoir dévoilé ses vulnérabilités.

— Tu t'offusques facilement pour des broutilles, objecte-t-il, un brin amusé par sa réaction. Je te vois tiraillée entre ton besoin d'indépendance et ton attachement à ta mère.

Gadaïck, exaspérée par sa tentative de justification, coupe court à la conversation.

— Bon, on arrête de parler d'elle. Changeons de sujet, s'il te plaît.

Pierre lève les mains en signe de capitulation.

À ce moment, le serveur revient leur proposer la carte des desserts.

— Tu te laisserais bien séduire par une petite pâtisserie, non ? lui demande-t-il d'une voix apaisée.

— Nous avons des tartes aux pommes du jour, fraîchement sorties du four et parfumées à la cannelle, ou un fondant au chocolat onctueux, annonce le jeune homme, jovial.

— Nous prendrons les deux, répond Pierre sans attendre que Gadaïck fasse son choix.

Encore ce « nous » et ce ton directif et tranchant qu'il adopte quand il s'adresse à sa classe. Il lui rappelle désagréablement celui de sa mère.

Légèrement éméchée, elle lui lance, un brin de malice dans la voix :

— J'imagine que tu emploies le rouge vif, n'est-ce pas ? Comme ça, tu peux souligner les erreurs de tes pauvres élèves d'un trait bien visible !

Pierre, surpris par sa remarque et agacé par sa connotation moqueuse, la regarde un instant sans comprendre.

—Évidemment, réplique-t-il d'un ton sec. J'utilise simplement la couleur qui me semble la plus appropriée pour corriger les copies. Pas toi ?

En guise de réponse, elle éclate de rire.

À l'arrivée des desserts, dressés avec élégance sur des assiettes blanches, les yeux de la jeune femme pétillent de gourmandise.

— Je prendrai la tarte aux pommes.

Pierre la regarde, un sourcil levé.

— Je pensais qu'on allait partager, objecte-t-il, un brin taquin.

Gadaïc goûte la première bouchée. La pâte croustillante et la compote moelleuse aux notes subtiles de cannelle explosent en saveurs enchanteresses sur sa langue.

Pierre, quant à lui, déguste son fondant au chocolat avec délectation.

D'un geste gracieux, elle lui tend un morceau de sa pâtisserie du bout de sa fourchette. Pierre se laisse tenter.

— C'est divin, murmure-t-il de sa voix cajoleuse. Il lui offre à son tour une cuillerée de son dessert. Tu sais quoi ? Pourquoi ne pas aller prendre un café ailleurs ? On étouffe ici.

—Bonne idée, répond-elle, légère. J'ai justement besoin d'un bol d'air frais.

Pierre règle l'addition, puis ils se lèvent de la table. Quelques miettes de leurs desserts et les échos de leur conversation les accompagnent alors qu'ils quittent le restaurant.

L'air vif de la nuit caresse leur visage. Ils marchent côte à côte, sans destination précise. Un sentiment de légèreté et d'insouciance envahit Gadaïck.

La soirée, qui a failli se terminer sur une note discordante, prend un nouveau tournant, prometteur d'une suite plus harmonieuse.

5

Un jour, je partirai

Paris, 1983

Ma chère Mamm-Gozh,

Il y a quelques mois, j'ai commencé à sortir avec Pierre, un collègue du lycée. Professeur de mathématiques, il occupe seul un vieil appartement hérité de ses grands-parents. J'envie un peu son indépendance. Une partie de moi rêve de partir ailleurs, loin de maman, mais une autre craint la solitude. Et le vide que laisserait son absence me paralyse.

Mes sentiments envers Pierre sont ambivalents. Est-ce lui qui m'attire ou l'idée de lui plaire ? Honnêtement, si ce n'était pour son insistance à organiser un deuxième rendez-vous, je n'y aurais probablement jamais songé. Il ne se distinguait pas particulièrement de mes collègues. Sauf par sa voix, qui comme une mélodie entêtante, a déclenché quelque chose en moi.

Le jour où j'ai capturé son regard posé sur moi, nous étions occupés aux mêmes gestes près de la cafétéria, comme tous les autres enseignants. Dans cet instant fugace, un méchant courant d'air a fait s'envoler toutes mes copies. Son sourire amusé m'a désarmé. Il est aussitôt venu m'aider à les ramasser. Je me suis sentie bête. Son visage me dispensait des tendresses.

Maman ne voit pas cette nouvelle relation d'un bon œil. Elle le connaît depuis plus longtemps que moi et se plaît à jouer les Cassandre. Elle ne rate pas une occasion de le critiquer ou de me mettre en garde. Ses remontrances m'agacent, mais je ne peux m'empêcher de m'interroger sur la pertinence de ses inquiétudes. Elle le juge terriblement snob et prétentieux et ne manque pas de me le faire remarquer. À ses yeux, il se

31

donne des airs et s'imagine au-dessus de tout le monde. Et puis rien n'est jamais sa faute. Enfin, il raconte des histoires rocambolesques sur ses origines familiales. Quoi qu'il en soit, elle a toujours quelque chose à redire.

L'autre jour, elle m'a sorti : « Soi-disant que ses ancêtres auraient revendu leur particule de noblesse à je ne sais qui, car les pauvres, ils étaient ruinés. Si on écoutait les gens, il ne resterait que des aristocrates déchus en France ».

J'essaie de ne pas me laisser influencer par ses remarques. Au premier abord, il peut paraître un peu prétentieux et maniaque, j'en conviens. En allant chez lui, j'ai constaté à quel point il était méticuleux et regardant. Voir ses cravates alignées avec une précision militaire est impressionnant. Au-delà de ses accessoires, son style vestimentaire se caractérise par une palette de couleurs assez restreinte : du noir, du bleu marine, du gris et du blanc. Ça lui donne un air plutôt vieillot qu'élégant.

Mais j'apprécie sa compagnie et j'essaie de forger ma propre opinion sur lui. Et puis, je ne suis pas parfaite non plus.

Je me rends bien compte que ce n'est pas comme ton Merlin.

Ce qui me désole le plus, c'est qu'il n'a pas les mêmes aspirations que moi.

Quand je lui ai confié que j'aimerais quitter ma carrière, être conteuse comme toi, découvrir des horizons nouveaux, voyager, il a éclaté de rire. J'ai été très vexée. Est-ce si ridicule que cela ?

J'ai bien vu la tache rose fuchsia dans ta dernière lettre, mais l'écriture au citron est illisible par endroits. J'ai essayé de le révéler à la chaleur, mais le résultat est décevant. J'ai saisi que tu allais t'absenter pour une semaine et que tu serais avec lui.

Mamm-Gozh, mon avenir est incertain, mais une chose est sûre : je dois m'en aller. Un jour, je partirai. Je crois aussi que ma destinée, c'est de répandre la magie des récits partout où je passe.

Je t'aime, ma Mamm-Gozh.

6

Le rouge fuchsia est une peinture à l'huile flamboyante

Quelques mois plus tard, toujours en 1983

Depuis une semaine, Gadaïck cherche désespérément une occasion pour annoncer la nouvelle à sa mère. Cependant, celle-ci semble toujours absorbée par ses propres activités et obligations. Se pourrait-il qu'elle fasse exprès d'éviter les conversations avec sa fille ? Pourtant, Marie-Anne sent bien que quelque chose est en train de bouger.

Consciente que la situation risque de devenir trop pesante si elle ne prend pas les devants, Gadaïck décide de se lancer. Un soir, après le dîner, elle profite d'un moment calme pour s'approcher de Marie-Anne, occupée à ranger la cuisine.

— Maman, il faut que je te parle de quelque chose d'important, annonce-t-elle d'un ton à la fois déterminé et anxieux.

Intriguée par l'urgence, Marie-Anne se tourne vers elle.

Gadaïck prend une profonde inspiration et entre dans le vif du sujet.

— Pierre m'a proposé d'aller vivre chez lui, déclare-t-elle, la voix ferme. Marie-Anne, abasourdie, reste un instant silencieuse, le visage fermé. Puis, elle demande, remplie d'inquiétude :

—Tu as refusé, j'espère ?

— Non. J'ai déjà accepté.

— Comment peux-tu te précipiter dans quelque chose d'aussi sérieux ? Tu es tellement jeune !

— Maman, j'ai vingt-six ans. Cela fait plusieurs semaines qu'on en discute, lui et moi. Et puis, ce n'est pas si grave que ça, ce n'est pas comme si je me mariais.

— Et tu m'en parles qu'aujourd'hui ? s'exclame Marie-Anne. Je n'arrive pas à croire qu'il te suffit de quelques dîners romantiques et de soirées cinéma pour te sentir prête à franchir une étape aussi importante. Tu ne réfléchis pas !

Un silence s'installe, lourd de désapprobation. Les épaules affaissées, Marie-Anne peine à contenir ses émotions.

— Cela peut paraître soudain, mais j'ai besoin de changement.

Marie-Anne la fixe, incrédule.

— Vous n'êtes même pas compatibles. Tu fais une erreur monumentale. Tu pars par défi. C'est évident. Tu aurais dû avoir le courage de t'affranchir complètement et de trouver un studio juste pour toi.

Blessée par les paroles de sa mère, elle comprend qu'il est inutile de poursuivre la conversation.

— Ce qui me fait le plus mal au cœur, c'est que je ne lis aucune étincelle dans tes yeux. Cet homme, tu ne l'aimes pas.

— Qu'en sais-tu ?

« Il est attentionné et je me sens bien avec lui, songe-t-elle, mais cette histoire manque de fougue. C'est une romance en teintes pastel, loin du rouge fuchsia vibrant cher à Mamm-Gozh. »

De toute façon, elle ne peut plus reculer maintenant. Elle a pris sa résolution, et elle doit l'assumer. Mais le doute la ronge. Est-ce vraiment une erreur monumentale ? Court-elle droit vers le désastre ? Maman a-t-elle raison ?

Marie-Anne serre sa fille dans ses bras, sentant la fragilité de sa décision.

— Quoi qu'il arrive, je serai toujours là pour toi.

***

Le jour où Gadaïck fait ses bagages, sa mère la suit partout dans sa chambre.

— Est-ce que tu as bien réfléchi ?

— T'inquiète pas Maman, je n'amène que quelques affaires chez lui. Je ne suis pas loin.

— Les relations de travail ne mènent jamais à rien. Tu vas le regretter.

Gadaïck tente, elle-même, de dissiper ses propres craintes. Pour elle, ce n'est pas vraiment un déménagement. Plutôt des vacances loin de sa mère. Sa valise a été vite remplie.

Les yeux de Marie-Anne brillent de tristesse quand elle accompagne sa fille à la porte. Elle sait qu'il n'y a plus rien à dire pour la convaincre de changer d'avis. Gadaïck pose ses affaires pour une dernière étreinte. Elle sent sur ses joues les larmes maternelles. Il faut qu'elle se débarrasse au plus vite de ce sentiment de culpabilité qui l'envahit.

— Bon, Maman, le taxi m'attend, dit-elle à voix basse, en essayant de se dégager un peu de l'embrassade maladroite.

Marie-Anne la lâche et tire lentement vers elle la porte d'entrée. Elle la regarde passer le seuil et descendre les quelques marches de l'escalier jusqu'à l'ascenseur. Gadaïck monte dans le vieil habitacle exigu sans se retourner. La lourde grille en fer forgé se referme derrière elle avec un claquement sourd. Avant de rentrer dans son appartement, Marie-Anne patiente encore un instant, le temps que sa fille arrive au rez-de-chaussée et quitte l'immeuble.

Le silence total règne dans le salon, ponctué par les rumeurs du dehors. Elle se précipite vers la grande baie vitrée qui donne sur la rue pour vérifier qu'elle entre bien dans le taxi. Elle écarte légèrement l'épais rideau de velours cramoisi.

Mais ce n'est pas un chauffeur qui stationne en bas. C'est Pierre dans son véhicule. Cet homme qui lui arrache Gadaïck n'a même pas daigné monter.

— Un lâche ! crache-t-elle.

7

Un drôle de cadeau

1983, Paris, chez Pierre

L'appartement de Pierre, situé dans un immeuble cossu du 15e arrondissement, est un reflet fidèle de sa personnalité : organisé, méticuleux, maniaque. Gadaïck, qui y a déjà passé quelques soirées, n'a pu s'empêcher de remarquer l'ordre impeccable qui y règne, chaque objet à sa place définie.

Aujourd'hui, c'est différent. Elle arrive avec ses bagages, prête à s'installer dans ce décor tiré au cordeau. Un sentiment d'appréhension la saisit alors qu'elle franchit le seuil. Parviendra-t-elle à s'adapter à cet espace clinique où les meubles austères bannissent toute fantaisie ? L'harmonie subtile entre le design moderne épuré et l'héritage familial, qui lui avait d'abord semblé surprenante, s'affirme désormais sous un nouveau jour. « Déjà, où mettre ma valise ? »

Pierre l'accueille avec un sourire chaleureux, mais son agitation n'échappe pas à la nouvelle venue. Il s'affaire à ranger ses effets personnels et déplace des objets d'un endroit à l'autre avec une précision presque chirurgicale. Un sac en kraft, qu'elle vient de déposer sur la table basse, attire son attention.

— C'est quoi ça, demande-t-il, les sourcils froncés.

Avant même qu'elle ait pu répondre, il saisit le paquet et le jette dans la corbeille à papiers. Gadaïck le regarde, abasourdie.

— Mais... Mais qu'est-ce que tu fais ? s'exclame-t-elle, incrédule, tu es fou, c'est un cadeau pour marquer le coup. Elle plonge sa main dans la poubelle et en retire l'objet.

— Ah, pardon, ça n'avait pas l'air, lance-t-il, en prenant la valise. Bon, on s'en occupe plus tard. En attendant, je te conduis dans tes quartiers.

Pierre s'empresse de montrer à Gadaïck l'espace qu'il lui a réservé dans la chambre principale.

— Tiens, je t'ai fait de la place, annonce-t-il tout fier en pointant son index vers la grosse armoire en merisier massif.

« Pourvu qu'il ne m'explique pas la généalogie de cette antiquité. À moins qu'elle ne soit magique et n'ouvre sur un autre monde. »

— Alors, cette armoire appartenait à mes grands-parents qui privilégiaient le style Louis Philippe, et…

— Écoute, je vais voir si je peux caser toutes mes affaires dans ce coin, interrompt-elle. Je suis un peu fatiguée.

Dans l'intimité feutrée de la chambre, elle se souvient très bien de leur première nuit :

Si elle avait craqué pour Pierre, leurs premiers ébats avaient rapidement viré à l'archéologie érotique. Le lit familial ! Son Graal, son reliquaire. Un véritable musée de l'amour ! Entre deux baisers, il lui avait conté les exploits de ses aïeux sur cette couche ancestrale.

Elle s'était imaginé les flammes dévorant les sculptures du baldaquin, tandis que les vieux portraits, accrochés aux murs, lui faisaient des grimaces.

Face à l'absurdité de ce souvenir, elle ne peut se retenir de pouffer.

— Qu'est-ce que tu trouves de si drôle ? demande Pierre, le sourcil levé.

Gadaïck avait vite décortiqué le mode d'emploi de Pierre : « Touche pas à mon passé, surtout pas à mon lit ! » Un fou rire, et elle pourrait se retrouver à dormir par terre.

Elle se garde donc bien de lui dire qu'elle avait envisagé d'y faire un feu de joie.

— Rien, rien, c'est juste les nerfs.

Dans son esprit, la scène se rejoue : Pierre, nu comme un ver, lui narre avec force détails l'histoire du meuble sacré sur un ton professoral, sa maigreur accentuée par sa posture rigide.

Il interrompt les pensées étranges de la jeune femme.

— Bon, je te laisse déballer tes affaires et tu me rejoins au salon. Il faut célébrer ce premier jour. J'ai une surprise moi aussi.

Vingt minutes après, elle le retrouve assis devant une table basse en verre posée sur un somptueux tapis persan aux motifs complexes. Un cadeau rectangulaire trône au beau milieu.

—C'est pour toi ! annonce-t-il, triomphal.

—Ah, une minute, je vais chercher le mien.

—Non, non pas maintenant. Ouvre le tien d'abord, insiste-t-il, l'air d'un enfant impatient.

À sa surprise, la jeune femme découvre un tailleur sobre, loin d'être son style.

— Alors, ça te plaît ?

—Je ne m'attendais pas du tout à cela, du champagne peut-être, un livre, mais là, je ne sais que dire, sourit-elle.

— Le classique t'ira beaucoup mieux que ce que tu portes.

— Euh, c'est très élégant, merci Pierre, hésite Gadaïck, visiblement déçue.

— Entre nous, tu as besoin de t'affiner un peu, parfois, au lycée on se demande vraiment qui est l'élève, qui est le professeur.

— Disons que je suis plus à l'aise dans des tenues plus colorées et plus décontractées.

— Tu te trompes, ma chère. Le classique est intemporel et chic. Il te donnera une allure plus professionnelle et moins gamine.

— Peut-être.

— Je compte bien l'admirer sur toi, demain au travail. Et puis, avouons-le, tu bénéficierais de quelques conseils en matière de choix vestimentaires.

Blessée, elle replie soigneusement le deux-pièces, puis le range dans sa boîte d'origine, pour le soustraire à sa vue. Les mots de Pierre, telles des flèches empoisonnées, ont fait mouche. Elle se sent petite. Un doute sournois s'insinue en elle : « Prendre mes cliques et mes claques à peine arrivée ? Non, ce serait avouer mon échec à Maman. Il va s'excuser, ce n'est pas possible. Et si au fond, il avait raison ! Ai-je vraiment l'air d'une gamine dans mes tenues ? »

— Tu devrais aller le ranger pour l'avoir prêt demain ! insiste-t-il alors qu'elle s'éloigne avec ce présent inattendu.

Elle ne peut s'empêcher de jeter un œil dans le miroir soleil doré au-dessus de la console murale du couloir. À son reflet, elle hausse les épaules. Que voit-elle réellement ? Qui est cette femme qui se cache au fond d'elle-même ?

Après avoir soigneusement accroché le tailleur sur le valet de nuit, elle va s'allonger, le regard fixé sur cette chose suspendue. Ce vêtement, à la fois présent imposé par Pierre et source de doute, l'obsède. Elle ferme les yeux et imagine son corps se glisser dans la robe crayon et la veste cintrée à épaulettes assortie. Peu à peu, elle s'abandonne à la rêverie.

Bientôt, un tissu rigide et moulant l'étreint comme un étau. Chacun de ses pas devient une lutte, tant il est serré. Gadaïck suffoque sous la pression qui comprime sa poitrine. Ses doigts tremblants tentent désespérément de défaire les boutons, en vain.

Dans un ultime effort, un cri strident s'échappe de ses lèvres et la réveille brusquement. Le corps couvert de sueur, la respiration saccadée, son cœur bat la chamade.

Pierre accourt, alerté. Il la trouve assise sur le lit, ses yeux écarquillés posés sur le tailleur.

Inquiet, il s'approche d'elle, sa voix douce et apaisante :

— Que se passe-t-il ?

Les mots s'étranglent dans sa gorge. Elle se contente de murmurer :

—Un cauchemar !

—Je vais te chercher un grand verre d'eau, la rassure Pierre.

Elle se lève et décide de ranger l'ensemble pied-de-poule dans la salle de bain carrelée de noir et blanc du sol au plafond.

« Voilà, entre petits carrés contrastés, vous vous accordez parfaitement », s'entend-elle dire.

8

De l'intérêt de choisir le bon saladier

Avec Pierre, rien n'est simple. Pas même la préparation d'une salade de concombres classique. D'abord, une fois le concombre épluché et découpé en rondelles, il tient à le dégorger avec du gros sel. Pendant une heure, pas une minute de moins, pas une de plus. Ensuite, il faut trouver le bon plat. Celui en verre transparent peu profond. Quand Gadaïck est dans la cuisine, elle a l'impression de ne rien faire de bien et surtout d'être une invitée après tous ces mois de vie à deux.

— Non voyons, pas le grand saladier pour un malheureux concombre et quelques tomates !

— Celui-là, ça va ? demande-t-elle sans réfléchir en lui tendant un large bol blanc.

— Celui-ci n'est pas transparent. Tu ne te rends pas compte que ça va gâcher la présentation. Tu me passes le plat en verre peu profond ma chérie.

Gadaïck aime de moins en moins ses mots tendres apparemment bienveillants. Ils lui donnent l'impression de dissimuler un piège, une sorte d'avertissement.

— Mince, mais pourquoi tu as coupé le concombre en petits cubes ? On ne fait pas du ceviche.

Sa question est plutôt rhétorique et n'attend pas de réponse. Comme toutes ses phrases qui commencent par « Pourquoi tu as fait ça comme ça » et qui sous-entendent « et pas comme ça comme il faut ».

— En carrés, en dés, en bâtons, quelle importance franchement !

L'agacement de la jeune femme ne cesse de monter. Elle est à deux doigts de tout laisser tomber. Lui, ses plats de verre, ses saladiers et ce qu'il y a dedans.

— Mais voyons, ma chérie, on avait dit qu'on faisait un carpaccio de tomates, concombres et fromage de chèvre. Là c'est raté. À quoi tu penses ?

— À Martin.

— Martin, c'est qui celui-là ?

— Dans son dernier message, Mamm-Gozh m'a révélé que son amoureux s'appelait Martin.

— Un autre, s'étonne-t-il, tu m'avais parlé d'un Merlin.

— Il s'était surnommé Merlin et ma grand-mère Léonor Lézec, Viviane !

— Pourquoi Merlin et Viviane ? Ils ne connaissaient pas la légende ? Viviane, c'est une manipulatrice. Elle le dépouille de sa magie puis l'emprisonne dans un enchantement, une sorte de gouffre affectif.

— L'histoire dit aussi que Viviane comptait plus que sa propre liberté. Donc, il a scellé son destin. Car il lui enseigne ce qu'il sait pour qu'elle tombe amoureuse de lui.

— Oui, mais ça n'a pas vraiment marché, murmure-t-il en coupant méticuleusement un autre concombre en lamelles vertes. Elle préfère le pouvoir qu'il lui donne.

— De toute façon, Merlin et Viviane, ce n'était que leurs noms de code. Leur passion commune a créé un lieu secret, caché aux yeux des curieux et visible à ceux qui y croient, conclut-elle en l'observant disposer artistiquement les légumes et le fromage dans le fameux plat.

Un autre que Pierre aurait été attendri. Peut-être qu'il l'aurait prise dans ses bras. Qu'il l'aurait embrassée ! Ils auraient oublié de manger. Ils se seraient nourris de caresses tout en picorant dans le même plat. Pierre est un homme obsessionnel et bien trop rigide pour se laisser aller de la sorte. Il lève les sourcils et lance sur un ton à demi sarcastique :

— Entre ta mère, ta grand-mère et toi, vous faites un sacré trio de choc. Enfin, à table, le carpaccio est prêt.

Gadaïck ne relève pas. Après tout, sa décision est prise. Tout d'abord, elle n'a pas faim. Certes, la présentation est superbe. Une véritable œuvre d'art culinaire !

Les concombres dessinent une rosace parfaite, leurs lamelles teintées du rouge profond de la betterave. Quelques gouttes d'huile d'olive perlent sur les légumes, tandis qu'une branche d'aneth se balance au sommet comme un plumet délicat. En dessous, des rondelles de tomates non épluchées forment un lit écarlate. Gadaïck fixe la peau luisante du fruit et réprime une grimace. Tant de beauté pour si peu d'appétit !

Surtout, que sa description des origines italiennes de cette spécialité fait défiler dans son esprit des images de chair crue, de lamelles sanguinolentes !

— L'œil doit se délecter avant le palais, précise-t-il, avec fierté, en amenant son plat sur la table.

Les bruits de mastication parviennent bientôt à la jeune femme, ponctués de commentaires à demi avalés. Elle détourne le regard, réprimant un frisson.

« Manger avec Mamm-Gozh, se dit-elle, c'est autre chose !

Avec sa grand-mère, chaque bouchée est un instant de grâce. Même une pomme à cidre, toute fripée et amère, devient un festin de complicité. Elle la croque avec gourmandise et sans chichis. Mamm-Gozh a le don de transformer le plus ordinaire des repas en un moment extraordinaire.

Elle dit tout avec un simple regard. Avec délicatesse. Une fois, Mamm-Gozh a confié à sa petite-fille qu'être à table avec son Tad-Gozh, aujourd'hui décédé n'était pas une partie de plaisir.

— Aussitôt qu'il se levait et fermait son couteau, tout le monde devait retourner vaquer à ses occupations, avait-elle dit en riant.

Depuis qu'il est mort, elle mange en toute liberté et avec volupté.

Il faut être vraiment amoureux des gens pour communier autour d'un moment d'intimité aussi forte. Le repas. Pierre se gave d'ordre social. Il répète des gestes codés pour ne pas rompre les maillons de sa chaîne familiale. Il cuisine dans des casseroles en cuivre et utilise des produits fins, comme des truffes blanches. « Tel un psychopathe qui aurait perfectionné son masque de la normalité, tout en étant conscient de le faire, » se dit-elle. Il prend tous ses repas à heures fixes et n'en saute jamais un. Faim ou pas.

D'ailleurs, c'est bien la même chose pour Marie-Anne, car c'est affaire de santé. Ils se seraient bien entendus tous les deux. Il faut absorber des aliments sains et bien présentés à heures fixes pour rester en bonne santé.

Sans lui demander ce qu'elle aimerait boire, il ouvre un Crémant d'Alsace, car dit-il, avec l'arôme de ses fleurs blanches délicates, il se marie très bien avec la chair fine du concombre. Il lui tend des assiettes, les couverts en nacre et deux verres à pied en cristal taillé.

— Allons-nous installer tranquillement et oublier ce Martin. C'est de l'histoire ancienne, ma chérie.

— Au contraire, je veux en savoir plus sur ce Martin, insiste-t-elle.

9

Un vase en mille morceaux

1983, Paris

Malgré ses efforts, Gadaïck peine à s'adapter à sa nouvelle vie. Le changement de rythme et d'habitudes la perturbe. Elle s'accroche à l'idée que le temps lui permettra de s'accommoder progressivement à son quotidien. Cela ne fait à peine trois mois qu'elle a emménagé. Finalement, les truffes au chocolat, qu'elle avait achetées pour marquer cette étape, sont restées intactes au fond d'un tiroir, prisonnières de leur sachet de soie. L'histoire du deux-pièces pied-de-poule lui a ôté l'envie de les offrir à Pierre.

— J'attends depuis plusieurs semaines de t'admirer dans le tailleur, lance-t-il, d'un ton sec.

— Il est chez le teinturier, ment-elle.

Le regard de Pierre se pose sur le t-shirt qu'elle porte, simple et confortable :

— Ce t-shirt, c'est quoi ? Tu n'as pas remarqué qu'il était troué et taché.

— Et alors, c'est grave ?

— Tu pourrais faire un minimum d'effort pour moi, non ? insiste Pierre, agacé par son attitude désinvolte.

— Si on ne peut pas être à l'aise chez soi ! s'exclame Gadaïck, exaspérée par les exigences de cet homme.

— À l'aise ne veut pas dire se transformer en Marie Souillon ! réplique-t-il avec véhémence.

Gadaïck se fige, blessée par ses mots. Un sentiment de colère et de révolte monte en elle. « Puisqu'il faut constamment jouer un rôle avec lui, pourquoi pas celui de Marie Souillon ? », s'amuse-t-elle amèrement.

— Et puis tu n'es pas chez toi, tu es chez nous, déclare Pierre.

— Chez nous ? Chez toi, avec tes meubles et tes ancêtres, s'esclaffe-t-elle.

— Qu'est-ce que tu fabriques à faire le va-et-vient dans l'appartement ? Tu vas finir par me donner le tournis.

— Je cherche mon grimoire. Tu l'as vu quelque part ?

— Ton grimoire ? Tu as quel âge ma chère ? se moque-t-il.

— Je t'ai déjà expliqué que j'y collectionne les récits de ma grand-mère, ses recettes, ses souvenirs et nos dialogues. Toi, tu accumules bien les meubles de tes ancêtres ! Tu devrais comprendre.

— Ce n'est pas comparable. Ces objets, c'est du concret. Ils existent. Tandis que les histoires que tu m'as racontées, tu pourrais les trouver dans n'importe quel livre de contes et légendes bretonnes.

— Absolument pas, dit-elle en regardant sous les coussins du canapé. Il représente mon lien avec Mamm-Gozh, ses racines et son identité.

Elle fouille sous les meubles, dans les tiroirs, sur les étagères.

— C'est quand même très infantile. Calme-toi et assieds-toi un peu près de moi.

— Pas avant de l'avoir retrouvé. Je l'avais posé au-dessus de la cheminée.

— Quoi ce vieux machin gris et tout corné ? En effet, je l'ai vu et j'ai cru que c'était à jeter. Je l'ai balancé dans le vide-ordures ce matin quand je faisais un peu de rangement. Tu laisses tout traîner. C'est insupportable à la fin.

Gadaïck s'arrête net. Elle le fixe, le regard perçant. Les paroles de Pierre la frappent de plein fouet.

— Quoi ? Comment as-tu pu faire une chose pareille ? s'exclame-t-elle, la voix tremblante de colère et d'incompréhension. Tu savais ce que c'était.

— Tu passes trop de temps à écrire là-dedans ! Tu te comportes comme une gosse. Regarde-toi dans ton t-shirt trop large ! Tu ne manges presque rien sauf quand tu te goinfres de chocolat. Ma parole, quelque chose ne tourne pas rond côté ciboulot.

Livide, Gadaïck fuit dans la salle de bain d'appoint où elle s'enferme à double tour. « Se calmer », pense-t-elle.

— Ouvre, je vais le retrouver ton p'tit cahier. Je ne savais pas. Les éboueurs n'ont pas encore ramassé les poubelles. On a le temps de descendre. Allez, sors de là, s'exaspère-t-il, irrité.

Il martèle la porte du poing. Elle cède brusquement à l'instant où Gadaïck vient de la déverrouiller. Pierre perd l'équilibre. Pour se retenir de tomber, il s'agrippe au rebord de la console murale. Un vase de porcelaine blanche rempli de fleurs artificielles se brise au sol. Il s'affale à quatre pattes pour ramasser les morceaux.

— Donne-moi un coup de main quand même ! C'est ta faute. On pourra peut-être les recoller. Tu savais que les Japonais réparaient les objets cassés depuis le 15e siècle ? Ils restaurent les pots avec de la laque qu'ils recouvrent ensuite de poudre d'or pour les embellir, explique-t-il d'un ton professoral. Le résultat est souvent remarquable.

Pierre tend ses paumes ouvertes, chargées des tessons et jette à Gadaïck un rictus crispé qui peine à masquer son agacement.

49

— Rends-toi utile et amène ces morceaux dans la cuisine. Je vais t'enseigner la technique de kintsugi.

Les fragments, doux entre les mains de la jeune femme, se transforment en armes.

D'un geste lent et calculé, elle les laisse tomber et exploser en mille éclats sur le sol. Un sacrifice à sa colère refoulée ! Gadaïck s'accroupit devant Pierre, dont le sourire figé ressemble désormais davantage à une grimace de douleur. Sa paume s'est refermée. Elle lui déplie délicatement les phalanges comme des pétales et y dépose une poignée de débris de porcelaine. Un regard glacial traverse le visage de Gadaïck.

— Les choses sont parfois irréparables, mais on peut les transformer. Tu n'auras qu'à en faire une jolie mosaïque et la sublimer de cicatrices dorées. Moi, je vais chercher les mots de Mamm-Gozh que tu as fait disparaître dans le vide-ordures. Ça, c'est un geste irrémédiable.

La tâche qui l'attend au sous-sol, entre les caves et le parking, ne va pas être simple. Munie de gants, de bottes en caoutchouc, d'une lampe de poche et d'un masque jetable, elle est prête à plonger dans les déchets s'il le faut. La puanteur mêlée à l'odeur de l'humidité qui traverse la protection respiratoire lui annonce qu'elle se rapproche de l'énorme bac placé sous le vide-ordures. Sous la lumière blafarde du sous-sol, elle croit apercevoir une souris toute menue qui se faufile dans un trou microscopique du bac. On entend plus que le bourdonnement des néons. Et les bruits de pattes lilliputiennes qui semblent fuir à son arrivée.

« Allez, un peu de courage », se dit-elle.

Elle jette un coup d'œil autour d'elle pour voir ce qu'elle pourrait bien trouver pour l'aider à se hisser sur le rebord. Son regard se pose sur une échelle en bois adossée contre le mur dans un coin de la salle. Parfait ! Elle fera l'affaire.

Sur l'avant-dernier barreau de l'échelle, elle se dresse sur la pointe des pieds pour découvrir l'étendue des déchets de toutes natures. Par chance, le cahier de Mamm-Gozh vient de faire son trajet dans le conduit de chute. Il ne doit pas être encore trop enseveli. Elle balaie la couche de détritus de sa lampe de poche. Puis soudain, sous son faisceau lumineux, le précieux grimoire jaillit dans un coin du bac, comme un trésor inespéré. Gadaïck descend de son perchoir et déplace l'échelle pour aller le repêcher. Le plus délicatement possible. Elle se sent soulagée de ne pas avoir eu à s'attarder plus longtemps dans cet endroit et surtout de n'avoir pas été obligée de plonger dans la benne.

De retour dans l'appartement, elle file vers la salle de bains de la chambre principale. Elle jette les gants et le masque dans le lavabo droit. L'autre est celui de Pierre. Interdit d'y laisser traîner quoi que ce soit. La porcelaine et la robinetterie doivent briller de mille feux en permanence.

Elle s'approche du secrétaire dos d'âne niché entre les deux longues fenêtres donnant sur la rue. C'est là qu'elle a choisi de corriger les copies de ses élèves. D'un tiroir étroit, elle extrait un paquet de papier buvard rose.

Pendant ce temps, Pierre ramasse encore les éclats du vase, grommelant on ne sait quoi. Concentré sur sa tâche, il n'a même pas remarqué le retour de Gadaïck.

Toujours attelée à la restauration du grimoire, elle prend soin d'imbiber chaque buvard de quelques gouttes d'huile essentielle parfumées à la lavande. Puis, une fois qu'il est bien saturé d'arôme, elle le met à plat entre chaque feuille du cahier pour en absorber l'humidité et l'odeur. Pour finir, elle l'enveloppe dans un vieux morceau de toile de jute et y noue une ficelle tout autour. Il ne reste plus qu'à le protéger de la moisissure, des insectes et de Pierre surtout. S'il n'était pas aussi maniaque, elle l'aurait déposé sur le manteau de la cheminée pour qu'il sèche tranquillement et s'imprègne des effluves frais et légers.

Mais chaque chose a sa place. Rien ne peut en rompre l'équilibre. Un joli coffret métallique hermétique décoré, qui a contenu des galettes de Pont-Aven, fera l'affaire.

« Demain, si le cahier n'est plus humide et embaume l'air, je t'écrirai ma Mamm-Gozh. J'ai besoin de conseils. J'étouffe ici », pense-t-elle en rangeant la boîte dans sa valise.

Puis elle fait couler la douche, le temps d'obtenir la bonne température. Elle la veut très chaude. Pierre ne peut jamais s'empêcher de vanter les bienfaits de l'eau froide le matin de bonne heure. « Que grand bien lui fasse », se dit-elle.

En passant devant le miroir, elle aperçoit un corps un peu amaigri, des hanches, des clavicules saillantes et des côtes apparentes. Chaque jour chez Pierre, elle a le sentiment de se vider, comme si elle n'est plus que passoire. Pourtant, son reflet l'apaise. Sauf son ventre qu'elle ne trouve pas assez plat. Elle le pince en grimaçant.

« Demain, je ne mange rien », se rassure-t-elle. « Ou peut-être une pomme. Bon, j'en parlerai à Mamm-Gozh. Cette situation ne peut pas durer ».

10

Le faiseur de miracles… enfin

Ma chère petite Mamm-Gozh,

Je voulais t'écrire hier soir, mais j'ai dû attendre que notre cahier soit remis en état. Je l'avais laissé sur le rebord d'une étagère, mais voilà, Pierre est un obsédé de l'ordre et l'a balancé dans le vide-ordures. Par mégarde, a-t-il dit.

Je ne crois pas que Pierre ait quelque chose à faire dans notre monde à nous. Tu ne le connaîtras pas. Depuis mon emménagement, il est de moins en moins attentionné. Quelque chose a changé.

Il ne comprendrait pas la beauté brute et sauvage de ton grenier et de ta grotte ni la magie qui s'en dégage. C'est assez ironique, car le côté rigide et pragmatique de Pierre me rappelle celui de Maman. Tout comme elle, il est prisonnier de ses règles et de son obsession du contrôle. Pourtant elle a peu d'estime pour lui. Se voit-elle un peu dans lui ? Est-ce pour cela qu'il m'a attiré ?

Mamm-Gozh, je n'ai pas l'impression que tu l'apprécierais non plus.

Que te dire de plus sur lui ? Pierre est un homme qui aime l'ordre. Il est sensible aux belles choses, mais d'une manière superficielle. Il les expose sur des étagères comme des trésors, sans leur donner de véritable vie. Inutilisables, ses objets sont réduits à de simples pièces de musée qu'il est interdit de toucher, sauf pour les épousseter ou les réparer.

Je me sens étouffée par son besoin de tout contrôler. Fallait-il que j'aie eu envie de m'envoler du nid maternel pour ne pas avoir vu tout cela avant ?

J'ai même parfois l'impression que je fais partie du mobilier. Et que si je me brisais, il me recollerait et couvrirait d'or toutes mes imperfections, mes faiblesses et mes peines. Il me trouverait encore plus belle. L'idée n'est pas mal. La poudre d'or sur les plaies, c'est un peu comme de l'amour ? Ce qui est cassé appartient au divin. Et quand Pierre répare, il devient l'artiste divin. Il redonne vie, il est le faiseur de miracles. Seulement voilà, je n'ai pas envie d'être la miraculée de Pierre.

Je sais ce que tu me dirais sur Pierre. Tu me montrerais tes papillons Vulcain. Tu ouvrirais le vivarium pour les regarder s'envoler et on irait à la cueillette des plantes sauvages. Tes nymphes ailées me rappellent toujours la liberté et l'espoir.

11

Des crêpes, des papillons et du chouchen

1969, vacances scolaires en Bretagne.

Malgré son large pull à rayures bleues tricoté au point de riz par Mamm-Gozh, Gadaïck ne parvient pas dissimuler sa maigreur. Marie-Anne ne peut l'ignorer. Ses yeux se posent sur le poignet décharné et les veines saillantes de sa fille qui transparaissent à travers sa peau diaphane. Gadaïck a beau tirer désespérément sur la manche de sa marinière pour les cacher, le regard maternel scrutateur ne les quitte pas.

— Tu es en train de ravager ton corps, lui dit-elle, la tête secouée par l'incompréhension.

Elle se sent impuissante face à l'état famélique de sa fille et à son refus de s'alimenter. Ses plats mijotés avec amour n'ouvrent plus l'appétit de Gadaïck, et cette situation la torture.

Pourtant, elle ne confie à personne la malédiction qui l'accable. Elle se demande, parfois à voix haute : « Qu'est-ce que j'ai fait pour mériter une enfant qui préfère mourir de faim ? » Cette question lancinante reste sans réponse.

Gadaïck, quant à elle, est incapable de fournir une explication logique à son comportement. Les mots qu'elle pense « Quand je mange, j'étouffe » ne feraient qu'aggraver l'incompréhension de sa mère.

D'une certaine manière, Marie-Anne s'en rend compte, et c'est pourquoi, dans l'espoir que le changement d'environnement et l'amour de Mamm-Gozh aideront Gadaïck à se sortir de sa spirale négative, elle accepte de l'envoyer seule passer l'été dans le Trégor. Gadaïck ne peut contenir sa joie depuis la bonne nouvelle.

Comme à chaque fois qu'elle se retrouve auprès de Mamm-Gozh, l'adolescente éprouve une sensation de liberté et d'évasion, tel un oiseau qui s'échappe enfin de sa cage.

Cette année, pour la première fois, Marie-Anne lui accorde cette indépendance, mais avec une condition : son amie Hélène, qui se rend également en Bretagne pour voir sa famille, l'accompagnera en train.

Marie-Anne a tout de même tenu à les conduire jusqu'à la gare Montparnasse pour faire ses dernières recommandations.

— T'inquiète pas, la rassure Hélène, Gadaïck est une grande fille de douze ans maintenant, elle se débrouillera très bien.

Leurs paroles se perdent dans le brouhaha du hall de départ. Enfin installée dans son wagon, Gadaïck se tourne vers la vitre pour envoyer à sa mère un sourire et un baiser.

Au début, le ronronnement du train lui donne légèrement mal au cœur. Puis, le roulis régulier finit par l'apaiser et elle s'endort profondément pour un voyage de presque six heures.

À l'arrivée à Lannion, elles prennent un taxi jusqu'au lieu-dit de Kermellec.

La magie commence déjà dans le véhicule aussitôt qu'il s'engage sur le sentier qui mène à la ferme. Gadaïck observe avec émerveillement les buissons qui bordent le chemin, leurs branches qui frémissent au gré du vent. ! Le chauffeur quant à lui, peu habitué à ce type de route, se plaint de cette voie étroite et cahoteuse. Il s'inquiète pour sa Peugeot pimpante neuve.

— Ces foutues branches, peste-t-il, elles griffent ma belle carrosserie noire au passage. Et la boue va s'incruster sous le châssis. J'ai bien envie de vous laisser là, mes petites dames. C'est encore loin ?

Hélène, imperturbable, le rassure d'une voix douce :

— On est presque arrivé, Monsieur.

À peine a-t-elle prononcé ces mots que la ferme de Mamm-Gozh se dessine au milieu des feuillus et de quelques pommiers.

Dès que Gadaïck aperçoit Mamm-Gozh debout sur le pas de la porte, un sourire éclaire son visage. Elle s'empresse d'ouvrir la portière de la voiture pour aller se précipiter dans les bras de sa grand-mère.

De superbes hortensias comme on n'en rencontre qu'en Bretagne encadrent l'entrée. Leurs fleurs bleues et roses s'épanouissent sous le soleil d'été. L'odeur caractéristique de la terre humide après la pluie envahit aussitôt ses narines. Bambi, le chien de Mamm-Gozh, déboule devant elle pour l'accueillir par de joyeux aboiements. Makalon, la truie, en train de fouiller le sol avec son groin, lève la tête et flaire la brise pour voir ce qui se passe.

Avec sa coiffe élégante d'ardoises et ses fenêtres aux volets bleus galonnées d'une glycine centenaire, la ferme ancienne aux murs de pierre rongés par le vent ne change pas.

— Ma doué, tu as bien grandi, dis donc, tu m'as rattrapé ma boudig koant, s'exclame Mamm-Gozh avec affection.

Gadaïck sourit timidement. Il est vrai qu'elle a gagné plusieurs centimètres depuis son dernier séjour à Kermellec. Elle arrive presque à la hauteur de sa grand-mère. Par bonheur, elle ne fait aucun commentaire sur son poids, un sujet sensible pour la jeune fille.

Mamm-Gozh hèle Hélène et le chauffeur.

— Vous prendrez bien une p'tite bolée de cidre avant de repartir ?

— Non merci, décline Hélène poliment, je dois y aller.

— Alors, ma belle, allons à la voiture chercher ta valise et remercier Hélène de t'avoir accompagnée.

Cinq minutes plus tard, Hélène est déjà remontée dans le véhicule. Gadaïck et Mamm-Gozh attendent que la Peugeot se fonde dans le paysage, au bout du sentier poussiéreux.

« Enfin seules » se dit la jeune fille.

— Tu dois avoir un peu faim après ce long voyage ? Je t'ai préparé des crêpes. Nous, on a beaucoup de choses à se raconter.

La soirée gourmande bat son plein. La pièce, qui sert à la fois de cuisine, de salle à manger, de salon et même de chambre, est dominée par une imposante cheminée de pierre. Le lit clos de Mamm-Gozh est niché entre deux armoires massives qui occupent presque toute la longueur du mur. Pour accéder à son couchage, Mamm-Gozh utilise un coffre de rangement comme escabeau.

En compagnie des poules, de Makalon la truie, de quelques chats et de Bambi qui vont et viennent à leur gré dans la maison, Gadaïck savoure sa troisième crêpe dentelle. Mamm-Gozh, infatigable, est déjà en train d'en étaler une autre sur la billig[3] posée directement au-dessus du feu de cheminée.

— Je n'en peux plus Mamm-Gozh. Désolée, j'ai un ventre énorme. Je vais éclater. Je peux même plus avaler une gorgée de jus de pomme. Pourtant, il est bon.

Elle repousse sa bolée au liseré bleu, encore pleine, qui porte son prénom.

Le crépitement des flammes et la douce odeur du bois qui brûle enveloppent Gadaïck d'une sensation de tranquillité et de bonheur. Recroquevillée dans un large fauteuil devant la cheminée, elle observe avec fascination quelques papillons que

---

[3] Billig : crêpière traditionnelle bretonne

Mamm-Gozh a libérés de son grand vivarium antique quelques heures auparavant. Quelques-uns viennent se coller aux vitres. D'autres, dans un ballet aérien, traversent la pièce. Certains se posent sur les bouquets de plantes séchées suspendues au plafond parmi les ustensiles de cuisine et des grappes d'ail. La porte et toutes les fenêtres sont béantes pour qu'ils puissent s'envoler. Un extraordinaire vent de liberté magique souffle dans cette maison. Tout y est paisible.

— On va relâcher les autres, lui dit Mamm-Gozh en remarquant sa petite fille qui contemple ceux encore captifs.

Un bâillement menace, mais Gadaïck le retient devant les créatures agitées.

— Il ne pleut pas, les conditions sont parfaites. Allez hop, bouge-toi !

L'adolescente se lève et suit sa grand-mère qui lui permet d'ouvrir le vivarium. Les vulcains aux panaches flamboyants de rouge feu s'élancent dans les airs et se joignent à une danse aérienne. Un spectacle féérique !

Le cœur débordant de joie, Gadaïck observe les papillons s'envoler, leurs ailes baignées par la lumière du soleil couchant. Elle se tourne vers son aïeule et lui demande avec curiosité :

— Pourquoi tu continues à les élever ?

Les yeux de Mamm-Gozh pétillent de malice.

— Pour ce moment magique du lâcher, ma petite fée, et pour capter les mauvais esprits et pour voir ta frimousse émerveillée et pour...... pour... D'ailleurs, pourquoi faut-il une raison à tout ? Aux bavards qui te feront la remarque, dis-leur que c'est pour les faire parler.

Un papillon vient se poser délicatement sur le bras de Gadaïck et un autre effleure son nez de ses ailes fragiles.

— Tes anges gardiens, s'écrie Mamm-Gozh avec tendresse. C'est bon signe. De belles choses vont t'arriver.

D'autres peinent à émerger de leur cocon.

— Ceux-là, indique Mamm-Gozh doucement, il faut les laisser tranquilles et ne pas intervenir. Parfois, le changement survient tardivement. Il passe par la douleur, la paralysie même. Tu vois, se métamorphoser, c'est un peu comme faire un deuil. On abandonne l'enfance, le chagrin, l'amour, tout ce qui était. Cette souffrance forge la force, car il faut du courage pour quitter ce cocon. Une fois libre, la beauté émerge. Et ce qu'il y avait auparavant, on oublie.

— Regarde celui-là, s'exclame Gadaïck en pointant vers un papillon en plein vol, tu crois qu'il ne se souvient pas de quand il était chenille ?

— Sûrement ! Cet autre-là, il a fait craquer sa chrysalide, précise Mamm-Gozh, en se tournant vers le vivarium antique. Mais il n'a pas fini. C'est un moment crucial. Il doit encore fournir un gros effort. Sinon, il restera coincé dans cet état inachevé pour toujours, les ailes chiffonnées et collées, incapables de se déployer. Tu comprends ça ma boudig koant, s'il ne s'envole pas à temps, il sera trop tard.

« Mamm-Gozh me voit-elle comme une chenille ? se demande soudain Gadaïck.

—Bon, assez de bavardages, demain, on va galouper[4]. Je vais te présenter mon amie, la gardienne de la grotte.

Ce soir-là, exceptionnellement, elle accepte de laisser Gadaïck dormir dans son alcôve et prend la chambre située à l'opposé de la maison qu'elle a préparée tout spécialement pour sa petite-fille. Elle l'embrasse et ferme les rideaux en dentelle du lit clos.

***

---

[4] Galouper = aller se promener en breton

Le lendemain matin, elles sont levées de bonne heure. Coiffée de son joli chignon à la nuque, Mamm-Gozh est déjà prête pour l'aventure promise. Sa besace remplie d'une miche de pain, de quelques pommes pour le trajet et d'un far breton, elle annonce :

— On n'arrive pas chez les gens les mains vides.

Sans savoir exactement où sa grand-mère l'emmène, Gadaïck est ivre de joie à l'idée d'entrer une fois encore dans son univers magique, là où les papillons et les libellules sont des fées minuscules et les écureuils des korrigans.

Des questions se bousculent dans son esprit. « Les frontières entre le réel et l'imaginaire continueront-elles de s'ouvrir maintenant que j'ai douze ans ? » se dit-elle.

Elles quittent la ferme et s'engagent sur un sentier qui serpente à travers la campagne. Leurs pas les mènent vers plusieurs chemins secrets. Parfois, Mamm-Gozh s'accroupit pour récupérer des herbes ou des glands.

— Mamm-Gozh, ici, il y en a plein. On en ramasse encore ?

— Non, il faut laisser ça pour les Korriganed, sinon ils vont se fâcher. On prend juste ce dont on a besoin.

Gadaïck se sent soudain observée. Elle a l'impression que des lutins malicieux se cachent dans les arbres et l'épient. Elle s'empresse de remettre les glands à leur place. Tous les Bretons savent que les korrigans en raffolent. Malheur à ceux qui osent chaparder leurs victuailles !

Après une bonne heure de marche, elles arrivent devant l'entrée d'une vieille chaumière.

— Mère Lusine, glapit Mamm-Gozh. T'es là ?

La porte s'ouvre. Une femme corpulente de l'âge de Mamm-Gozh, le sourire aux lèvres, s'écarte légèrement de l'embrasure pour les laisser passer. La pièce ressemble un peu au grenier de Mamm-Gozh, mais en beaucoup plus encombré et poussiéreux. Pas même un espace libre pour s'asseoir.

— Quel fouillis, tu aurais pu faire le ménage, c'est crasseux chez toi, s'exclame Mamm-Gozh d'un ton moqueur.

— Ça te dérange pas d'habitude. Installez-vous là sur ma couche pendant que je vous prépare une bolée de café au chouchen.

Gadaïck repousse de nombreux coussins et oreillers envahissants vers un coin de la baie de l'alcôve pour se faire une place sur le lit.

— Pour ma petite, pas de Chouchen, insiste Mamm-Gozh. Sa maman serait très fâchée.

La mère Lusine débarrasse un peu la table ou plutôt, empile des assiettes et des tasses sales. Des insectes desséchés apparaissent sous les plats, parmi les plantes fanées.

— C'est quoi cette boisson, demande l'adolescente avec timidité.

— C'est le nectar des druides, lui explique Lusine. Je le fabrique par fermentation de miel avec du jus de pomme. Puis, j'ajoute une pincée de cannelle et de muscade et un peu de vanille pour parfumer.

— Mais dans le temps, elle y mettait son ingrédient secret, précise Mamm-Gozh, d'un air entendu.

— Ç'est bien vrai, rétorque mère Lusine en riant aux éclats. J'nous concoctais une bonne bouillie d'abeilles bien corsée avec leur propre venin.

— On fait plus des trucs pareils, renchérit Mamm-Gozh.

Gadaïck frissonne légèrement. « Heureusement ! » pense-t-elle.

Elle est fascinée par ces deux femmes joyeuses, libres de faire ce qu'elles veulent, hors du temps et des conventions.

« Maman ferait une syncope si elle me savait ici », s'amuse Gadaïck, avec cette faiseuse de potions druidiques.

Les deux vieilles amies se servent une généreuse bolée de café au chouchen. La liqueur a une belle teinte dorée et son parfum envoûtant emplit la pièce. Mamm-Gozh sort son far aux pruneaux de sa besace et mère Lusine pose sur les genoux de Gadaïck une assiette contenant un gros morceau de gâteau.

Au fil de la conversation, le niveau de Chouchen diminue franchement dans la bouteille. Les rires et les bavardages fusent de plus en plus forts et stridents. Gadaïck se laisse emporter par l'atmosphère joyeuse et conviviale qui règne dans la chaumière.

— Il fait un peu chaud ici, allons dehors, déclare Lusine.

Les deux femmes prennent la jeune fille par la main et l'entraînent vers la sortie. Leurs chignons défaits, elles entonnent une chanson en breton et dansent autour d'une cheminée en plein air, construite de pierres empilées qui s'élèvent en un cercle irrégulier. Prise par leur enthousiasme, Gadaïck se laisse emporter par la joie de ce moment. À bout de souffle, les deux amies s'installent sur les rondins de bois qui servent de bancs rustiques devant le feu.

Mamm-Gozh, l'œil malicieux, se tourne vers Gadaïck :

—Toi qui es jeune et pleine d'énergie, ravive le foyer pour réchauffer un peu nos vieux os, puis viens contempler la lune et les étoiles avec nous ! Si tu parviens à entendre leur chant, tu pourras écouter les légendes de nos ancêtres.

L'adolescente, ravie de se rendre utile, s'empresse de rassembler des brindilles et des feuilles sèches. Elle attise les flammes vacillantes et savoure la chaleur bienfaisante qui se diffuse autour d'elle.

Soudain, le crépitement joyeux est interrompu par Mamm-Gozh.

— La grotte n'est qu'à quelques mètres d'ici.

— Ta Mamm-Gozh venait y rencontrer son bien-aimé en cachette, ajoute la mère Lusine en hochant la tête. Loin des regards indiscrets.

Stupéfaite par cette révélation, Gadaïck éclate de rire :

— Toi, Mamm-Gozh, tu as vécu une histoire d'amour interdite ? C'est pas possible !

— Et pourquoi donc, c'est si drôle que ça d'imaginer ta Mamm-Gozh en jeune rebelle sentimentale ?

— Mais comment s'appelle-t-il alors ?

— Merlin ! Allez la Léonor, raconte-lui donc, ce n'est pas à moi de le faire.

— Merlin qui ? l'enchanteur, s'écrie Gadaïck. Vous me faites marcher.

— Non, c'est vrai, confie Mamm-Gozh doucement. Quand je l'ai rencontré avant mon mariage avec ton Tad-Gozh, il était magicien ambulant et se déguisait en Merlin.

Gadaïck, les yeux écarquillés d'incompréhension, pose la question qui brûle ses lèvres :

— Mais alors, Mamm-Gozh, si tu aimais tant Merlin, pourquoi tu l'as pas épousé ?

Un voile de tristesse s'abat sur le visage de sa grand-mère.

— C'est une longue histoire, ma *boudig koant,* répond-elle d'une voix douce et tremblante.

— On a toute la soirée, ma Mamm-Gozh.

— J'avais à peine dix-sept ans, commence-t-elle. Ma sœur aînée, Rozenn, était mariée à ton Tad-Gozh. Malheureusement, elle est décédée en couches, laissant derrière elle trois jeunes enfants orphelins.

Mamm-Gozh s'arrête un instant, prend une profonde inspiration avant de poursuivre :

— Ma famille m'a forcé à épouser le veuf de Rozenn, pour l'aider à élever les trois petiots. J'avais le cœur lourd et un rôle à tenir.

Mamm-Gozh regarde le feu danser dans le vent. Des larmes coulent sur ses joues tandis qu'elle raconte son sacrifice.

— Et puis, un jour, il y a eu la guerre, et il n'a plus donné signe de vie. Mais je retournais quand même à la grotte en espérant le revoir.

— Mais, Mamm-Gozh, il est revenu ?

Mamm-Gozh se contente de répondre par un sourire énigmatique en fixant les flammes.

12

Le dire avant le dîner

Elle n'attendrait pas la réponse de Mamm-Gozh pour rompre avec Pierre. Depuis ce cadeau incongru du premier jour, germe d'une discorde sourde, leur relation s'est consumée comme un feu de joie, jusqu'à ce que le grimoire, jeté aux ordures, n'en disperse les cendres. L'idée de lui annoncer qu'elle va le quitter l'angoisse, car il ne remarque pas le dysfonctionnement de leur couple. Pourtant, elle préfèrerait lui dire avant le dîner.

— Il faut qu'on parle, se hasarde-t-elle.

— On ne peut pas en discuter à table ? demande-t-il d'un air surpris.

— Non, ce soir, je n'ai pas faim en fait.

— Mais… tu es malade, ma pauvre chérie ! En plus, tu n'es jamais contente.

— Et toi, pour ta tranquillité, il faudrait que je sois transparente dans ton décor, poursuit-elle.

Elle se garde bien de lui avouer qu'elle ne se sent que figurante dans son cadre. Les valeurs de Pierre n'ont rien à voir avec les siennes, et de sa personnalité, elle ne parvient pas à s'accommoder. Et que dire de ce logement aux murs immenses, aux plafonds trop hauts, à ces bibelots sans âme ? Décidément, ils n'ont jamais rien eu en commun tous les deux. Pas même d'horizon !

— Bon, je vais quand même dîner. Ce serait dommage de laisser perdre tout ça, conclut Pierre.

Pour lui, la discussion est terminée. Il fixe son assiette, d'un regard assassin.

« Heureusement que j'ai déjà fait ma valise », pense-t-elle, « je vais m'éclipser pendant qu'il mange. Pas forcément courageux, mais plus simple ! Et je n'aurais pas à subir une scène ».

Sans aucun doute Marie-Anne sera contente de la voir revenir. Mais pas pour longtemps. Il est urgent que Gadaïck s'extirpe de son cocon, qu'elle déploie ses ailes comme les papillons Vulcain de Mamm-Gozh, avant qu'elles ne s'engluent dans leur propre liquide organique. Sans savoir encore comment, elle est envahie d'un nouvel espoir, d'une force renouvelée.

13

Un orage se prépare

Le lendemain matin, Gadaïck se réveille chez Marie-Anne, de retour dans sa chambre d'enfant, trop bien rangée. Sans même avoir pris le soin de défaire sa valise. Sa mère s'est contentée de lui déclarer : « un couple, ça a un début et une fin ».

Gadaïck a récupéré les truffes au chocolat que Pierre avait balayées d'un revers de la main. Immédiatement libérées de leur sachet de soie, elles ont rapidement fondu entre les lèvres des deux femmes.

Pendant les jours qui suivent, l'atmosphère est particulièrement tendue au lycée. Pierre et Gadaïck évitent de se croiser dans les couloirs autant que possible. Dans la salle des professeurs, pendant la pause, Marie-Anne, quant à elle, ne peut résister au plaisir de lancer à Pierre des œillades victorieuses. Un orage se prépare.

Machinalement, Gadaïck touille son café sans sucre avec une cuillère, devant le tableau d'affichage. L'arôme réconfortant qui flotte dans l'air la rassure. Son regard se pose alors sur une annonce d'échange de programmes pour aller enseigner dans un établissement américain en Californie. La maîtrise de l'anglais est indispensable. Parfait. Elle a appris l'anglais à l'école et plus tard en visionnant des films américains en version originale pour habituer son oreille. Elle s'est familiarisée très rapidement avec les sonorités de l'anglais et avec la culture américaine. Ensuite, elle doit justifier qu'elle a exercé au moins deux ans en France. À la fin de l'année, elle totalisera une expérience professionnelle de deux ans. Elle coche toutes les cases du profil indiqué.

L'idée de partir à l'étranger la séduit énormément : tout recommencer ailleurs, se reconstruire loin de tout où personne ne la connaît. Avec son CAPES, elle pourra adresser sa demande de détachement administratif auprès du rectorat. Il restera à entamer les démarches nécessaires et à obtenir un visa. Les rêves plein la tête, elle sort de la pièce, sans un regard vers Marie-Anne et Pierre.

Dans la soirée, elle étudie déjà le dossier qui explique toutes les formalités à accomplir pour se donner toutes les chances d'être acceptée.

Enfermée dans son week-end, elle passe tout son temps à remplir le formulaire, à assembler les documents et à imaginer sa vie future quelque part en Californie. Les papiers s'empilent, mais dans les yeux de Gadaïck brille une flamme nouvelle, celle de l'espoir et de l'aventure.

14

Quand l'ingrédient secret du bon beurre se trouve dans un endroit improbable

Ma chère boudig koant,

J'ai un peu tardé à te renvoyer notre cahier. Tu me parlais de ta relation avec Pierre. Mais je suis certaine que tu n'auras pas attendu ma réponse pour prendre ta décision. Je te connais bien ! Si tu hésites encore, retiens ceci : si je lui donnais une couleur, ce ne serait pas le rose fuchsia. Ce Pierre voulait couvrir tes imperfections de poudre d'or. Ces failles qu'il te reproche, ce sont justement tes forces. Porte-les avec fierté. Donc, je ne t'en dirai pas plus. Tu sauras quoi faire.

Tu te souviens quand tu avais douze ans, et que nous étions chez Lusine à regarder les étoiles, tu m'avais demandé si Merlin était revenu ? Oh que oui et même à plusieurs reprises. Je peux te l'avouer maintenant que tu es en âge de comprendre. La première fois, c'était pendant la guerre. Je l'avais à peine reconnu tant il était maigre. Avec ta maman, encore adolescente, on venait de baratter du beurre pour nous et pour les soldats allemands qui n'en avaient jamais assez. Ton oncle Yves, le petit dernier, ne voulait pas quitter ses couches.

Soudain, la mère Lusine fit irruption dans la cuisine, excitée comme une puce, pour m'annoncer que Merlin m'attendait dans la grotte. Il était blessé, il avait faim et devait se cacher quelque temps jusqu'à ce qu'il récupère un peu. Elle était pressée et s'empara d'une motte de beurre toute fraîche que j'avais réservée pour les soldats allemands. « Nom de doué ! s'écria-t-elle. Ton amann, ça sent la fiente de cochon toute chaude ».

« *Mais non, c'est celle du p'tit Yves. Juste un tammig bihan[5]. Je n'en ai pas mis beaucoup.* »

Les Allemands en redemandaient à l'époque. Ce léger arrière-goût devait leur plaire. Et puis, j'y ajoutais un peu plus de sel et ça se conservait très bien. Enfin, nous, on n'y avait jamais goûté. Mais passons. J'avais rempli un pochon d'un morceau de beurre très jaune, celui à la crotte d'Yves était plus pâle, d'une miche de pain, d'une couverture de laine, et d'un vieux paletot de ton Tad-Gozh, sur l'insistance de mère Lusine. Selon ses mots, mon Merlin, il était fagoté comme un grignou[6] le pauvre et il avait froid ! Puis, nous nous mîmes aussitôt en route pour la grotte. Marie-Anne devait rester à la ferme pour s'occuper des plus petits. Et ce jour-là, j'ai retrouvé mon amoureux. Je suis retombée dans ses bras. Lui, il était tellement fatigué qu'il s'est plutôt écroulé dans les miens. Nous avons gardé le silence pendant un long moment. Je mourais d'envie de l'embrasser, mais il s'était presque endormi. Alors, je l'ai conduit doucement vers le lit en alcôve que nous avions construit tous les deux, quelques années auparavant. Tout comme notre passion, la couche et tout ce que nous avions bâti dans notre nid d'amour existaient toujours. Nous sommes restés allongés l'un près de l'autre, les bras entrelacés, toute la nuit.

Ta maman s'en souvient, ton Tad-Gozh, il pétait les plombs à la moindre contrariété. Il valait mieux ne pas traîner dans ses pattes. Au retour, je lui avais expliqué que j'avais dû boire un peu trop de chouchen avec la mère Lusine et que j'avais préféré dormir chez elle. La colère du Tad-Gozh, je m'en fichais bien, car mon Martin, je le chérissais si fort, il était tout pour moi et je continuerai de l'aimer avec ardeur même quand je serai dans les étoiles.

La suite, pour une autre fois.

En attendant, je te laisse une recette de beurre au sel de mer baratté à l'ancienne. Mais comme tu n'as pas l'ustensile traditionnel, je t'ai dessiné un schéma pour bien que tu comprennes les mouvements de rotation, car

---

[5] Tammig bihan : un tout petit peu en breton
[6] Grignou : quelqu'un de mal habillé en argot breton

après tout, ce savoir-faire se transmettait de mère en fille, même si toi, tu ne l'as jamais appris. Quand il y avait du lait, les femmes préparaient un beurre bien jaune pendant que les hommes partaient aux champs ou voguaient au large. Maintenant, les messieurs s'y sont mis et figure-toi qu'ils se font appeler maîtres-beurriers. Pourtant leur beurre, il ne sera jamais aussi bon que le mien. Qu'on se le dise !

Je t'embrasse.

Ta Mamm-Gozh qui t'aime.

15

Et la lettre virevolta au sol

Paris, 1983

Gadaïck, les doigts serrés sur la lettre du ministère, ne peut plus contenir son enthousiasme. Elle se demande comment partager sa joie avec Marie-Anne sans lui causer trop de peine. « Comment faire pour que Maman se fasse à l'idée de vivre sans moi et qu'elle parvienne à vraiment couper le cordon », pense-t-elle. Elle réalise que cela ne se fera jamais sans un coup de pouce, et que c'est à elle de le donner.

À six mois, Gadaïck a perdu son père et ses grands-parents paternels dans un accident d'avion en Suisse. Le petit appareil piloté par son grand-père s'était écrasé dans une zone escarpée en montagne. Il n'y avait eu aucun survivant. Marie-Anne et son bébé devaient les rejoindre plus tard dans la semaine. La disparition soudaine de son époux avait été un choc terrible pour Marie-Anne. Elle ne s'était jamais reconstruite ni remariée. Seuls, sa fille et son travail lui avaient donné la force d'avancer. Elle avait tissé un lien inébranlable entre elle et son enfant. Rien ni personne ne pouvait s'immiscer dans leur sphère intime. Elles passaient tout leur temps libre ensemble. Gadaïck n'avait appris la vérité sur la perte de son père et de ses grands-parents qu'après avoir demandé à maintes reprises où était son papa. Ne sachant que dire, sa mère s'était résolue à l'emmener au cimetière.

— Je n'ai plus que toi, avait-elle murmuré avec tristesse. Et nous voilà seules toutes les deux. Elle avait passé un bras autour de l'épaule de sa fille pour la presser contre elle, presque trop fort, comme pour implorer qu'elle ne l'abandonne jamais. Puis elles étaient restées infiniment silencieuses devant le caveau de famille.

— Maman, on a Mamm-Gozh aussi.

— Oui, bien sûr, on a Mamm-Gozh…

Pourtant, aujourd'hui, Gadaïck doit lâcher la bombe : sa demande de poste à l'étranger a été acceptée. Elle doit avouer à sa mère qu'elle va traverser l'océan, par les airs. Le mot « avion » suffit à glacer Marie-Anne. Il réveille en elle des souvenirs douloureux, des angoisses enfouies.

— Tu vas me dire ce qu'il se passe à la fin ? Tu me saoules à tourner en rond depuis tout à l'heure. C'est quoi ce courrier que tu as reçu ?

Gadaïck s'immobilise, paralysée par la peur de la réaction de sa mère. Celle-ci, n'y tenant plus, lui arrache la lettre des mains. Elle la parcourt très vite. Son visage se crispe, puis pâlit. Ses bras retombent. Elle lâche le document officiel qui virevolte un instant avant d'atterrir à ses pieds. Elle vacille, le poids du monde sur les épaules. De crainte qu'elle fasse un malaise, Gadaïck s'approche. Mais d'un geste de la main, Marie-Anne l'arrête tout net, avec un semblant de sourire. Elle a besoin d'espace pour digérer cette nouvelle. Gadaïck, le cœur serré, regarde sa mère s'éloigner et s'effacer dans la pénombre de sa chambre. Elle ramasse la lettre, abandonnée au sol. « Maintenant, elle sait, » songe-t-elle. Et elle finira par s'y habituer. On pourra même en parler plus tard quand le choc se sera estompé.

Marie-Anne est consciente de cette échéance inéluctable, mais pour le moment elle fait la sourde oreille. Si la question est évoquée, elle change de conversation. Gadaïck ne se décourage pas. « Maman se fera bien une raison », pense-t-elle. Elle a pour cela jusqu'au départ prévu en août 1983.

En attendant, Gadaïck saisit chaque occasion pour en discuter, dans l'espoir que sa mère accepte leur future séparation avec plus de sérénité.

— Maman, je me suis abonnée à plusieurs gazettes d'informations locales et à des groupes de Français expatriés à Los Angeles pour trouver une colocation. Si tu veux, on consulte ensemble les annonces immobilières.

Marie-Anne hoche la tête, silencieuse.

— Je vais appeler deux ou trois personnes. Une certaine Émilie Lefevre propose une chambre dans son duplex. Ça a l'air pas mal, et abordable. Je te lis la description ? Il y a des photos de l'appart.

Marie-Anne l'ignore, les yeux fixés sur son livre.

— Tu entends ce que je dis, Maman ? Je veux que tu sois prête quand je partirai.

Marie-Anne hausse les épaules et tourne une page.

— Tu sais que je dois le faire, insiste Gadaïck. Ne fais pas l'autruche, s'il te plaît.

Marie-Anne répond calmement, mais d'un ton détaché :

— Je comprends, Gadaïck. Je comprends.

Les efforts de la jeune femme pour impliquer sa mère dans ses préparatifs sont vains. Marie-Anne, retranchée derrière un mur de silence, se réfugie dans ses lectures, incapable d'affronter la réalité du départ de sa fille.

— Bon, j'appelle pour la coloc.

16

La lune, à portée de main

Début août 1983

À l'approche de son premier vol, Gadaïck pense avec nostalgie aux papillons de sa Mamm-Gozh. Elle aurait aimé lui annoncer la nouvelle de vive voix, mais l'absence de téléphone à la ferme l'en empêche. Dans sa dernière lettre, elle s'est confiée sur ses doutes, ses craintes et ses rêves, ainsi que sur le sentiment de culpabilité qui l'étreint à l'idée de laisser sa mère seule. Ce voyage de Paris à Los Angeles représente pour elle un mélange enivrant d'excitation et d'appréhension. Pour quelqu'un qui n'a jamais mis les pieds dans un aéroport, et qui doit affronter une phobie héréditaire de l'avion, l'expérience est d'autant plus bouleversante. Marie-Anne a d'ailleurs catégoriquement refusé de l'accompagner. La pensée de sa fille prisonnière d'une machine volante traversant les nuages orageux la terrifie trop.

Pour sa part, la jeune femme s'est efforcée de se préparer psychologiquement afin d'aborder cette aventure avec le plus de sérénité possible.

— Nous décollons dans quelques minutes. Veuillez vous asseoir, attacher vos ceintures et écouter les consignes de sécurité. Assise côté fenêtre, Gadaïck boit les paroles de l'hôtesse de l'air et suit attentivement chacune de ses démonstrations.

Celle-ci ajoute sur un ton affable : « nous arriverons à Los Angeles dans douze heures, à dix-sept heures quinze, heure locale ».

D'abord émerveillée, elle observe le sol s'éloigner, les villes rétrécir, et les champs se transformer en patchwork de couleurs. Elle a un pincement au cœur en voyant rapetisser à vue d'œil le pays qu'elle quitte. Elle s'inquiète soudain des bruits que fait l'énorme engin à deux ailes. Les yeux grand ouverts, elle s'accroche aux accoudoirs pour regarder à travers le hublot. Des secousses. L'envie de hurler « Au secours, maman, je reviens, je ne partirai plus » la saisit au moment où le Boeing traverse une zone de turbulences. Puis, il rentre dans un nuage. On ne distingue plus rien. Finalement, l'avion réapparaît de l'autre côté, les ailes à l'horizontale. Stabilisé. Au-dessus, tout est calme, d'un bleu intense. Pour la première fois de sa vie, Gadaïck découvre l'envers des nébuleuses. Elle flotte sur une mer de coton. Alors qu'elle a les yeux rivés sur le panorama, sa voisine lui demande poliment de fermer le volet, car elle veut visionner un film et la lumière la gêne. Quelques passagers ont déjà incliné leur siège. La jeune voyageuse en fait de même, et puisqu'il n'y a plus rien à regarder, elle s'endort assez vite, bercée par le ronronnement du moteur, le visage tourné vers le hublot obscurci.

Mamm-Gozh, tu me vois ? Je flotte dans l'air entre le bleu du ciel et le blanc de ces masses cotonneuses joufflues. Je me sens légère. La lune est à portée de main. Je pourrais presque en saisir un morceau. J'essaie de tendre le bras et d'étendre mes doigts pour la toucher. Soudain, j'aperçois un nez, une bouche, un sourire, et puis une image vaporeuse qui te ressemble, Mamm-Gozh. Ou est-ce toi qui m'as rejointe ? Tes cheveux sont de fins filaments formant un voile de dentelle blanche transparent qui enveloppe mon corps nu. Une aura éblouissante nimbe tout mon être. Je m'y love, je m'y blottis. Ce voile me protège et me dissimule. Je respire. Je suis libre. Toute inquiétude s'est évanouie. Je suis en train de naître une seconde fois. J'accouche de moi-même. Soudain, je perçois l'étoffe céder légèrement. Je dois en sortir. Mon bras, vibrant comme un cœur, se fraye un chemin à travers la fente. La déchirure s'agrandit. Ma jambe, à son tour, se libère lentement. Des petites gouttes d'eau coulent sur ma peau dégagée. Le reste de mon corps est lourd. Il entame une descente, suspendu par quelques filaments. Ton sourire se déforme Mamm-Gozh. Ton visage s'éloigne. Une fine brume vaporeuse commence à me recouvrir. Puis, le dernier fil qui me retenait craque et je glisse dans le vide, sans rien pour me rattraper. Un hurlement. Je te tends la main. Tu es déjà trop distante.

Gadaïck ouvre les yeux. Elle sent sa voisine qui la secoue pour la réveiller.

— Ça va ? Vous avez crié. Je vous sors de ce mauvais rêve à temps. On nous a servi à manger, dit-elle. Je vous ai abaissé votre tablette.

À moitié endormie, Gadaïck débloucle machinalement sa ceinture. Sous la cellophane l'attendent une omelette aux pâtes banales, quelques feuilles de salade tristounettes et un gâteau au chocolat visiblement rassis. Même le pain mou ne trouve pas grâce à ses yeux. Pas de quoi ouvrir l'appétit. Avec une légère moue dégoûtée, Gadaïck examine tous les aliments, picore un peu, puis repousse le plateau.

— Vous ne voulez pas votre tranche de baguette ?

— Prenez tout. Je n'ai pas faim. Aussitôt dit, elle se cale contre son dossier.

— Et le gâteau ? demande la passagère importune, la bouche pleine, son assiette déjà à moitié vide.

Pour toute réponse, la jeune femme hoche la tête en espérant que la dame se taise. Puis, elle détourne le visage vers le hublot de peur de la voir et de l'entendre mastiquer. Elle

81

s'enfonce dans le siège et ferme les yeux. Malgré les pleurs déchirants d'un enfant derrière elle, le sommeil l'emporte.

Presque douze heures après, les roues de l'appareil touchent la piste d'atterrissage de l'aéroport de la cité des anges, plus ou moins à l'heure prévue. Sans anicroche. Des impatients, déjà debout, malgré les portes encore closes, se bousculent dans l'allée centrale.

— On va rater notre correspondance, s'alarme un monsieur. Son stress est tellement communicatif que Gadaïck se lève, elle aussi, pour ne pas être la dernière.

Après de longues heures de vol, la jeune femme est fière d'avoir su accomplir ces étapes efficacement. Elle n'a même pas touché au livre qu'elle avait prévu de lire pour tuer le temps. Trop fascinée par les passagers affairés, elle s'amuse à imaginer la vie de chacun d'entre eux. Celui-là va peut-être rejoindre l'élue de son cœur. Celle-là sort peut-être d'une rupture sentimentale. Celui-là vient d'apprendre qu'il est père et se prépare à rencontrer son fils pour la première fois. Tout est possible. Les scénarios sont innombrables entre les histoires qui commencent, celles qui se terminent et d'autres qui s'invitent en boucle. Tel un tsunami, les émotions s'entrechoquent, bouillonnent et submergent tout dans ce lieu de passage. Des peines de cœur, des abandons, de la tristesse, de la joie, des espoirs, des désirs.

Gadaïck suit tranquillement la longue file des voyageurs et se retrouve bientôt devant le carrousel à bagages. De loin sur le tourniquet, sa valise se distingue parmi les autres avec ses gros rubans colorés enroulés autour de l'anse. Impossible de la confondre. Gadaïck se faufile entre les gens et saisit la poignée. Elle est tellement lourde qu'elle n'arrive pas à la soulever du premier coup. Sans dire un mot, un monsieur en cravate l'aide à l'attraper et sans attendre de remerciement, il fend précipitamment une bande de touristes en sac à dos, en s'excusant pour récupérer la sienne. Gadaïck se dirige droit vers la sortie en tirant sa valise à roulettes.

Un homme en uniforme est là pour l'accueillir. Il brandit une pancarte où figure le logo de l'agence et le nom de la jeune femme. « C'est mon chauffeur, pas de doute ». Elle se présente en anglais, mais il est ravi de pratiquer son français avec un accent américain assez fort.

— Bienvenue, mademoiselle Le Gorff. Donnez-moi vos bagages et suivez-moi, je ne suis pas loin.

Effectivement, il s'est garé à cinq minutes à pied.

—Voilà, annonce-t-il en ouvrant la portière arrière.

Gadaïck est soulagée de sortir enfin de cet aéroport bondé.

L'aventure commence sous un ciel sans nuages, infiniment turquoise et lumineux, comme elle n'en a jamais vu ni à Paris ni en Bretagne. Pourtant, il est déjà presque dix-huit heures. Rien n'obscurcit ce ciel. Hello l'Ouest américain !

17

Une potion verte

Août 1983, Los Angeles

Parmi les différentes offres, c'est celle du duplex avec jardin qui a retenu l'attention de Gadaïck. Il répond à tous ses souhaits : prix abordable, proximité des transports et de son lieu de travail, quartier vivant et multiculturel où elle aura la chance de partager son quotidien avec une autre Française, Émilie Lefevre.

Cette jeune banlieusarde parisienne, de deux ans son aînée, occupe déjà, depuis presque un an, une des deux chambres situées au premier étage. Sa colocataire précédente vient de déménager et il lui fallait quelqu'un pour la remplacer le plus vite possible.

À peine arrivée, Émilie l'accueille chaleureusement, comme de vieilles amies qui se retrouvent.

— Welcome chez toi Gadaïck ! Gadaïck, c'est comme ça qu'on dit n'est-ce pas ? Pas commun comme prénom. Tu sais, les Américains auront un mal de chien à le prononcer. Tu n'en as pas un autre ?

— Gadaïck, c'est le sobriquet que ma grand-mère m'a donné. Officiellement, c'est Marguerite.

— C'est pire, ricane-t-elle. Avec ça, tu serais sans doute rebaptisée « Maggie », « Margot », ou « Marge ». Moi, c'est « Emmy » pour tout le monde.

— Je réfléchirai. Je t'appellerai Emmy si tu préfères.

Puis, Émilie l'aide à monter sa valise dans sa chambre.

— Putain, ton barda, il pèse une tonne ! Tu l'as rempli de bouquins ou quoi ?

Elle lui fait faire rapidement le tour de l'appartement.

— Désolée, la salle de bain est un peu riquiqui et en plus, au pays de l'oncle Sam, la cuvette se trouve souvent entre la baignoire et le lavabo. Quand je pense qu'ils disent que les Français sont cracras ! Imagine la scène. Tu te prépares un bain moussant, tu allumes des bougies parfumées, ça sent bon, et tout... Tu entres dans l'eau, tu commences à te prélasser et soudain, ton copain tambourine à la porte, en beuglant à pleins poumons : « hey baby, ça presse, tu peux ouvrir ! ». L'odeur après, n'en parlons pas ! Le plaisir est foutu quoi ! Mais nous, pas de souci, on en a une autre en bas. Tu as vu l'essentiel, je te laisse t'installer peinard.

La chambre de Gadaïck, inondée de clarté, est recouverte au sol, à l'instar du reste de l'appartement, d'une moquette beige moelleuse. Seules les salles de bain et la cuisine se distinguent par leur carrelage gris-blanc. Une fenêtre coulissante latérale donne sur une piscine privée, entourée d'une barrière métallique et réservée exclusivement aux locataires, comme l'indique un panneau. Les miroirs des battants du placard reflètent une belle luminosité, malgré l'heure tardive. Gadaïck s'effondre sur le lit, happée par le sommeil, et satisfaite de sa décision. Elle pourra défaire complètement sa valise durant le week-end.

Le lendemain matin de bonne heure, un vrombissement la tire du lit. Derrière la porte s'élève la chanson *Sweet Dreams* d'Eurythmics. Attirée par le bruit, elle enfile un short et descend à la cuisine, le ventre creux. Emmy, occupée à préparer un smoothie, danse au rythme de la musique. Elle sursaute de surprise, sans lâcher son index appuyé sur le bouton du mélangeur pour boissons frappées.

— Désolée, ce truc fait un tintouin d'enfer, hurle Emmy pour couvrir le tintamarre. Puis, elle relâche la pression avec satisfaction. Elle verse la concoction dans deux verres. Tu dois être affamée. Allez, goûte !

Elle lui tend le breuvage verdâtre et visqueux. Gadaïck l'accepte avec hésitation.

— Tu as mis quoi là-dedans ? dit-elle en reniflant le fameux frappé aux fruits.

— Que de bonnes choses pour donner des forces, arrête de pinailler et essaie !

— Cette couleur, c'est quoi ?

— Une tonne d'épinards, un kiwi, une banane, un demi-avocat, un blanc d'œuf, des vitamines, une cuillerée à soupe de beurre de cacahuètes, des glaçons. Allez, fais un effort !

Gadaïck se force à avaler une gorgée et ne peut s'empêcher d'esquisser une grimace qui déclenche le rire de sa colocataire.

— C'est comme le fromage français qui pue, il faut s'y habituer au départ, taquine Emmy. Et un petit café, ça te dit ?

— Oui, ça, je prends, et ensuite je vais défaire ma valise et m'organiser un peu. Désolée, le matin je ne mange pas beaucoup. Plus tard, je vais téléphoner à ma mère pour la rassurer.

Malgré son envie pressante de téléphoner à Marie-Anne, Gadaïck ressent le besoin impérieux de confier ses premières impressions à Mamm-Gozh, dans leur cahier secret.

Ma chère petite Mamm-Gozh,

Portée par les ailes d'un grand papillon en métal, je me suis envolée au-dessus des nuages. Je t'ai aperçue. Tu m'accompagnais. Tu étais une vapeur de sourires, à laquelle je me suis accrochée. Maintenant, où je suis, plus de neuf-mille kilomètres nous séparent. Et en ce premier jour de ma nouvelle vie, je pense à toi.

Ce matin, Emmy, ma colocataire, nous a préparé une potion verte gluante qui m'a rappelé le drôle de mélange de tout et d'un peu n'importe quoi que tu faisais parfois pour Makalon et les poules. Je n'ai pas voulu la vexer, mais la texture et l'odeur m'ont soulevé le cœur. Emmy doit penser que ce breuvage va la rendre invincible. Sa coupe de cheveux à la brosse lui donne un air de ressemblance avec Annie Lennox. Mais en un peu plus rondelette.

Quelqu'un frappe à la porte. Gadaïck est interrompue.

— C'est ta mère, annonce Emmy. Elle dit qu'elle est morte d'inquiétude depuis hier soir, car elle attendait ton coup de fil dès ton arrivée. Le téléphone est dans le salon. Dépêche-toi, les appels internationaux coûtent une fortune.

Le grimoire devra patienter. Gadaïck le ferme et descend aussitôt. Curieusement, elle se sent plus proche de Marie-Anne en son absence. Ravie d'entendre sa voix, même si elle sait qu'elle devra d'abord subir ses reproches pour ne pas lui avoir donné de nouvelles plus tôt, elle accueille ce moment avec joie. Aussi douloureux soit-il de l'admettre, être loin de sa mère la libère d'un poids. Elle va enfin pouvoir avancer dans ce nouveau pays plein de surprises à découvrir.

18

Imaginez une grotte

1983, deuxième semaine du mois d'août

À la Middle School, établissement du Collège d'Enseignement Secondaire, où elle sera professeure de français pour les niveaux de cinquième et quatrième, Gadaïck a suivi un stage d'accueil obligatoire toute la semaine. Les journées s'annoncent très chargées. Quatre heures de classe et quatre ou cinq heures par jour consacrées à la préparation des cours sur place et au soutien des élèves. Les activités du club de français qui lui ont été attribuées d'office alourdiront son emploi du temps. De surcroît, pour faire bonne impression dès le départ auprès de ses pairs, elle a accepté d'aider un collègue ventripotent à animer son atelier de théâtre après ses cours. Ce professeur, qui enseigne la géographie, l'histoire et les sciences humaines, a déjà l'air débordé, alors que l'année n'a même pas encore commencé.

— Trop d'activités en tout genre et pas assez de personnel pour les gérer, soupire Monsieur Hart avec une respiration sifflante. Mais on ne peut pas y échapper, ils sont obligatoires. Bon, je vous laisse. À lundi. Et une fois de plus, merci pour l'atelier d'art dramatique. Vous êtes un ange.

Elle ne se sent pas vraiment prête, mais il faut se lancer.

Ce dimanche d'août, Emmy tient à emmener Gadaïck à la plage de Malibu dans sa jeep rouge à deux places. Elle rejoint quelques amis qui font du théâtre avec elle.

89

— Il va falloir que tu t'achètes une voiture toi aussi. Tu sais, avec les distances, tu vas perdre un temps fou dans les transports en commun.

— Il faudrait déjà que je passe le permis, s'amuse Gadaïck

— Quoi, à ton âge ! Ma parole, t'as vécu dans une grotte, s'exclame-t-elle.

On devine qu'elle écarquille ses grands yeux derrière ses lunettes de soleil rondes.

— À Paris, on n'a pas vraiment besoin de voiture !

La Jeep rouge longe l'océan Pacifique sur la route Pacific Coast Highway. La radio diffuse *California Dreamin'* des Mamas & The Papas.

— Oh, j'adore cette chanson ! Emmy, volant en main, monte le volume et se met à chanter à tue-tête, à dodeliner de la tête et à se dandiner au rythme de la mélodie.

Sanglée dans son siège, la vitre légèrement baissée et le vent dans les cheveux, Gadaïck se laisse griser par la vitesse, la musique et le paysage somptueux qui défile sous ses yeux. D'un côté, on peut voir des escarpements abrupts auxquels s'accrochent des villas extravagantes et de l'autre, de longues bandes de sable aux eaux cristallines. La Jeep ralentit et Emmy se gare sur un parking en haut de la falaise qui surplombe la grève. Par moments, des embruns salés sont portés par la brise marine et rafraîchissent l'air chaud et parfumé d'une odeur iodée.

— Voilà, on y est. N'oublie pas ton sac ! La Cooper de Liam est déjà là.

— C'est qui Liam ?

— Le metteur en scène de la pièce.

Cabas en main, elles s'engagent sur le sentier accidenté qui les mène à la plage. Quelques surfeurs, la planche sous le coude et les pieds enfoncés dans le sable, observent l'horizon et attendent qu'une vague parfaite se présente. D'autres glissent à toute vitesse sur l'eau, debout, en équilibre sur une déferlante. Des mouettes criardes tournoient au-dessus de leurs têtes. Certaines foncent vers des proies, disparaissent quelques secondes sous la crête écumante des flots.

Emmy fait de grands gestes pour attirer l'attention du groupe.

— Ils sont tous déjà arrivés, dépêche-toi, ils vont commencer.

— Commencer quoi ? répond Gadaïck, en pressant un peu le pas derrière Emmy.

— On va faire la lecture d'une nouvelle pièce. L'inspiration vient mieux avec le bruit des vagues.

— Tu aurais pu me prévenir, réplique Gadaïck. C'est quand même gênant de débarquer comme un cheveu sur la soupe.

— Mais pas du tout, on n'est jamais mécontent d'avoir des spectateurs, sinon, nous ne serions pas sur la plage !

Une dizaine de personnes, assises sur des serviettes, forment un cercle autour d'un jeune homme, debout au milieu. Il explique quelque chose d'important. Il ne doit pas avoir plus de trente ans. Un coup de vent s'empare de sa casquette en jean qu'il rattrape aussitôt. Il la revisse sur la tête. Quelques boucles brunes s'échappent. Il remarque les deux femmes qui s'approchent du groupe. Il leur fait signe de se joindre au cercle.

— Bon, tout le monde est là, on reprend, dit-il en regardant dans la direction de Gadaïck.

Caché derrière ses grosses lunettes fumées noires et sa longue visière, il adresse un sourire réconfortant à la nouvelle venue. Gadaïck acquiesce, un coin de ses lèvres légèrement relevé.

La voix de Liam la frappe de plein fouet. Le murmure suave de ce timbre chaud et grave lui caresse l'oreille.

— Fermez les yeux. Imaginez-vous prisonnier d'une grotte depuis votre naissance. L'obscurité est votre unique univers. Vos sens sont vos seuls guides. Puis, un jour, vous sortez... Alors, le monde explose de couleurs, de sons, d'émotions. C'est une véritable révélation, une quête initiatique vers soi-même.

Les paupières closes Gadaïck sent sa présence se rapprocher de chaque personne. Il parle de plus en plus bas. Un souffle effleure son visage. Peut-être le vent. Puis un frôlement sur sa main. Peut-être la brise. Non plutôt une bouffée chaude. Une caresse impalpable. Un soupir s'échappe. Un baiser furtif qui s'envole au moindre mouvement, léger comme une plume. Un frisson remonte le long de son corps, jusqu'à sa nuque, écho de son émoi. Il est reparti au milieu.

— Ouvrez les yeux, tout est nouveau.

— C'est intense Liam, s'extasie un des participants. Mais impossible, totalement irréel.

— Et toi, tu en penses quoi ? demande Liam à Gadaïck.

Elle a envie de parler de la grotte de Mamm-Gozh. Mais pas devant tout le monde. Elle se contente de répondre que l'idée de cet antre comme lieu de transformation, d'initiation et de magie lui plaît beaucoup. « Mamm-Gozh aimerait ce Liam ».

Dans la soirée, Gadaïck reprend le cahier pour y relater les moments forts de sa journée, poursuivant ainsi sa lettre à Mamm-Gozh, commencée dès son arrivée. Elle préfère lui envoyer des pages remplies de récits de plusieurs jours, plutôt que de livrer ses aventures au compte-gouttes.

Cette fois-ci, c'est de Liam qu'elle veut surtout lui parler. Mais comme elle le connaît depuis peu, elle décide de le dessiner sur le sable en plein milieu du groupe. Elle esquisse un coin de la plage et une falaise contre laquelle se niche une grotte. Devant l'entrée cachée sous les rochers, elle crayonne sa propre silhouette. Pour s'assurer que Mamm-Gozh la reconnaîtra immédiatement, elle se fait une chevelure faite d'une multitude de rubans de toutes les couleurs.

Enfant, la coupe garçonne mensuelle à peine faite, elle s'empressait de nouer des rubans très près du cuir chevelu.

C'est ainsi qu'elle aimait se représenter dans les dessins qu'elle envoyait à sa grand-mère, le crâne couvert de longues bandelettes flottant au vent.

19

La gorgone aux cheveux de rubans

Gadaïck, 9 ans

Humiliée, Gadaïck revient de sa coupe mensuelle, la nuque bien trop dégagée à son goût. Pourtant, il en reste encore assez, quelques centimètres tout au plus. Malgré ses supplications, elle ne parvient pas à convaincre Marie-Anne de modifier cette routine.

— Maman, on me prend pour un garçon à l'école ! Je suis la seule fille de la classe avec les cheveux si courts.

Marie-Anne doit littéralement la traîner pendant qu'elle plaide sa cause.

— Non, je ne veux pas y aller. Ils n'ont même pas poussé d'un centimètre depuis la dernière fois. Tu pourras faire des économies si tu m'amènes moins souvent.

Rien à faire. Marie-Anne n'en démord pas.

— Les autres se moquent de moi à l'école, à cause de toi.

— De toute façon, une bonne élève a autre chose à faire qu'à se préoccuper de sa coiffure. C'est beaucoup plus pratique comme ça.

À cet instant précis, Gadaïck déteste sa mère.

— Quand tu seras adulte, ils pousseront mieux. Tes cheveux sont trop fins pour le moment. Tu aurais l'air d'avoir des queues-de-rat. Allez, ma fille arrête tes simagrées !

Impossible d'y échapper. La gamine se retrouve régulièrement assise dans ce siège de la torture. Devant un grand miroir, un tablier autour du cou, elle serre les paupières de toutes ses forces pour ne pas voir l'exécution aux ciseaux. Quand elle sent le tortionnaire lui asséner le coup fatal avec son balai à nuque, elle sait que le carnage est fini. Elle pivote rageusement sur son fauteuil et bondit vers la porte où ses pieds trépignent pendant que sa mère règle la facture. Une fois à la maison, elle s'enfuit dans sa chambre, maudissant celle qui lui impose ce massacre. Là, bien à l'abri, elle déploie sa collection de longs rubans multicolores. Un par un, elle les noue dans ses cheveux jusqu'à ce qu'ils cascadent sur ses épaules et sur son dos. À l'heure du dîner, elle fait son entrée triomphante dans la salle à manger.

— On dirait une gorgone ! s'exclame Marie-Anne, stupéfaite.

Quand Gadaïck devient cette créature mythologique aux serpentins de satin, sa mère n'a pas intérêt à l'approcher de près. La petite fille lui lance des regards meurtriers pendant tout le repas. Plus tard, dans l'obscurité, au moment où Marie-Anne vient la border et l'embrasser, celle-ci profite du calme pour lui chuchoter ces quelques mots dans le creux de l'oreille.

— Demain matin, avant d'aller à l'école, tu me retires tout ça !

À l'aube, la plupart des nœuds se sont défaits pendant son sommeil. Cependant une idée brillante lui traverse l'esprit. Elle se faufile dans le bureau de Marie-Anne pour y dérober de la colle forte. Pendant près d'une demi-heure, elle s'affaire à renouer soigneusement chacun de ses rubans, glissant une goutte d'adhésif dans chaque nœud. Au moment de passer à table, sourire victorieux sur les lèvres, elle se présente devant sa mère. Mais à la fin du petit-déjeuner, lorsque celle-ci découvre la supercherie, elle lui décoche une œillade menaçante.

— Ne crois surtout pas que tu iras à l'école comme ça !

Elle quitte la pièce, puis revient presque aussitôt armée d'un rasoir. Malgré les cris et les larmes de Gadaïck, elle procède implacablement à une punition capillaire mémorable.

— Voilà ce qui arrive quand on joue les malignes !

Les rubans tombent et s'étalent sur le sol. Jamais la petite fille ne s'était sentie si vulnérable, si impuissante.

— Jette tout ça à la poubelle et va faire ta toilette !

Devant le miroir, sa tête a désormais l'apparence d'un étrange mélange de hérisson et de chat mouillé.

Le soir même, après l'école, ses devoirs et le dîner, elle file se recroqueviller sous les couvertures, sans même se changer. Marie-Anne vient quand même la border et l'embrasser comme si de rien n'était. Assise au chevet de sa fille, elle lui explique patiemment le risque que peut représenter une longue chevelure pour un jeune enfant.

— Quand j'avais environ six ans, commence-t-elle, Mamm-Gozh m'a confié une tâche importante. Elle m'a demandé de passer la nuit dans la porcherie pour m'assurer que la truie qui avait mis à bas n'allait pas écraser sa cochonnée. J'étais fière qu'elle m'ait accordé cette responsabilité. Je m'étais confectionné un petit nid de paille pour veiller sur ces six rejetons tout roses et tout dodus. Sans m'imaginer que peut-être, la génitrice risquait de m'aplatir comme une crêpe de tout son poids. Malgré mes efforts pour rester éveillée, le sommeil a fini par me gagner. Au milieu de la nuit, la truie s'est brusquement retournée. Je me suis réveillée en sursaut, mes cheveux longs prisonniers sous l'une de ses mamelles imposantes. J'ai ouvert les yeux, surprise et désorientée. Après un moment interminable, j'ai réussi à me dégager, haletante. Les cochonnets étaient tous sains et saufs. Moi, de justesse. J'ai réalisé que dans l'esprit de Maman, ma vie pesait moins lourd que la leur. J'ai passé le reste de la nuit à leurs côtés, entourée de l'odeur de la litière et du lait maternel. J'ai compris que mes longs cheveux auraient pu causer ma perte et je les ai coupés moi-même. Immobile, le dos tourné, Gadaïck feint de dormir pendant tout le récit. « Peut-être essaie-t-elle de se faire pardonner pour son geste ».

— Si elle t'avait écrasée, je pourrais avoir les cheveux comme j'ai envie, répond-elle froidement, les yeux fermés.

20

Des donuts et des espoirs

1983, 15 août, rentrée scolaire en Californie

Comme un disque rayé, une seule pensée tourne en boucle dans la tête de Gadaïck : Liam. De la douche au petit-déjeuner, jusqu'à ses préparatifs pour sa première journée au lycée de Sunny Hills, son nom revient sans cesse.

Une douce ivresse l'envahit, ses souvenirs dérivent vers ce moment à la plage. Son visage, ses cheveux, sa voix et sa bouche se sont imprimés dans son esprit. Encore une fois, elle a craqué pour une intonation particulière, et en plus, cet accent qui l'intrigue. « Je dois arrêter de fantasmer, » se dit-elle. « C'est absurde, après tout, nous ne nous sommes qu'à peine parlé. Et lui ? A-t-il déjà tout oublié ? »

Et pourtant, elle veut le revoir. Mais comment ?

— Alors, aujourd'hui, c'est le grand jour ma belle ! lui lance Emmy, de la salle de bains. Je te dépose ?

— Non merci, c'est gentil, mais je vais prendre le bus, la ligne est directe.

— D'accord. Ce soir, je rentre tard, on a répétition au théâtre.

— Avec… avec Liam ? balbutie Gadaïck.

Elle regrette immédiatement cette question spontanée.

— Bien sûr, je te rappelle qu'il est le metteur en scène.

— Au fait, puisqu'on parle de lui, son accent c'est d'où ?

— D'abord, c'est toi qui l'évoques, lance Emmy en esquissant un petit sourire entendu. Troublant ce timbre velouté, hein ?

Gadaïck se sent gênée par le regard insistant et un peu narquois de sa colocataire qui attend visiblement une réaction.

— Juste curieuse, répond-elle, en essayant de rester de marbre.

— Bon, je ne te laisse pas mijoter plus longtemps. Sa mère est irlandaise et son père colombien. Et il a vécu dans les deux pays avant de s'installer aux États-Unis. Voilà, quelque chose d'autre ? Mais tu ne voudrais pas te mettre en retard tout de même.

— Tu as raison, je dois y aller, dit Gadaïck en haussant légèrement les épaules.

Sans attendre de réponse, elle tourne les talons, prend ses affaires et sort.

Elle arrive à l'arrêt juste à temps. L'autobus longe l'avenue Amie, bordée de petits immeubles mitoyens protégés sous la canopée des palmiers. Depuis l'aéroport, elle avait été impressionnée par ces géants aux troncs lisses et aux frondes déployées comme des éventails.

Quelques personnes en short et débardeur courent sur les trottoirs séparés de la chaussée par une pelouse tondue au carré. D'autres promènent leur chien. Le bus passe devant un groupe de bungalows de style espagnol. Derrière ces murs blancs et toits de tuiles rouges, on devine une courette intérieure que les locataires se partagent. Gadaïck trouve surprenant ce décor verdoyant dans une région où il pleut rarement. Les Angelins[7] se sont créé un havre végétal, arrosé

---

[7] Habitants de Los Angeles

par un système automatique pendant la nuit, dans un paysage semi-désertique.

Le bus ralentit. Des passagers s'apprêtent à descendre au prochain arrêt. C'est le sien aussi. L'architecture méditerranéenne néogothique du campus se profile au loin. Pourtant, ses pensées sont ailleurs : à la plage. Comment revoir Liam sans éveiller les soupçons d'Emmy ? Elle se dit que cette attirance magnétique est probablement trop rapide. Elle avance machinalement dans le couloir. Les trophées sportifs et les casiers colorés défilent sous son regard absent. C'est alors que la voix de M. Hart la tire brusquement de sa rêverie :

— C'est ici, Miss Le Gorff. Où allez-vous ?

La porte est grande ouverte. Le bruit des pas se mêle au bourdonnement des conversations.

— Ah, je cherchais la plaque « Réservée aux professeurs ».

Elle rejoint quelques collègues, tous regroupés autour de la machine à café dont M. Hart, ce professeur à la mine débonnaire qui l'a sollicitée pour son activité extrascolaire. Il semble porter sur ses épaules le poids de nombreuses années d'enseignement. Il ne doit pas être loin de la retraite. Derrière son air fatigué, on devine la flamme d'un idéaliste.

— Vous êtes un peu en avance. Votre premier cours ne commence qu'à sept heures vingt, dit-il devant une boîte rose remplie d'une douzaine de donuts glacés. Servez-vous, c'est pour tout le monde. Il y a du café, du thé.

Cet endroit, Gadaïck le connaît bien. Il ressemble à la salle des profs de son lycée parisien. C'est ici même que l'on se fait des confidences, que l'on partage des rêves, que des amitiés se nouent, et que des amours secrets se défont. C'est là qu'elle a vu Pierre pour la première fois et pour la dernière fois. En observant les autres, Gadaïck se rend bien compte qu'elle n'a jamais vraiment été animée de cette flamme qu'ils évoquent.

Dans cette salle, havre de paix des guerriers, elle contemple avec effroi le miroir que Monsieur Hart pourrait lui présenter : le reflet d'un avenir qu'elle redoute. À bout de souffle, désillusionnée et la panse gonflée de gros beignets moelleux à la crème !

Le professeur mord à pleines dents dans un gros beignet fourré au caramel, velouté d'un glaçage au chocolat blanc.

— C'est ma saveur préférée, déclare-t-il, la bouche pleine. Il va falloir trouver un moment pour que nous parlions de notre atelier de théâtre. Vous y avez pensé ?

— Oui, j'ai déjà quelques idées.

— Formidable. Alors, on se retrouve ici plus tard pour en discuter.

Elle hume l'arôme de son café avant de l'avaler. Son visage s'illumine à l'idée de mettre en scène les histoires de Merlin et de Viviane que Mamm-Gozh a enfermées pour l'éternité dans son grimoire et dans sa grotte.

—.Je pense à quelqu'un qui pourrait nous guider dans cette aventure, ajoute-t-elle.

21

Un collage hétéroclite et les loups-garous

Fin septembre 1983, Californie

Gadaïck peine à s'adapter au rythme scolaire, à ses journées interminables. Elle estime que les manuels poussiéreux et les méthodes traditionnelles brident la créativité des lycéens, déjà accablés par un emploi du temps chargé. Son cours de français, optionnel, ne suscite guère d'enthousiasme.

Elle commence par balancer les photos désuètes de Paris qui se battent en duel sur le mur avec une carte de France défraîchie.

— Vous voyez cet espace blanc ? À partir de demain, nous allons le transformer en quelque chose de vraiment spécial. Vous ferez une sorte de fresque géante qui raconte une histoire, la vôtre ! explique la jeune professeure de français.

Un élève lève la main :

— On peut créer ce qu'on veut, Madame ?

— Oui, vous pouvez peindre, coller des photos, tout ce qui vous inspire. Mais il y a une règle : chaque illustration doit comporter un titre et une légende en français.

— Cool, j'adore l'idée, s'écrie une adolescente.

— Moi, je vais écrire un petit poème pour accompagner mon dessin, dit une autre.

Au bout d'une semaine, une composition hétéroclite recouvre déjà une bonne partie du mur d'où émergent le désir, la curiosité, la peur, la fraîcheur et l'originalité. Cet espace reflète la diversité de leurs personnalités et les remplit de fierté.

— Et votre photo alors, lui demande un élève.

— Oui, on veut la voir, enchaîne son voisin.

— Promis

Le lendemain, Gadaïck ajoute son propre dessin parmi les rêves et les cauchemars qui habitent le mur. Puis, ils votent pour décider de quelle image ils vont discuter en premier. Celle de leur nouveau professeur les intrigue beaucoup. Elle a créé un tableau gigogne assez curieux, tout en creux et reliefs.

— On dirait une grotte, hésite une jeune fille en s'approchant du collage. On peut toucher ?

— D'abord, tu dois lire le titre et la légende, lui répond Gadaïck.

— Voy....ya... ge. Voyage imaginaire.

— Très bien. Bonne prononciation. Et le descriptif ?

— Cette grotte est protégée. Entrez à vos risques et périls, ânonne l'adolescente. Elle reprend avec plus d'assurance. D'autres la rejoignent pour l'aider.

Un joyeux mélange d'anglais et de français accompagne leur excursion au cœur de la mythologie bretonne. Papillons géants, korrigans malicieux, sylphides à queue de libellule... Le collage de Gadaïck regorge de créatures fantastiques que la classe découvre avec enthousiasme. Un lac accueille des demoiselles-cygnes et des divinités des eaux. Au-dessus d'un rocher plat volètent des fées aux ailes délicates. Une élève en profite pour évoquer son grand-père pour qui cet insecte était un symbole de changement.

— Il disait que ces créatures, ce sont des nymphes déguisées qui habitent un royaume entre les vivants et les morts.

— En Afrique, une histoire circule sur une jeune fille transformée en libellule pour fuir un mariage forcé, raconte une autre.

— Ma grand-mère a fait presque pareil. Elle devenait la fée Viviane de temps à autre pour se dérober à son quotidien, murmure Gadaïck.

Elle admire cette abondance d'idées qui jaillissent de toutes ces têtes.

— Your grand-mother ? s'exclame une élève.

Pour inciter celle-ci à utiliser le terme français, Gadaïck précise :

— Oui, ma grand-mère.

Le groupe, encore en pleine discussion, en un mélange d'anglais et de français, entend à peine la cloche sonner.

Après un mois d'effervescence créatrice, personne n'a ouvert le manuel scolaire. Les élèves apprennent néanmoins des mots en français sur des thèmes qui les font vibrer. L'inspiration, la passion, le plaisir et la curiosité circulent librement dans la salle de classe.

Quant au proviseur du lycée, il est loin d'être impressionné par les méthodes singulières de la jeune professeure parisienne.

— Miss Le Gorff, vous êtes complètement sortie du cadre de l'enseignement traditionnel de votre cours de français. Des parents se sont plaints d'avoir eu à acheter un manuel qui n'a toujours pas été ouvert. Nous avons un programme à respecter. À partir de maintenant, suivez-le strictement ! N'oubliez pas que les élèves ont des tests à passer et que notre établissement vise un taux de réussite de quatre-vingt-dix pour cent. Sommes-nous d'accord ?

« Heureusement que c'est le dernier cours de la journée », se dit-elle.

La figure déconfite, elle se retire dans l'amphithéâtre du lycée où Monsieur Hart et une vingtaine de comédiens en herbe s'y trouvent déjà, comme tous les lundis et les vendredis, depuis un mois.

— Qu'est-ce qui vous arrive ? Vous en faites une petite mine !

— Je ne comprends pas ce qu'on attend de moi. Tout allait bien, et le proviseur veut que j'arrête tout et que je m'en tienne à ce manuel soporifique. Je ne vois pas comment je pourrais leur transmettre un savoir quelconque s'ils s'ennuient comme des rats morts dès le départ.

— Eh bien, dites-moi, remettez-vous ! Pour ce monsieur, la monotonie, c'est le mal nécessaire qui fait partie de son établissement. Ses profs ne sont pas payés pour distraire. Heureusement, on a le théâtre. Ici, on désobéit. On interroge. On s'obstine. On rage même. On s'époumone s'il le faut.

À ces mots, un jeune homme pousse un hurlement. Presque aussitôt, tous les apprentis comédiens l'imitent. Un long cri collectif, semblable à l'appel d'une meute de loups, glisse à travers la salle et l'emplit d'une force sauvage. C'est le chant de ralliement des enfants de la nuit, les Garous, le nom de troupe qu'ils ont choisi à l'unanimité. Malgré son envie de se joindre à eux, Gadaïck n'ose pas. De peur que le son reste coincé au fond de sa gorge. Ou de ne sortir qu'un couinement ridicule, ce qui serait pire !

Monsieur Hart ouvre grand ses bras grassouillets et réconfortants pour apaiser Gadaïck. Elle s'y abandonne un bref instant.

— Allez, courage, dit-il en lui tapotant légèrement l'épaule.

Ses accolades affectueuses sont légendaires. Généreux, il ne rechigne pas à en donner à qui en veut.

Il desserre son étreinte éléphantesque et frappe des mains pour faire taire tout le monde.

— En place s'il vous plaît, on reprend où on en était.

M. Hart, derrière son air jovial, cache une profonde douleur. La mort de son fils au cours d'une rave a marqué sa vie à jamais. Le théâtre et l'affection de sa femme, Jane, sont ses seuls réconforts. Son histoire révélée par hasard lors d'une conversation dans la salle des profs a vivement ému Gadaïck. « Un peu comme Maman, s'est-elle dit. Son refuge, c'était moi après la perte de son mari. »

— Gadaïck, vous connaissez les improvisions libres à la new-yorkaise ?

— Non, je ne pense pas, répond-elle.

— Alors, c'est le moment de tenter. Montez sur scène. Il n'y a que deux règles à retenir. Pas de jugement et on soutient son partenaire. Ensuite, une personne choisit un mot quelconque. On redevient enfant et on s'amuse comme des fous à partir du thème donné. Mais d'abord, vous voyez le portemanteau là-bas dans le coin ?

— Euh oui ?

— Eh bien, c'est notre porte-tracas. Il est très solide. Débarrassez-vous de tous vos soucis avant tout. N'hésitez pas à faire le ménage. Ne soyons pas timides !

Imaginer, elle sait faire. C'est même son point fort. En grimpant les marches de la scène, elle redevient la petite-fille qui gravit le vieil escalier de bois menant vers le grenier de Mamm-Gozh.

Le pas traînant et le dos courbé, elle s'approche du porte-tracas et feint de se délester d'une tenue invisible. Elle ôte une large cape apparemment très lourde et la suspend. Déjà plus légère, elle se redresse. Elle enlève ensuite un énorme couvre-chef, l'accroche au portemanteau, puis libère sa chevelure.

Avec une élégance naturelle, elle retire ses longs gants un par un qu'elle fait tournoyer au-dessus de sa tête avant de les lancer sur le porte-tracas. Elle balance délicatement son soulier au bout de son pied levé jusqu'à ce qu'il tombe, puis répète le geste avec l'autre. Une fois déshabillée, une jolie pirouette aérienne la propulse vers le groupe où elle semble flotter plutôt que marcher.

Cet exercice d'échauffement lui rappelle le moment où elle choisissait des accessoires dans le grenier de sa Mamm-Gozh avant de rentrer dans son imaginaire.

Au bout de ces deux heures d'improvisation, Gadaïck se sent apaisée, libérée de ses frustrations au travail.

— Ça fait du bien de se défouler comme ça, dit-elle.

— Totalement, ça permet de se vider la tête, confirme Monsieur Hart.

Gadaïck regarde sa montre et se dépêche de se rhabiller :

— Je crois que je vais y aller, j'ai un événement.

— Bonne soirée alors !

Elle salue tout le monde et précipite son départ. Il lui reste juste assez de temps pour rentrer, se préparer et se rendre à la première représentation du spectacle d'Emmy. Liam y sera. Cette mystérieuse Deirdre y sera probablement aussi. La première fois qu'elle a entendu son nom de la bouche d'Emmy, elle n'a pas osé poser de questions.

— Depuis que Deirdre est là avec tous ses problèmes, Liam n'a plus une minute. Elle l'accapare totalement, lui avait raconté Emmy.

Gadaïck est persuadée que Deirdre est la petite amie de Liam et que tout ce qu'elle a ressenti sur la plage n'existe que dans sa tête. En tout cas, elle veut en avoir le cœur net sans avoir à interroger Emmy et à subir ses taquineries. Pour ce soir, elle a dégoté une robe bleu-gris magnifique qui, selon Emmy, sublime ses formes longilignes et fera ressortir ses yeux. Quand Emmy l'a vu dans cette robe dos nu, elle n'a pas pu s'empêcher de siffler d'admiration et de rajouter un sous-entendu.

— Dis donc, tu es sûre que c'est seulement pour faire honneur à ma première !

— C'est trop, tu crois ?

— Tu es irrésistible !

22

Au théâtre

Fin septembre 1983

Dans sa robe longue de satin nouée à la nuque, Gadaïck ne passe pas inaperçue à côté d'Emmy qui rejoint sa loge. La jeune femme s'avance dans le hall d'entrée. Ses yeux parcourent les portraits muraux, puis se posent sur l'affiche de la pièce. Elle s'attarde sur le nom du metteur en scène, Liam Cavallero Brennan. Alors qu'elle contemple une photo où figure Liam, une présence se manifeste derrière elle.

— Gadaïck ?

Elle se retourne brusquement et se trouve nez à nez avec Liam. Sans ses lunettes de soleil et sa casquette, elle a peine à l'identifier immédiatement. Vêtu d'une redingote noire, d'une chemise en soie gris-bleu et d'un jean, il dégage une séduisante nonchalance, accentuée par ses boucles brunes rassemblées en une queue de cheval basse. L'air intrigué, il la dévisage, un sourire charmeur sur ses lèvres charnues.

— C'est gentil d'être venu nous soutenir, dit-il en la gratifiant d'une accolade franche et chaleureuse. Tu es resplendissante ce soir.

Elle le remercie d'un regard rayonnant.

— Tu n'es pas dans les coulisses avec tout le monde ?

— Je préfère m'asseoir parmi les spectateurs pour observer leur réaction. Où es-tu placée ?

Elle jette un œil sur son billet. Liam pose délicatement une main sur le dos nu de Gadaïck et incline la tête pour vérifier avec elle. En sentant ses doigts l'effleurer, un frisson lui court le long de l'échine. Troublée, elle se demande si ce geste est habituel ou intentionnel.

— Ah le troisième rang. Bien choisi, dit-il. Tu auras une bonne vue de la scène entière. Régale-toi et à tout à l'heure !

Il s'éloigne pour aller accueillir des connaissances d'un sourire lumineux et de cette même accolade chaleureuse qu'il lui a donnée.

Dans un brouhaha joyeux, le public grossit à vue d'œil dans le hall d'entrée. Bientôt, les portes de la salle s'ouvrent. Les placeuses guident les spectateurs.

Selon les conseils judicieux de Monsieur Hart, elle a opté pour le troisième rang. Ni trop près ni trop loin de la scène, l'emplacement idéal pour profiter de la représentation sans se tordre le cou. Dans son fauteuil feutré, elle scrute attentivement les gens installés juste devant l'estrade. Parmi les six femmes, qui peut être Deirdre ? Serait-ce la brune aux immenses créoles scintillantes ou la jeune blonde en robe rouge ? Les autres semblent trop âgées.

Les trois coups résonnent et le rideau se lève sur un décor de forêt. La pièce commence par un barde qui raconte en musique l'histoire d'un enfant chamane n'ayant pas vu la lumière du soleil pendant ses vingt premières années.

L'interprète entonne sa mélopée :

— Aujourd'hui, il a vingt ans et il sort de sa grotte.

Pendant presque deux heures, Gadaïck est plongée dans un univers où les frontières entre le réel et le fantastique s'estompent. Les mélodies des animaux, les murmures de la nature, les esprits invisibles tissent une tapisserie acoustique envoûtante. Emmy, méconnaissable sous ses différents déguisements, incarne une nymphe gracieuse, une créature hybride, mi-femme mi-bête, venue semer la discorde au cœur de la forêt. La mise en scène onirique de Liam, où un enfant devient le pont entre le monde humain et le règne végétal, émeut profondément l'assistance, sensible à la symbolique de cette quête initiatique.

« Mamm-Gozh aurait adoré voir ça », pense Gadaïck.

Pendant le court entracte, elle reste assise, immobile, sous l'effet des pouvoirs magiques de ces lieux.

Sous le charme, les autres spectateurs sont impatients de regagner leur place.

La deuxième partie, plus brève, s'achève sur une ovation debout. Le public se lève lentement, comme s'il craignait de briser le fragile enchantement ambiant.

Dans le hall, Gadaïck retrouve Emmy, encore vêtue de son costume de nymphe. Liam, au centre d'une petite foule admirative, échange des paroles chaleureuses avec une jeune femme brune aux yeux pétillants. À la manière dont elle se colle à son bras, Gadaïck devine sans peine qu'il s'agit de Deirdre. Leurs regards en disent long sur leur complicité. Un serveur passe avec un plateau de coupes de champagne. Gadaïck en accepte une et trinque avec Emmy.

— Je suis envoûtée par le charme des personnages et de l'atmosphère de la pièce. J'ai vraiment tout adoré, Emmy. Tu étais sublime.

— Ravie que tu aies aimé, répond Emmy, radieuse. Liam sera heureux de le savoir.

Un couple s'approche d'Emmy pour la féliciter. Bientôt, elle est entourée de gens qui attendent leur tour pour la combler de louanges.

Intimidée par l'ambiance, Gadaïck se réfugie près du buffet et saisit un canapé. Bien qu'elle ait fréquenté les théâtres parisiens, ce soir-là, la jeune femme se sent étrangère dans ce monde. Elle a l'impression d'être un des personnages échappés

113

de la pièce qu'elle vient de voir. Comme cet enfant chamane, sortant de sa grotte qui, pour la première fois, découvre la féérie des couleurs et des sons de l'extérieur. Apercevant Deirdre toujours au bras de Liam, elle décide de s'esquiver discrètement et repose le petit four à peine touché sur le comptoir du bar.

Sitôt dehors à chercher un taxi, elle entend des pas rapides se rapprocher d'elle.

— Alors, tu files à la française, comme ça, sans rien dire ? s'écrie Liam sur le ton de la plaisanterie.

Elle répond sur le même ton :

— En français, on file à l'anglaise.

— Je vois. En tout cas, ce n'est pas très poli.

— Je sais, s'excuse-t-elle, mais je ne voulais pas te déranger. Ta jolie brune ne te lâchait pas.

— Ma jolie brune ? Deirdre ?

— Oui…

— Deirdre, c'est ma sœur.

23

Lettre à Mamm-Gozh

Ma chère petite Mamm-Gozh,

Le temps semble s'être étiré depuis notre dernière lettre. J'ai tant à te dire.

Par où commencer ? Depuis la rentrée scolaire, j'ai l'impression de vivre une double vie. D'un côté, il y a le métier que j'exerce pour faire plaisir à Maman, et de l'autre, ce que je suis vraiment au fond de moi.

De ce côté-ci de l'océan, je discerne les choses plus clairement. Je me sens capable de réaliser tous mes rêves. Je participe à un atelier d'art dramatique après les cours avec Monsieur Hart, un collègue et ce sont des moments de bonheur où je m'épanouis. Je suis tellement reconnaissante pour tout ce qu'il apporte.

J'ai rencontré des gens qui ont fait de leur passion leur profession. Liam est l'un d'entre eux. Il partage mon amour pour les histoires. Nous allons nous revoir.

Alors que je quittais le théâtre le jour de sa première, il m'a rattrapé dans la rue. Nous avons ensuite déambulé autour de Silver Lake pendant plusieurs heures dans nos vêtements de soirée. Il m'a fait découvrir les allées sinueuses et les escaliers secrets qui serpentent à travers les collines de Hollywood où il adore flâner. Nous avons beaucoup parlé et beaucoup ri aussi.

C'est sa façon unique de dévoiler l'impalpable et de concrétiser les images mentales qui m'a poussée à lui confier nos histoires, notre grenier, ta grotte et ton Merlin. Je n'avais même pas réalisé à quel point j'avais mal aux pieds dans mes escarpins. Je suis arrivée en haut des escaliers, pieds nus et couverts de cloques, en tenant mes chaussures dans les mains.

Un banc de pierre surplombant la ville scintillante nous attendait. Éreintée, je me suis laissée tomber dessus. Liam s'est assis tout près de moi.

Nous sommes restés ainsi, sans rien dire, à contempler la vue. Tiraillée entre le désir de l'embrasser et la peur de gâcher le moment, je n'ai pas bougé. Le temps a cessé de s'écouler. L'air tiède de la nuit me caressait la peau. Puis, j'ai senti sa main se poser sur la mienne, et son bras glisser lentement autour de ma taille. Nos visages se sont rapprochés. Nos lèvres se sont effleurées pour la première fois.

Avec timidité.

Avec passion.

Avec fougue.

J'ai tout oublié autour de moi.

Je t'embrasse,

Ta boudig koant qui t'aime et qui pense à toi.

24

Comme une plume

Début octobre 1983, Californie

Ce lundi matin, la salle des maîtres est en ébullition. Madame Gould, qui enseigne l'économie, est au bord des larmes. Monsieur Hart n'a pas hésité à la prendre dans ses bras pour la consoler.

— Ce n'est qu'un pneu, ça se change, dit-il d'un ton rassurant.

— C'est la quatrième fois depuis le début de l'année, sanglote-t-elle dans son mouchoir.

Le professeur de gymnastique lui demande si elle suspecte quelqu'un.

— Personne. Peut-être que je devrais mettre de bonnes notes à tout le monde, hoquète-t-elle.

— Si ça se trouve, ce n'est même pas un élève, rétorque son collègue. Un ancien p'tit copain mécontent ?

Pour toute réponse, Madame Gould hausse les épaules.

— J'ai appelé la police, annonce le chef d'établissement. S'il vous plaît, calmez-vous maintenant ! Madame Gould, suivez-moi dans mon bureau ! L'officier nous attend pour que vous déposiez votre plainte.

Étant donné qu'elle se déplace en bus, Gadaïck a, jusqu'à présent, échappé aux mésaventures de certains de ses confrères. Depuis les réprimandes du proviseur, elle s'efforce d'adopter une attitude plus conciliante à l'égard du programme.

De plus, sa bienveillance lui a valu une certaine tranquillité. Pour l'instant, elle semble à l'abri de tout mauvais tour.

À cet instant, la sonnerie signale le début des prochains cours. Les enseignants se dispersent pour reprendre leur poste. Gadaïck, quant à elle, s'engouffre dans sa classe, où règne déjà un joyeux brouhaha.

La jeune professeure de français et quelques élèves ont instauré un moment de créativité à l'ouverture de chaque séance. Pendant dix précieuses minutes, ignorant l'interdit du proviseur, ils continuent d'enrichir le collage hétéroclite.

— Bianca, pourrais-tu nous parler de ta photo avant que l'on commence ? fait Gadaïck sur un ton encourageant.

— C'est la maison de mes grands-parents et le désert tout autour. Ma grand-mère vit toujours au Mexique, explique Bianca.

La jeune fille s'efforce de s'exprimer en français avec une réelle volonté.

— Tu peux nous en dire un peu plus, si tu veux.

En mi-français, mi-anglais, Bianca poursuit :

— Mon grand-père a perdu sa vie dans le désert de l'Arizona. Il s'est fait tirer dessus à la carabine par un fermier américain alors qu'il essayait de franchir la frontière.

Dix minutes plus tard, le manuel remplace les discussions animées et le petit îlot de liberté se referme.

Gadaïck a constaté une division au sein de la classe : d'un côté, les individualistes, ceux qui défendent le projet artistique, de l'autre, les conventionnels, ceux qui se contentent de suivre le programme. Les premiers justifient leur initiative créative, tandis que les seconds se conforment aux directives. Le secret que tous ignorent : le proviseur a demandé à Gadaïck de se débarrasser du collage dans les plus brefs délais. Or, cette réalisation artistico-pédagogique, tel un envahisseur obstiné, a pris possession du mur. Seul John, le fils de ce censeur intransigeant, est conscient de cette désobéissance.

— Qu'est-ce qu'on en a à fiche d'un ancêtre mexicain qui franchit la frontière clandestinement ! éructe-t-il. Vous pigez l'anglais, oui ou non ? Mon père vous a clairement ordonné de retirer ce bordel et de le remplacer par du matériel sérieux !

Il toise la professeure avec arrogance en attendant une réponse.

— Vous pouvez répéter tout cela en français, s'il vous plaît, ironise-t-elle.

Le visage de John s'empourpre.

— Bitch[8], murmure-t-il.

— Pardon, je n'ai pas bien entendu John, dit-elle, sans broncher.

John la nargue d'un sourire goguenard, la lèvre supérieure légèrement retroussée. Puis, il se lève et s'avance lentement vers elle, sans la quitter des yeux. Gadaïck, malgré son inquiétude, reste impassible face à cet adolescent bien enrobé de plus d'un mètre quatre-vingts.

— Retournez à votre place John ! commande-t-elle.

Les bras croisés, elle se plante dans l'allée principale, entre les bureaux, pour lui barrer le passage. D'un geste aussi fluide que brutal, il empoigne Gadaïck par la taille et la soulève, légère comme une plume pour la déposer de l'autre côté. Il poursuit sa route, un sourire narquois aux lèvres. Arrivé devant la composition murale, il l'examine avec une nonchalance dédaigneuse, puis lance à la classe :

— Alors, par quoi on commence les gars ?

Des rires gras et moqueurs retentissent dans le fond de la salle. L'insolence de ces jeunes désarçonne Gadaïck. Jamais elle

---

[8] Salope en anglais

119

n'aurait imaginé vivre une telle scène. Marie-Anne, avec son autorité naturelle, aurait su rétablir l'ordre.

Une poignée d'adolescents ont déjà rejoint leur chef de meute pour déchiqueter le collage. Ils s'en donnent tous à cœur joie. D'autres élèves tentent d'arrêter le massacre. En vain. Ils ne sont pas assez nombreux et se font bousculer. Bientôt, il ne reste plus que des lambeaux, éparpillés au sol. Les coupables hilares quittent le champ de bataille. Gadaïck, malgré sa colère intérieure, garde son sang-froid apparent pour ne pas donner satisfaction à ces jeunes provocateurs.

— Nous n'allons pas nous laisser malmener par les quelques ouailles dociles du proviseur, annonce Gadaïck. Notre collage, nous allons le recréer, mais ailleurs. Et ce sera encore mieux. On se retrouve demain, après les cours, pendant l'atelier de français. En attendant, profitons d'un peu de calme pour écouter l'histoire de Bianca et nous tenterons de la résumer en français.

Ils s'installent tous autour de Bianca.

— D'abord qu'on se rassure, commence Bianca. Par ma naissance sur le sol américain, je ne suis pas ni n'ai jamais été clandestine. Voilà, c'est dit.

— De toute façon, on s'en fout, la notion de limites entre pays, c'est moche et même imaginaire, déclare Jack, qui regarde Bianca avec un air amoureux.

— Pas d'accord, argumente Tony. C'est pas une invention humaine. Les animaux, eux, y pissent bien pour marquer leur territoire.

Les éclats de rire fusent de toutes parts.

— Faut pas se voiler la face ! Sans frontières, il n'y aurait pas de culture. Pas de diversité. On serait tous pareils. Vous croyez pas ?

— Peut-être, souffle un autre.

— Quoi ! Tu vas nous dire que ça te dérangerait pas toi que le voisin vienne faire son hamburger dans ta cuisine ! blague Tony.

Le groupe s'esclaffe.

— Bon, on écoute ce que Bianca veut partager avec nous, suggère la professeure. Et un effort s'il vous plaît. Utilisez un peu plus de vocabulaire français. On est là pour ça.

— Alors, mon grand-père était chasseur de serpents à sonnette et cultivait le....

La porte de la salle s'ouvre brusquement. L'arrivée du proviseur, blanc de colère, interrompt brutalement la conversation et l'ambiance.

— Miss Le Gorff, j'apprends à l'instant que vous faites de la politique et que vous avez expulsé plus de la moitié de la classe. J'ai trouvé tous ces jeunes gens errant dans les corridors de l'établissement. Comment justifiez-vous cela ?

— Ils sont sortis de leur propre gré après avoir saccagé les travaux de leurs camarades. Je regrette de vous le dire, mais votre fils, Monsieur, a insti....

Le proviseur jette un regard désapprobateur sur les lambeaux et coupe court à ses explications :

— Vous deviez retirer ce collage. Pourquoi ne l'avez-vous toujours pas fait ?

— Allons en parler dans votre bureau ! Vous vous êtes déplacé pour ça, j'en déduis donc que vous êtes libre pour le moment ?

— Oui, grommèle-t-il.

Gadaïck se tourne vers ses élèves qui observent attentivement chacune de ses réactions.

— La classe est terminée. À demain.

Gadaïck Le Gorff, le menton haut, quitte la salle, suivie de près par le proviseur. Cinq minutes après, ils se font face, prêts à dégainer leurs arguments. Derrière son bureau, le père de John retrouve un peu de son prestige.

— Pour commencer, il va de soi que vous ne pouvez pas laisser le mur dans l'état où je viens de le voir. Nous sommes bien d'accord, Miss Le Gorff ?

— Excellente leçon pour les vandales qui vont s'en charger, riposte Gadaïck.

— Et selon vous, qui sont les vandales dans cette histoire ?

— C'est évident non ! Votre fils et ses fidèles acolytes.

— Ce qui est clair, mademoiselle Le Gorff, c'est qu'à cause de votre incompétence, nous n'allons pas pouvoir renouveler votre contrat.

Ils se dévisagent en silence avant que Gadaïck ne se lève et réponde impassible :

— Vous ferez ce qui vous paraît le plus juste.

Elle tourne les talons et sort de la pièce sans fermer la porte derrière elle. En même temps, elle n'en mène pas large. Consciente que sa carrière est en jeu, elle se sent néanmoins libre et triomphante comme au bon vieux temps où elle devenait la gorgone aux rubans pour défier l'autorité maternelle.

Elle se dirige tout droit vers l'atelier théâtre. Monsieur Hart l'attend. Liam Cavallero Brennan sera là aussi. Il a accepté de venir parler de son métier et de son parcours aux lycéens.

25

Couvrez ce sein que je ne saurais voir

Mi-octobre 1983

Emmy sue abondamment dans sa tenue sportive aux couleurs vives. Sous le regard amusé de Gadaïck, elle se livre à une séance d'aérobique endiablée devant le poste de télévision.

— Un peu d'exercice ne te ferait pas de mal non plus ! lance Emmy, le souffle court.

— Sûrement, plaisante Gadaïck.

— Ouais, ça te musclerait un peu !

Gadaïck esquisse quelques mouvements, comme pour la rejoindre, puis renonce :

— Et ce sera pour un autre jour. Je dois y aller.

Elle s'apprête à gravir l'escalier.

— Ah, j'allais oublier le plus important. Ta mère a appelé plusieurs fois pendant ton absence. Je lui ai promis que tu lui donnerais des nouvelles dès ton retour du lycée.

— Merci, acquiesce Gadaïck, en remontant dans sa chambre.

Elle prend le temps de se doucher, d'enfiler une jolie robe légère à bretelles, puis elle redescend, prête à sortir.

— Pense à ta maman avant de partir !

Trois secondes après, Gadaïck compose le numéro de Marie-Anne. Trois sonneries.

— Allô !

— Bonjour, Maman, ça va ? Tu n'étais pas encore couchée ?

— Pas du tout ! J'attendais ton coup de fil. Tu sais bien qu'il n'est jamais trop tard pour t'entendre.

Elles échangent quelques banalités. Gadaïck reste délibérément évasive sur son travail.

— Maman, je voulais t'appeler avant, mais les jours passent tellement vite. Le soir, j'ai l'atelier de français et je pratique aussi du théâtre. Je crois que je me suis découvert une passion.

— Ah bon ! dans le cadre du lycée, je suppose ?

— Oui, oui bien sûr.

Elle n'ose pas lui dire qu'elle envisage depuis peu d'en faire plus sérieusement.

— C'est marrant qu'ils aient confié cette responsabilité à une nouvelle. Enfin, ça te fait un passe-temps.

— On en reparlera, mais là j'ai aussi une leçon de conduite. Alors je te laisse.

— Une leçon de conduite ? s'exclame Marie-Anne. Quelle drôle d'idée ! À Paris, tu n'en auras pas besoin.

— Qui t'as dit que je retournais à Paris ?

— Pourquoi, tu ne reviens pas ?

— Pas tout de suite, voyons ! Bon, Maman, ne t'en fais pas ! TOUT va bien. Et quand je serai de retour, j'aurai le permis, ça peut servir n'importe où. Je t'embrasse.

— Mais s'il t'arrive quelque chose sur l'une de ces autoroutes immenses ?

— Je vais être en retard à ma leçon. Je te raconterai tout plus tard. Je t'aime.

Elle raccroche, exaspérée par les inquiétudes constantes de sa mère.

Gadaïck fait claquer sa langue avec agacement. « Si elle savait à quel point elle me gonfle parfois ! Je lui parle de passion, qu'elle interprète par passe-temps. ».

Elle secoue la tête pour chasser les angoisses que Marie-Anne y sème inconsciemment à chaque occasion.

— Bon, j'y vais, à plus tard, Emmy.

— Déjà, c'était du rapide ! s'étonne Emmy.

— Maman, soupire Gadaïck, toujours avec ses peurs ! Elle redoute que je me perde, que je me blesse... Des craintes à n'en plus finir. C'est épuisant !

— Patience, c'est ta mère après tout, et elle dit ça pour ton bien.

— Elle imagine du danger partout et c'est paralysant à la fin. Bon, je te laisse.

— Eh, pas si vite ma belle, avec qui tu prends des leçons de conduite ? s'exclame Emmy.

— Avec Liam. J'ai eu le code de la route du premier coup. Maintenant, on s'entraîne sur sa voiture.

— Je vois, et le théâtre, l'atelier au lycée ?

— C'est quoi toutes ces questions ? Je croirais entendre ma mère ! Salut, j'y vais.

Liam l'attend dans la rue, debout, devant sa Cooper jaune. Un grand sourire égaie son visage. Quand elle est près de lui, il la prend dans ses bras avec une tendresse infinie. Elle se laisse enivrer par la chaleur de sa peau ambrée. Leurs lèvres s'unissent dans un baiser suave, chargé de promesses. Puis il ouvre la portière du conducteur.

— Voilà, le cockpit est à toi ! Hop, en voiture !

Elle ajuste ses lunettes de soleil et s'installe au volant. Liam à ses côtés, l'air parfaitement rassuré, cherche une station de radio.

— On va où ? demande-t-elle.

— Amène-nous où tu veux. Tu es prête.

— J'ai envie de rouler sur l'autoroute jusqu'à la plage, déclare-t-elle.

Le ronronnement du moteur se mêle à la voix suave de Nat King Cole qui s'élève dans l'habitacle. Liam chante à tue-tête les paroles envoûtantes de « Quizás, quizás, quizás ». Chaque mot, telle une caresse de velours, enveloppe Gadaïck d'une chaleur réconfortante, malgré la barrière de la langue espagnole.

Derrière le volant, libre comme l'air, le vent dans les cheveux, elle est maîtresse de sa destinée, sans peur de rien. Si seulement Marie-Anne la voyait sur l'Interstate 10, roulant à près de cent trente kilomètres à l'heure, elle ne reconnaîtrait pas sa fille. À l'instar d'un acte rebelle, la façon effrénée de conduire de Gadaïck lui sert de catharsis, un moyen de purger les tensions accumulées sous l'emprise maternelle. Ils arrivent à la jetée de Santa Monica après à peine une demi-heure.

— Tu t'es débrouillée comme un chef ! Maintenant, t'as plus qu'à te garer en parallèle et tu es prête pour l'examen du permis.

Ce qu'elle fait.

— En France, il m'aurait fallu passer par la case auto-école à un coût prohibitif.

— Alors, il faut que l'on fête ça, dit-il en l'embrassant.

— Attends, c'est pas encore gagné, se moque-t-elle en lui parlant de si près que sa bouche touche la sienne.

L'instant d'après, il l'attire contre lui. Leur baiser est intense. Une fine bretelle de sa robe glisse négligemment le long de son bras, révélant la moitié de son buste. Les lèvres de Liam descendent sur sa clavicule, puis remontent lentement dans son cou. Elle promène ses doigts dans ses épaisses boucles brunes. La main de Liam s'égare sur son sein découvert. À ce moment, un homme en short et baskets leur crie :

— Hey, les tourtereaux, vous êtes garés juste devant ma porte !

— Ah sorry, on bouge, répond Liam en replaçant délicatement la bretelle sur l'épaule de Gadaïck.

Puis il se lance tel un *Tartuffe* moderne :

— Couvrez ce sein que je ne saurais voir
Par de pareils objets, les âmes sont blessées,
Et cela fait venir de coupables pensées !

— *Vous êtes donc bien tendre à la tentation,*[9] continua Gadaïck sur le même ton théâtral.

Un coup de klaxon insistant les interrompt.

— Ok, calme-toi mon pote. Bon, vas-y et tu prendras à droite au coin de la rue, il y a un parking. Mets ton clignotant en sortant.

— Ah, j'allais oublier. Mais si je suis distraite, *c'est que la chair sur mes sens fait impression !* dit-elle en démarrant la voiture.

Une vague de rire submerge les amoureux. Elle n'a aucun problème à trouver une place de stationnement.

— Allons faire un petit tour sur la jetée puisqu'on est là, propose Liam. On pourra profiter du coucher de soleil, voir la Grande Roue s'illuminer, manger un morceau, boire un peu, parler de notre projet et repartir.

— Tu es très séduisant dans ton rôle de moniteur de conduite, et de guide touristique, le taquine-t-elle.

— Je peux tout être pour toi, dit-il à voix basse.

Sans prendre ses paroles au pied la lettre, elle sourit à l'idée qu'il sera son Merlin le temps de la pièce de théâtre qu'ils ont en tête.

---

[9] Molière, Tartuffe, acte III, scène 2

Quand elle lui avait évoqué des bribes éparses de l'histoire de Mamm-Gozh, il avait bu chacun de ses mots.

Ce sacrifice d'amour, cette grotte dissimulée, ces anciens secrets qui tourmentent les corps et les esprits l'ont énormément touché.

Main dans la main, ils flânent le long de cette fameuse jetée californienne, animée de mille couleurs. Des cris et des rires proviennent de la montagne russe et d'autres manèges. L'odeur de la barbe à papa, des beignets et des churros leur chatouillent les narines. Arrivés au bout, ils s'accoudent à la balustrade pour contempler la côte baignée de doux reflets dorés.

Liam enroule tendrement son bras autour de son épaule. Elle se sent l'héroïne de son propre film, un moment qui, au cinéma, aurait pu sembler cliché, mais qui, ici, prend toute sa saveur. Un sourire rêveur éclaire son visage. Elle ferme les yeux un instant pour mieux ressentir la brise océanique sur sa peau.

« Mamm-Gozh, tu vas adorer ce que Liam et moi sommes en train de créer ».

26

Cinq petites taches

Ma chère Boudig Koant,

Demat[10] ! Ta dernière lettre m'a apporté une grande joie. Quel bonheur de savoir comment tu vas. Cependant, je suis peinée de découvrir que, toi aussi, tout comme je l'ai fait, tu te plies aux désirs de ta Mamm. À mon époque, je n'avais guère le choix, mais toi, pourquoi partir si loin pour continuer de faire un métier qui ne te plaît pas, ma Gadaïck ? Il y a tellement de choses possibles ! Ne gaspille pas ton temps, il est précieux !

Ton bien-aimé en revanche, il a l'air bien mieux que ce casse-pied de Pierre qui voulait te rapioter[11] avec de la poudre d'or. Quelle idée saugrenue Ma doué !

Il faut que je te confie quelque chose aujourd'hui. Je comptais te le dire de vive voix, mais au cas où on ne se reverrait pas, tu dois le savoir.

Même si je ne suis plus là physiquement, tu pourras me retrouver parmi les fées, les elfes et les esprits dans la forêt de Kermellec, près de ma grotte. Il te suffira de m'appeler, et je te répondrai. Des papillons aux ailes enchanteresses apparaîtront autour d'une lumière. Ce sera moi, revêtue de mon habit spirituel.

Tu as dû déjà remarquer ces cinq taches qui se cachent derrière le lobe de ton oreille droite ? Une grosse et quatre petites au-dessus ? On dirait qu'un chat a laissé son empreinte. C'est une particularité peu commune. Ni ma Marie-Anne, ni moi, ni ton Tad-Gozh ne l'avons. Mais toi et mon Merlin, vous partagez la même, au même endroit.

---

[10] Bonjour en breton
[11] Rapiécer, raccommoder

Heureusement que tu n'es pas née au temps de ton arrière-grand-mère !
Avec ta maigreur, tes cheveux roux et tes cinq taches, elle t'aurait accusée
de sorcellerie. Elle avait une peur bleue des petits chats. Pour elle, un chat
noir, c'était de mauvais augure. Et signe de mauvais temps pour les
marins. Et comme tu sais, l'arrière-grand-père était un homme du large.
Elle te l'a déjà racontée, ta Mamm, cette histoire-là ?

Ton arrière-grand-mère était persuadée que le petit compagnon à
quatre pattes de Marie-Anne était une incarnation du diable. C'est à
coups de bâton qu'elle avait fini par tuer la pauvre bête. La petiote
n'arrêtait pas de grignouser[12]. Ses larmes faisaient peine à voir. Elle
l'aimait tellement. Elle répétait, « pourquoi, pourquoi » ? Marie-Anne
ne lui a jamais pardonné. Je la comprends. L'arrière-grand-mère était
dure. Avec elle, il fallait se tenir à carreau.

C'est elle qui m'avait forcé à épouser ton Tad-Gozh, après le décès de
ma sœur. Si elle avait su que je rencontrerais mon Merlin en cachette,
quand je voulais, elle m'aurait tué à coups de bâton aussi, en me traitant
de Marie-couche-toi-là.

Je te fais un croquis de l'empreinte féline dont tu as hérité. Et un dessin
du beau chat, Kazhou.

Kenavo[13],
Plein de bisous
Ta Mamm-Gozh qui t'aime.

---

[12] Grignouser : pleurnicher en breton
[13] Au revoir

27

Qui jamais ne connut ce que c'est que l'amour ...

Octobre 1983

La révélation que Gadaïck vient de lire dans la dernière lettre de Mamm-Gozh la bouleverse. Elle hésite un instant à appeler Marie-Anne pour lui en parler, mais l'heure avancée l'en dissuade.

Cette marque de naissance n'est peut-être qu'une coïncidence troublante, embellie par le temps et l'imagination fantasque de son aïeule. Si c'est le cas, il lui semble inutile de la mentionner à sa mère. Mais si cet aveu est vrai, il pourrait ébranler son existence, elle, qui déjà peine à évoquer le souvenir de son époux.

Pourtant, a-t-elle le droit de garder ce secret ?

Lorsque la sonnette retentit, Gadaïck, absorbée par ses pensées, se rappelle soudain que Liam l'attend dans la voiture, comme chaque fin de semaine depuis presqu'un mois. Leur relation a pris une tournure fulgurante dès le début. Bien que leur idylle naissante soit désormais officielle, ils préfèrent rester discrets en présence d'Emmy pour éviter ses questions intrusives. Ainsi, chaque vendredi après-midi, emportés par un tourbillon d'émotions nouvelles et grisantes, les amoureux se réfugient dans le cocon intime de l'appartement de Liam.

— Tout va bien ? Ça fait un quart d'heure que je suis en bas, lui demande Liam sur le palier.

— J'ai reçu une lettre énigmatique de ma grand-mère et je ne me suis pas rendu compte de l'heure.

Elle mentionne la tache derrière son oreille, celle de Merlin, et exprime sa crainte de perdre sa Mamm-Gozh.

— Et qu'est-ce qui te fait penser cela ?

— Ses paroles laissent entendre qu'elle se trouvera dans un autre royaume.

— Appelle ta maman pour voir si elle est au courant !
Elle acquiesce d'un signe de tête.

— Tu sais, j'avais déjà remarqué cette jolie empreinte féline au bas de ton lobe. Je m'étais dit que c'était normal pour une belle enchanteresse.

Sur ces mots, ses doigts effleurent les cheveux de Gadaïck, glissent le long de son cou jusqu'aux taches. Il trouve toujours les bons mots et les gestes troublants, mais tendres, pour la faire sourire ou rêver.

Liam vit dans un loft contemporain. À travers d'imposantes baies vitrées, la lumière naturelle danse avec l'acier anthracite et le verre. Dans le salon, un escalier en colimaçon, également en fer noir, mène à un toit-terrasse qu'il a méticuleusement aménagé pour profiter des soirées d'été. Là-haut, un espace convivial et une salle à manger en rotin sont nichés sous l'ombre accueillante de palmiers géants et de bananiers en pot. Des hamacs doubles aux couleurs vives oscillent légèrement, suspendus dans cet écrin de verdure. C'est dans cette atmosphère propice à la création qu'ils ont choisi de donner vie à leur projet d'écriture.

Chaque vendredi, l'attente est insoutenable. Le seuil du loft franchi, ils sont happés par une chaleur enivrante. Le parfum du bois de santal se mêle à leurs éclats de rire. Les marches en spirales grimpées d'un bond les mènent à leur sanctuaire d'intimité. Ils s'abandonnent, corps et âme, à cette œuvre, fruit de leur amour et de leur inspiration. Leur imagination les emporte tandis qu'ils s'entrelacent dans une valse sensuelle. Les mots jaillissent enrichis par leur passion embrasée.

Étroitement enlacé dans l'un des hamacs colorés, le couple se laisse bercer par la douce brise. Leurs formes s'épousent naturellement, leurs regards se croisent et se perdent dans une immensité de tendresse et de convoitise. L'air, chargé des parfums envoûtants de cannelle et de vanille des orchidées, frôle leur peau nue.

Entre baisers langoureux et murmures câlins, ils enregistrent leurs idées sur cassette audio. Parfois, les soupirs intimes s'immiscent sur la bande-son quand ils oublient de mettre la machine en pause. Leurs esprits sont enfiévrés, consumés par un feu intérieur et une soif inextinguible de l'être désiré.

Ils s'abandonnent avec fougue.

Ils créent avec ferveur.

Ils recommencent, et leur ballet se danse à l'infini.

Au milieu de leurs emportements voluptueux, leur projet prend forme sous le signe de l'amour qu'ils s'offrent chaque jour plus intensément. L'horloge s'est arrêtée. La plume et la passion se chevauchent, se nourrissent l'un de l'autre, sans interruption.

Dans l'ivresse des sens et de l'imagination, le soleil amorce sa descente. Ils oublient de dîner, absorbés par leurs élans enflammés et artistiques.

Longtemps après l'extase, ils restent enlacés, muets, perdus dans un monde de délices charnels et d'inspiration féconde.

Liam est le premier à rompre le silence :

— Pourquoi tu ne déménages pas ici ? La moitié de tes affaires traîne déjà partout.

— Pas question, répond-elle sans hésiter. C'est chez toi. Tes meubles. Ton décor, tes possessions.

— Je m'en fous de tout ça. C'est ce beau désordre à nous deux que j'aime, précise-t-il.

Elle se met à rire en imaginant la tête que ferait Pierre devant le monceau de vêtements jonchant le sol, pêle-mêle.

— Justement, je ne veux pas tout gâcher, murmure-t-elle avant de l'embrasser.

Même si Pierre et Liam sont le jour et la nuit, elle tient à préserver sa nouvelle indépendance et éviter de reproduire les erreurs du passé. Elle s'épanouit ainsi.

Il la saisit passionnément.

— Tu es toute pensive !

Pour toute réponse, elle enroule ses jambes autour de sa taille et glisse ses bras derrière son cou. Elle sent encore d'intenses vibrations remonter tout le long de son être.

— Si on vivait ensemble, on n'aurait plus envie d'une étreinte amoureuse éternelle, chuchote-t-elle.

— Tu sais, dans la nature, il y a des animaux qui restent attachés l'un à l'autre. Au bout d'un moment, leurs corps finissent par fusionner, ne faire qu'un, dit-il.

Elle pouffe à sa remarque

— Un peu étouffant non ?

Il la serre très fort dans ses bras pour illustrer ses paroles.

À ce moment, une voix féminine hurle et tambourine à la porte.

— Liam, tu es là ? Tu n'entends pas la sonnette ?

— Ciel, ma sœur ! déclare-t-il sur un ton mélodramatique, en levant la main dans un geste théâtral. Elle m'empêche de te garder dans mon étreinte poisseuse d'amant, tout collant des sécrétions divines de nos phéromones.

Elle éclate de rire et ajoute :

— Allez, ne laissons pas la belle Deirdre poireauter plus longtemps !

Liam fouille dans le tas de vêtements éparpillés sur la terrasse à la recherche de quelque chose à enfiler. Gadaïck se rhabille également, puis descend l'escalier en colimaçon quelques minutes plus tard pour rejoindre le frère et la sœur. Dès que Deirdre l'aperçoit au bas de la dernière marche, elle s'exclame d'un air complice :

— Ah bah, tout s'explique ! J'aurais dû me douter qu'on était occupé sur le toit.

Elle va s'écrouler dans le large canapé d'angle panoramique beige situé devant la baie vitrée. Liam la rejoint, les cheveux en bataille, signe évident qu'il vient tout juste de se rhabiller.

— On écrit une pièce, tu l'as oublié ?

— Ah oui, c'est vrai. Alors, racontez-moi tout ! demande-t-elle, un sourire malicieux aux lèvres.

— C'est une liaison interdite, intervient Gadaïck en se blottissant contre Liam. Une jeune fille de dix-sept ans, contrainte par sa famille d'épouser un homme pour lequel elle n'éprouve aucune affection, décide de retrouver en secret celui qui fait battre son cœur. Les deux amants poursuivent leurs rencontres clandestines, sous les pseudonymes de Viviane et Merlin, jusqu'à la fin de leur vie.

— Alors, les sentiments triomphent ! lâche Deirdre.

— Pas vraiment, mais « Qui jamais ne connut ce que c'est que l'amour, n'a jamais pu savoir ce que c'est que la peine. »[14], conclut Liam.

— Leur histoire, bien que belle, est aussi tragique, car elle doit rester secrète, ce qui les condamne à en souffrir, précise Gadaïck.

---

[14] Thomas d'Angleterre / <u>Tristan et Iseult</u>

— Bon, je suis venue pour parler de Papa. Il ne va pas mieux. Il va falloir qu'on prévoie tous les deux un petit voyage en Colombie, annonce Deirdre.

28

Une invitation bienvenue

Une semaine avant Halloween, 1983

Gadaïck, l'esprit ailleurs, sirote un café dans la salle des professeurs. Au lycée, la situation se dégrade. Entre les réunions de parents, les ateliers, les activités diverses, et l'hostilité de certains élèves, sa charge de travail devient de plus en plus écrasante et stressante. Le manque de motivation des adolescents est contagieux et la frustration des enseignants palpable. Une seule pensée l'obsède : retrouver Liam.

Monsieur Hart, d'un œil avisé, remarque le mal-être de la jeune femme :

— Alors, qu'est-ce qui vous tracasse ? Vous m'avez l'air d'une fleur qui s'étiole.

Sans attendre son accord, il s'installe à sa table, un donut aux couleurs d'Halloween à la main.

— Rien de particulier. Je me sens débordée, avoue-t-elle.

— Écoutez, ne vous prenez pas la tête dès le début de l'année. Vous ne tiendrez pas la route sinon. De toute façon, vous n'y pouvez rien, c'est le système, soupire Monsieur Hart en mordant dans son beignet au chocolat noir et aux vermicelles à l'orange.

— Je pensais qu'en m'éloignant de Paris, je trouverais un public plus réceptif, plus motivé. Mais je me rends compte que c'est un peu partout pareil. Je suis retombée dans les mêmes ornières.

Gadaïck jette un coup d'œil à l'horloge. La journée n'en finit pas. Quelques collègues s'attardent devant la machine à café. Autour d'elle, les conversations tournent en boucle.

— Halloween approche à grands pas, annonce Monsieur Hart, entre deux bouchées. Ça va nous changer les idées. À l'époque, Madame Hart ne lésinait pas sur les moyens pour célébrer ce jour-là. Vous auriez dû voir la maison ! Il fallait se frayer un chemin parmi les sorcières, les vampires, les squelettes et les toiles d'araignées dans chaque recoin. Mais depuis sa sclérose en plaques, elle… …

Il étouffe un sanglot, puis la voix légèrement tremblante, poursuit :

— Cette année, elle a décidé que je serai Frankenstein et elle, sa fiancée. Je lui ai trouvé la perruque idéale. Elle va être magnifique.

Gadaïck observe Monsieur Hart, émue par sa tendresse. Il parle de sa femme avec une telle admiration, comme d'une perle rare. Après toutes ces années, malgré les épreuves, la maladie de Madame Hart qui doit ronger son quotidien, leur fils unique parti trop tôt, ils s'apaisent l'un et l'autre, unis dans l'adversité. Gadaïck aspire à partager un moment privilégié avec eux, pour s'imprégner de la magie de leur relation. Leur amour semble immuable. Elle s'interroge : « Comment parviennent-ils à conserver cette flamme intacte après tant d'années ? Ressentent-ils toujours cette étincelle, ce besoin irrépressible de se retrouver ? » Puis, son esprit vagabonde vers Mamm-Gozh et Merlin, leur romance clandestine, et elle se demande si le secret ne rend pas les sentiments encore plus intenses.

— J'ai eu un mal fou à me dégoter un déguisement à ma taille, poursuit-il en riant. Avec ma bedaine !

Il tapote son ventre avec une satisfaction évidente.

Elle s'entend dire :

— Si vous voulez, je peux venir vous aider à décorer chez vous.

— Oh, c'est gentil, mais c'est pratiquement fait ! Vous savez, on commence dès le début du mois ici. D'ailleurs, si vous avez envie d'une frayeur délicieuse, passez donc à la maison le trente et un ! J'ai invité quelques collègues et amis. Mais le déguisement est obligatoire ! Vous en avez un ?

— Non, je n'y ai pas vraiment pensé.

— Madame Hart vous dénichera quelque chose, elle les collectionne. Vous y trouverez votre bonheur. Rejoignez-nous avec votre Liam !

— Mon Liam, répète-t-elle, surprise. L'adjectif possessif la fait sourire dans ce contexte. Il s'envole demain matin avec sa sœur pour la Colombie, ajoute-t-elle. Leur père est gravement malade.

— Ah, je comprends maintenant pourquoi vous êtes distraite. Bon, et bien, venez choisir un déguisement après son départ.

Le reste de la journée se déroule sans accroc, ce n'est ni mieux ni pire que d'habitude !

Une grande partie de la nuit se passe chez Liam à se raconter des légendes et à en inventer pour nourrir leur projet. Enlacés sur le lit, ils s'endorment un peu, puis se réveillent avec de nouvelles idées au milieu de leurs caresses et de leurs fous rires.

Liam insiste à plusieurs reprises pour qu'elle s'installe chez lui pendant son absence. Elle finit par lui promettre qu'elle ne viendra que pour arroser les plantes et ramasser le courrier, mais elle n'emménagera pas son loft.

— On s'échangera de jolies lettres d'amour et je recevrai les tiennes à MON adresse ! Sinon, je risque de ne pas les lire à temps, taquine Gadaïck. Puisque je ne passerai qu'une fois par semaine, et c'est tout.

— Quelle tête de mule, plaisante-t-il. Je te laisse des instructions pour les orchidées. N'oublie pas, tu dois leur parler, elles sont très sensibles aux compliments.

— D'accord, je leur chanterai une petite sérénade, répond Gadaïck, amusée.

— Elles n'aiment pas dormir seules non plus, renchérit-il avec un sourire entendu.

— Ah bah, qui des deux est le plus têtu ? lance-t-elle.

Échaudée par sa mésaventure sentimentale avec Pierre, Gadaïck est plus prudente avec Liam et préfère ne pas s'engager aussi rapidement qu'auparavant.

À l'époque, c'était surtout son désir de fuir sa mère qui l'avait poussée vers Pierre. En un sens, Pierre lui avait servi de béquille jusqu'à ce qu'elle parvienne à s'en détacher. Sans rien comprendre, il avait fait les frais des doutes et du vague à l'âme de la jeune femme. Finalement, il n'y était pas pour grand-chose. S'étant peu livrée à lui, il avait dû la trouver odieuse. Peut-être l'avait-elle été inconsciemment. Elle n'est pas particulièrement fière de cet épisode de sa vie. Mais comment peut-on s'exprimer quand on étouffe !

Aujourd'hui, avec Liam, c'est différent. D'abord, elle ne suffoque plus autant. Et surtout, elle ne veut pas mettre leur amour en cage. L'idée de cultiver le désir de toujours se retrouver la séduit assez.

Gadaïck, à moitié endormie, sent une étoffe effleurer son visage. Elle entrouvre les yeux et distingue dans la pénombre la silhouette de Liam, qui fait tournoyer un voile autour d'elle. Elle se demande un instant si elle rêve. Puis il la couvre de baisers et promène ses mains sur son corps chaud de sommeil. Elle frissonne, se blottit contre lui, s'abandonne à cette complicité charnelle.

L'aube se lève. Ils pourraient se reposer encore une heure, mais malgré leur fatigue, aucun des deux ne souhaite retomber dans les bras de Morphée. Dans ces moments fugaces, Gadaïck se sent éternelle, heureuse, exaltée.

Dans un murmure à peine audible, elle dit :

— Dans la légende, c'est Viviane qui fait tourner neuf fois un voile magique autour de son bien-aimé endormi pour le garder à ses côtés pour toujours.

La sonnerie du réveil brise l'instant. Il faut revenir à la réalité : Liam doit partir pour ne pas rater son vol, et elle doit se préparer pour le lycée.

29

Un coup de ciseau

À son arrivée au lycée, Gadaïck remarque une ambulance et un fourgon de police qui bloquent l'entrée principale. Déjà en retard, elle traverse l'attroupement d'élèves et de curieux sans s'attarder.

Soudain, une femme échevelée, visiblement hors d'elle, se précipite vers la jeune enseignante de français.

— Où est mon fils ? Je veux le voir immédiatement.

Gadaïck reconnaît la mère de Brian, un adolescent habituellement discret. Prise de court, elle bafouille :

— Je... je ne sais pas ce qui se passe, Madame Edwards. Je viens à peine d'arriver, allons nous renseigner !

Ensemble, elles se dirigent vers le bureau du proviseur.

— Il est pourtant dans votre classe, s'énerve la femme. Ne me dites pas que vous n'avez jamais remarqué qu'il était le souffre-douleur de ce vaurien de fils de votre chef d'établissement qui lui pardonne tout !

Les paroles de la mère frappent Gadaïck de plein fouet. En chemin, un remords l'envahit pour n'avoir pas décelé la détresse de Brian, ni agi en conséquence. La culpabilité la submerge tandis qu'elle prend conscience de ce qu'elle a manqué. En tant qu'enseignante, elle aurait dû repérer les indices du harcèlement que Brian endurait. Tête basse, elle murmure :

— J'ai trente-cinq élèves dans ma classe... On ne voit pas toujours ce qui se passe autour de nous.

— C'est normal qu'il ait pété les plombs, tout le monde s'en fout, rétorque la mère, furieuse.

Un peu plus loin, dans le corridor, elles font face au proviseur qui surgit de la salle des professeurs. De sa démarche raide, il se dirige à vive allure vers la sortie. Une fois n'est pas coutume, Gadaïck ressent un certain soulagement à le croiser. La femme se précipite vers lui.

— Monsieur, qu'avez-vous fait de mon Brian ?

— Madame Edwards, les agents vont l'escorter au poste de police. C'est là-bas que vous pourrez le récupérer, annonce-t-il calmement.

Surprise, Gadaïck se retourne sur son passage. Il l'a à peine remarquée. En temps normal, il n'aurait pas manqué de commenter le retard d'un professeur. Il n'aurait pas toléré non plus ce tohu-bohu dans les corridors. Son seul regard suffit pour imposer l'ordre et le silence.

— Attendez, pas si vite, vocifère la femme.

— Monsieur Hart a été blessé, Madame, se contente-t-il d'ajouter, froidement, sans même ralentir un instant pour la rassurer.

— C'est votre fils qui harcèle…

— Vous feriez mieux d'aller retrouver le vôtre, fait-il simplement.

— Son coup de ciseau, il l'aura cherché. Brian s'est sûrement défendu, riposte-t-elle, la gorge un peu enrouée à force de crier.

Les mots se dissipent avec leurs pas. Tandis qu'ils disparaissent au détour du couloir, Gadaïck reste seule, secouée par cette nouvelle. Puis, elle rejoint la salle des professeurs où elle trouve Madame Gould, très perturbée, parmi les enseignants en pleine effervescence.

— Il est arrivé quelque chose à Monsieur Hart ? s'enquiert Gadaïck.

— Oh, Miss Le Gorff, vous tombez bien, gémit Madame Gould. Vous allez peut-être pouvoir nous aider. Voilà, on nous a signalé qu'il fallait assurer ses cours en… son absence.

— Son absence ? Mais pourquoi ?

— Oh, vous n'êtes pas au courant ?

Gadaïck hoche la tête, alarmée. Les voix se superposent dans une cacophonie générale. Au milieu de ce tumulte, la jeune femme réussit néanmoins à saisir quelques fragments de discussion.

— Une bagarre a éclaté dans le corridor devant sa salle de cours, poursuit Madame Gould. Le pauvre homme est rentré dans le tas pour les séparer. John, vous savez, le fils du proviseur…

— Oui, je le connais, c'est l'un de mes élèves, interrompt Gadaïck.

— Eh bien, John a poussé Monsieur Hart qui s'est étalé par terre. J'ai eu très peur et je suis allée aussitôt prévenir notre chef d'établissement. C'est inadmissible ! Cette fois-ci, John a été trop loin et son père doit lui imposer des jours d'exclusion.

— Ce n'est surprenant, notre cher directeur ferme les yeux dès qu'il s'agit de son rejeton, ce n'est pas nouveau, explique Madame Callahan, une des professeures.

— Le pauvre, justifie l'un d'eux, ne lui en voulez pas ! Depuis la rupture avec son épouse, il est complètement dépassé par la situation.

— Il culpabilise sûrement de ne pas être assez présent pour lui, rajoute un autre, avec un ton compatissant.

— Peut-être, mais ce n'est pas à nous d'en payer les conséquences, insiste Madame Gould, les joues rouges.

— Imaginez, être proviseur et incapable de discipliner son propre fils. Ce doit être un poids lourd à porter, bien sûr, ça n'excuse pas tout.

— Justement, intervient le professeur d'éducation physique, c'est bien le souci. John profite de ça, et ce n'est pas bon ni pour lui ni pour les autres.

Madame Gould pousse un long soupir :

— Mais qu'est-ce qui a pris à Monsieur Hart de faire de l'héroïsme avec ses problèmes de cœur ?

Gadaïck, qui a suivi les échanges dans l'espoir d'entendre des nouvelles de Monsieur Hart, ne peut plus se contenir :

— Et l'ambulance, c'est pour lui ? lance-t-elle enfin, une pointe d'urgence dans la voix.

— Oui, pour lui et John qui a été blessé ! répond Madame Gould.

— Il est plus que temps de traduire cet élève en conseil de discipline ! ajoute une collègue. Ça ne peut plus durer.

— Est-ce que Madame Hart a été avertie ? demande Gadaïck.

Toutes les têtes se tournent vers elle. D'après leur regard, personne n'y a pensé.

— De toute façon, c'est le travail de la police de prévenir la famille, balbutie Madame Gould. Mais, comme vous êtes assez proche de lui, ce serait gentil de lui passer un petit coup de fil. Pour le moment, il faut convoquer les parents d'élèves concernés pour qu'ils viennent chercher les responsables. Ensuite, nous devrons partager les cours et l'atelier de théâtre de Monsieur Hart.

Gadaïck, qui connaît bien les participants et les avancées du projet, accepte naturellement de prendre le relais et de mener à bien cette aventure sur les planches. Les autres cours seront répartis entre quatre professeurs.

— Que dois-je dire exactement à Madame Hart ? interroge Gadaïck.

— Il a essayé de désarmer Brian et de le défendre contre John et ses complices, explique un collègue. John a reçu un coup de ciseau.

— Est-ce grave ? s'inquiète la jeune femme.

— Le gosse, il survivra, répond Madame Gould.

— Et Monsieur Hart ? poursuit Gadaïck.

— Dans la mêlée, on l'a poussé et il a fait une crise cardiaque, conclut Madame Gould.

30

De grosses citrouilles, des crânes cocasses et des squelettes ricanants

Le même jour, après l'accident de Monsieur Hart, 1983

Gadaïck compte se rendre chez Madame Hart, aussitôt après son dernier cours. Celle-ci lui a confirmé au téléphone que, pour le moment, les visites à l'hôpital ne sont pas autorisées. Elle s'est empressée d'ajouter qu'elle serait très heureuse de la rencontrer. « Charlie m'a beaucoup parlé de vous », a-t-elle dit. Sa voix chaleureuse trahit de légers troubles d'élocution par sa façon de prendre de longues pauses entre les mots.

Le couple habite une charmante villa de style colonial espagnol dans une rue tranquille. Devant la maison, des mains de zombies émergent de tombes grises, entourées de chats noirs aux regards menaçants et aux griffes acérées. À peine Gadaïck a-t-elle appuyé sur l'interphone que la porte s'ouvre.

— Bienvenue Ga… daïk ! Quel plaisir de vous voir enfin, ma chère.

Les deux femmes s'embrassent comme de vieilles amies.

Monsieur Hart lui a tellement parlé de sa Jane que Gadaïck a l'impression de la connaître déjà. Il n'a pas exagéré l'importance des décorations : de grosses araignées velues tissent leurs toiles géantes, des citrouilles sculptées affichent des visages terrifiants, des crânes cocasses et des squelettes ricanants s'invitent dans chaque recoin. Des fantômes flottent aux angles des pièces, et au-dessus des fenêtres ornées de guirlandes orange et noires, des chauves-souris aux yeux de braise déploient leurs membranes sombres.

« Tout cela doit être l'œuvre de Monsieur Hart », pense-t-elle.

Puis, elle tend à son hôtesse un joli coffret de chocolats pralinés.

— Pour vous ! dit-elle.

— Oh ! mes préférés. Charlie a dû vous le dire. Merci ! Me voilà obligée d'ouvrir la boîte maintenant !

Les lèvres gourmandes, elle propose de passer au salon pour les déguster.

Madame Hart, appuyée sur sa canne, invite la jeune femme à s'asseoir dans un coin à peine éclairé par des lanternes suspendues au plafond. Une fois installée, elle déballe le coffret et offre une friandise à Gadaïck.

— Vous avez des nouvelles de votre mari ?

— Oui. Il a besoin de repos. Mais ça va aller. Comme il dit, ce n'est qu'un petit couac.

— Les ciseaux l'ont atteint ?

— Non, c'est son cœur qui a fait des caprices. Il est fragile de ce côté-là.

— Je suppose que vous allez annuler Halloween.

— Jamais de la vie ! Charlie sera là, en fauteuil roulant. Notre Frankenstein sera à son poste, même s'il faut le pousser.

Elles échangent un sourire complice.

— J'ai une idée, lance la jeune femme.

— Je vous écoute Gadaïck.

— Vous allez avoir besoin d'un coup de main pendant la convalescence de votre époux et j'aimerais beaucoup vous aider si vous le permettez.

Madame Hart la fixe avec reconnaissance.

— Vous êtes adorable, vraiment ! Mais ne serez-vous pas débordée au lycée ? Et puis, Charlie m'a parlé de votre projet théâtral avec un certain Liam...

Elle ajuste ses lunettes sur son nez, une lueur d'intérêt dans le regard.

— Ah, vous êtes déjà au courant alors, soupire la jeune femme. Vous savez peut-être que Liam est parti en Colombie aider son père souffrant. Quant au lycée…

Elle secoue la tête.

— Si vous me le permettez, ne vous offusquez surtout pas, mais pourquoi avez-vous choisi l'enseignement ? Charlie trouve que vous y êtes aussi bien qu'un poisson hors de l'eau.

Un sourire triste se dessine sur les lèvres de la jeune femme.

— Il a sûrement raison, j'ai l'impression de tourner en rond dans mon bocal et parfois, oui je suffoque. Votre compagnie à tous les deux me changera les idées.

— Charlie vous a-t-il dit que j'étais illustratrice ?

— Il a dû le mentionner un jour, répond Gadaïck, ravie d'en savoir plus sur cette femme qui occupe tant de place dans le cœur de Monsieur Hart.

— Eh bien, figurez-vous qu'avant, j'étais prof ! Moi enfermée dans une classe ! Je me suis vite rendu compte que je n'étais pas faite pour ça. J'avais besoin de couleurs, de formes, de laisser libre cours à mon imagination. Alors, j'ai tout plaqué pour me consacrer à ma passion. C'était un saut dans le vide, mais Charlie n'a jamais manqué de me soutenir. Grâce à lui, j'ai pu réaliser mon rêve.

Madame Hart s'accorde des pauses. Comme si elle plongeait dans les méandres de sa mémoire. Puis, elle poursuit :

— Bien sûr, les choses n'ont pas toujours été faciles, avec les poussées de sclérose en plaques.

Gadaïck l'observe, émerveillée. Elle réfléchit un instant avant d'avouer :

— J'ai souvent pensé à faire autre chose, surtout ces derniers temps. J'ai l'impression de n'être qu'une petite pièce dans un vaste système.

Elle regarde cette femme, témoignage incarné que l'on peut transformer son existence, et une bouffée d'espoir l'envahit.

— Vous croyez que c'est possible de tout quitter pour suivre ses rêves ?

Madame Hart sourit doucement.

— Tout est possible, ma chère. La vie est trop courte pour ne pas la vivre pleinement. Il faut parfois oser se lancer pour être heureux.

La main posée sur celle de Gadaïck, elle reprend son souffle avant de continuer :

— Écoutez votre cœur, et ne vous laissez pas enfermer dans des cases par qui que ce soit.

Gadaïck se sent étrangement apaisée. Dans le regard de Jane, elle devine une alliée, une sagesse qui l'invite à franchir le pas.

— Vous n'avez pas traversé l'océan pour supporter une situation qui ne vous convient pas, n'est-ce pas ? insiste Jane.

Gadaïck hoche la tête, un sourire timide aux lèvres.

— La vérité, Madame Hart…

— Oh, arrêtez de m'appeler Madame. Jane, cela suffira.

— Jane, Jane, se force à répéter la jeune femme avec un peu d'hésitation, j'ai souvent pensé à envoyer ma lettre de démission.

Un éclat de joie illumine le visage de l'illustratrice.

— Alors, faites-le ! L'existence est éphémère, ne la gaspillez pas à être quelqu'un que vous n'êtes pas !

Ce soir-là, de retour chez elle, Gadaïck se met à écrire. Les mots coulent de sa plume avec une facilité déconcertante.

« Par la présente, je vous prie de bien vouloir accepter ma démission. »

31

Une étincelle a jailli

Ma chère petite Mamm-Gozh,

Demat ! J'ai une bonne nouvelle à partager : j'ai décidé de démissionner de mon poste de professeur ! Oui, tu as bien lu ! J'ai envoyé ma lettre hier.

Tu te demandes sans doute ce qui m'a conduit à cette résolution ? Tout a basculé à la suite d'un incident survenu au lycée, lequel m'a fait prendre conscience de certaines réalités. Si j'avais été plus vigilante envers mes étudiants, j'aurais peut-être pu anticiper la souffrance psychologique d'un adolescent qui a finalement craqué. Il s'est défendu, mais c'est Monsieur Hart qui en a subi les conséquences. Je ne peux m'empêcher de me sentir en partie fautive.

Mais ne t'inquiète pas, je ne renonce pas à mes rêves, surtout depuis qu'ils ont fait surface ! Je sais que tu as toujours vu en moi une âme d'artiste, Mamm-Gozh. Et tu avais raison. Je ne peux plus ignorer cette part de moi.

Depuis que je fais du théâtre avec Monsieur Hart et que j'écris ce projet avec Liam, j'ai enfin trouvé ma voie. Madame Hart, pour qui j'éprouve une grande affection, me soutient.

Ce drôle de couple, ainsi que Liam ont fait jaillir une étincelle en moi. Elle a enflammé tout ce que tu m'as toujours montré à ta façon. Tu les aimerais tous les trois, j'en suis sûr.

Liam adore tous ces récits merveilleux que tu me contais et il m'a proposé d'immortaliser ta belle aventure sur scène. Imagine-toi : toutes les créatures féériques du grenier, Makalon, Bambi, la grotte de Kermellec, ces moments magiques où tu t'envolais à la rencontre de Merlin ! Tout cela revivra sous les projecteurs. Qu'en penses-tu ?

Il me reste encore quelques mois au lycée. Ils passeront très vite maintenant que j'ai trouvé un autre chemin à suivre. Surtout, ne dis rien à Maman de tous mes projets ! Je veux les lui annoncer moi-même.

Mamm-Gozh, bien sûr que j'ai déjà remarqué mes cinq taches derrière le lobe de mon oreille ! Pour Maman, ce que tu nommes poétiquement « empreinte de chat » n'est qu'une malformation vasculaire, commune chez les bébés à la peau très pâle comme la mienne.

Quoi d'autre ?

Tes dernières nouvelles m'ont inquiétée. Pourquoi parles-tu de me revoir dans ton « habit spirituel » ? Tout va bien ? Écris-moi vite pour me rassurer !

Ta Boudig Koant qui t'aime

32

Émotions nocturnes

Dimanche 30 octobre 1983

Monsieur Hart est revenu après cinq jours passés à l'hôpital, juste à temps pour célébrer Halloween. Bien que sa convalescence s'annonce longue et que Jane soit inquiète, il insiste pour enfiler son costume de Frankenstein demain soir.

— Toi, ma chère, tu as déjà ta perruque en forme de tour et ta robe blanche. Et puis, je me suis donné assez de mal avant mon accident pour dénicher l'accoutrement du pauvre monstre solitaire que je suis, se réjouit-il. Pas question d'annuler quoi que ce soit.

— Alors, promets-nous que tu resteras là bien tranquille dans ton fauteuil roulant.

Il acquiesce et, pour faire plaisir à Jane, réalise une pirouette joyeuse avec son véhicule électrique.

— Parole d'honneur, ma chérie !

Puis, dans une imitation grotesque de Frankenstein, il grogne :

— Gadaïck, vous avez choisi votre costume ?

— Je n'y ai pas encore vraiment pensé.

— Il serait temps, c'est demain, s'exclame Monsieur Hart.

— Allons dans le garage fouiner dans le coffre à déguisements, suggère Jane. Surtout, ne faites pas attention au fouillis ! Nous avons tendance à accumuler les vieilles choses. On n'a même plus de place pour y ranger une voiture.

Elle ouvre la porte d'un local qui jouxte la cuisine.

— Voilà, c'est là, soyez prudente, le sol est jonché de bricoles !

La lumière, filtrée par les vitres obscurcies, dessine des ombres incertaines sur les murs. L'air est chargé d'effluves âcres de peinture et de métal oxydé. Les outils, graisseux et hérissés, côtoient des boîtes qui exhalent une légère humidité cartonnée. Un vieux coffre en bois trône au milieu du bric-à-brac. Les deux femmes se dirigent vers le meuble ancien. Jane caresse délicatement le couvercle sculpté.

— Il me rappelle celui de Mamm-Gozh, ma grand-mère, confie Gadaïck. Elle y conservait ses plus beaux déguisements, et les miens, sur lesquels elle travaillait patiemment pendant des heures. Enfant, j'adorais venir explorer son grenier rempli de trésors, à la recherche de tenues à essayer.

— Ouvrez-le donc, ma chère ! Qui sait quelles merveilles d'Halloween s'y cachent, prêtes à revivre une nouvelle vie ?

Gadaïck hoche la tête avec un sourire et, d'un geste presque cérémonieux, soulève lentement le lourd couvercle de bois. Une bouffée d'odeurs de naphtaline et d'encens s'en échappe. Des tissus patinés par le temps, des costumes d'une autre époque, émergent de l'obscurité. Des soies délicates, des velours épais, des ornements précieux, tous témoignent du goût exquis de sa propriétaire.

— Prenez ce qui vous fera plaisir !

— C'est extraordinaire, murmure la jeune femme, submergée par l'éventail de possibilités. Choisir sera difficile...

— Je vous attends dans le salon, répond Jane.

Après beaucoup d'hésitation, Gadaïck se décide finalement. Elle rejoint le couple, un sourire radieux sur le visage, et déploie devant elle la tenue qu'elle a sélectionnée.

— Regardez ce que j'ai trouvé ! lance-t-elle, exaltée.

Elle brandit les extrémités d'une ample robe argentée aux manches évasées qui s'épanouit autour d'elle.

— Elle est magnifique, ma chère, répond Monsieur Hart, enthousiaste. Et ces oreilles d'elfe... parfaites !

— Nous n'avions pas eu de créatures elfiques, depuis une éternité... depuis Lucas, murmure Jane.

Le professeur pose une main réconfortante sur l'épaule de son épouse.

— Eh bien, demain, il sera parmi nous, d'une certaine manière, dit-il, ému.

Le couple regarde Gadaïck, leurs yeux emplis de souvenirs.

— Je crois qu'on est prêt pour l'événement, annonce Monsieur Hart. Allons dîner.

Depuis sa dernière visite chez Jane, la jeune femme passe presque toutes ses soirées en compagnie de ce charmant duo. Elle fait les courses, discute avec eux pendant des heures, et savoure leur joie de vivre. Elle leur prépare des repas simples qu'ils prétendent adorer, même si elle n'a aucun talent culinaire et qu'elle manque souvent d'appétit. Auprès d'eux, elle se sent pourtant comme une cuisinière hors pair.

Enfin, la magie n'opère pas toujours. Ce soir, le pâté en croûte aux épices à base de saumon est plutôt désastreux.

— Je suis vraiment désolée, c'est beaucoup trop relevé. On dirait qu'on a de la terre dans la bouche.

— C'est pas mauvais ce petit goût de minéral, fait Monsieur Hart en réprimant une grimace. Il se tourne vers sa femme. Ça rappelle ... le terroir ?

— Et puis, paraît-il que le cumin contribue à la dissolution des calculs biliaires ! ajoute Jane en essayant de se convaincre elle-même.

— Ah, alors là, cette dose-là va les éliminer d'un seul coup.

Les rires fusent devant le pâté infâme. Gadaïck saisit le plat et dit :

— Donc, sans regret, je le jette ?

— Sans hésitation ! réplique Monsieur Hart, hilare.

— On veut quand même goûter à vos madeleines, gazouille Jane. Ça sent bon.

— Celles-ci, je peux vous les offrir sans complexe. J'ai eu le temps de bien m'entraîner depuis mes six ans. Mes premières tentatives n'étaient pas terribles, elles étaient sèches, presque calcinées. Mais je me forçais à les croquer devant Maman.

— Et pourquoi donc ? demande Jane.

— Pour lui tenir tête. Elles les trouvaient immangeables. Et moi, du haut de mes quelques années, je défendais bec et ongles mes créations ratées.

— Et votre mère, elle le prenait comment ?

— Elle ricanait un peu pour se moquer comme à son habitude, puis elle nettoyait le moule.

L'arôme de la madeleine la transporte vers ces souvenirs douloureux, où l'odeur de brûlé se mêle à la frustration de l'échec.

— Je ne sais pas pourquoi je vous ai raconté ça. Maman me chérit plus que tout au monde, dit-elle d'une voix étouffée de sanglots.

Soudainement, elle s'en veut de leur avoir fait part de cet épisode. En réalité, Marie-Anne était moins sévère que l'image qu'elle donne d'elle.

— Bien sûr qu'elle vous aime, s'empresse de dire Jane pour la réconforter. Nous, les femmes, on a toutes quelque chose à reprocher à nos mères. On doit apprendre à tourner la page. Le pardon, c'est un cadeau que vous vous faites à vous-même.

— Je crois que la mienne n'a jamais vraiment fait la paix avec la sienne.

— Et qu'est-ce qui l'en empêche ?

— C'est compliqué. Mamm-Gozh a beaucoup de secrets et elle m'en a révélé plus qu'à sa propre fille. C'est très lourd à porter.

Les analgésiques plongent Monsieur Hart dans un sommeil profond, trahi par de légers ronflements.

— Ça commence, ce pauvre Charlie, dans cinq minutes, il va faire plus de bruit qu'une tronçonneuse.

Elles poussent délicatement son fauteuil roulant vers sa chambre.

— Demain, avant la fête d'Halloween, vous téléphonez à votre mère pour lui dire simplement que vous l'aimez. Vous verrez, vous vous sentirez mieux après.

La jeune femme acquiesce d'un faible sourire, puis elle donne un dernier coup de main à Jane, avant de repartir vers sa colocation.

Arrivée chez elle, Gadaïck trouve l'appartement plongé dans le silence. Emmy passe désormais la majeure partie de son temps au domicile de son nouveau compagnon. Elle essaie de joindre Liam, mais en vain. « Pense-t-il à moi ? Rêve-t-il de moi ? Dort-il ? » Ce n'est pas un couche-tôt, et avec le décalage horaire, il doit être minuit là-bas.

Trop tard pour appeler en France. Pourtant, Marie-Anne aurait sans doute été heureuse d'entendre la voix de sa fille, même en pleine nuit.

Les questions se bousculent dans la tête de la jeune femme. Elle s'inquiète pour Mamm-Gozh et pour sa mère. Les secrets de famille l'enveloppent comme un nuage sombre. Enfant, Marie-Anne savait-elle pourquoi sa propre mère disparaissait ?

Feignait-elle de ne pas connaître l'existence de la grotte de Kermellec ? Ces histoires n'ont-elles pas été dissimulées trop longtemps ? Ces trois générations de femmes en portent chacune la douleur. Mais quel lien y a-t-il entre ces secrets et l'empreinte de chat derrière l'oreille de Gadaïck ?

Bientôt une semaine depuis le départ de Liam ! Son absence lui pèse moins que prévu. Gadaïck considère cette période comme une parenthèse. Si leur amour devait s'éteindre, c'est qu'il n'était pas assez fort. Les moments voluptueux qu'elle a partagés avec lui la réchauffent.

Ce soir-là, sous les draps, son ventre s'embrase au souvenir de leurs baisers.

Elle s'abandonne à son lit, convaincue que ses caresses sont celles de l'homme qui fait battre son cœur, une main entre ses cuisses, l'autre sur son sein. Ses doigts, longs et fins, explorent chaque centimètre de sa peau. Un frisson la parcourt lorsqu'ils atteignent son intimité. Le téléphone sonne, brutalement. Dans la pénombre, ses paupières tremblent légèrement. Ses gestes, imprégnés de désir, se figent un instant puis reprennent, et son corps tendu succombe à ce rythme emporté.

Des vagues de plaisir la submergent. À demi consciente, elle perçoit des murmures, des voix, et un son métallique répétitif. Les vibrations résonnent dans tout son être.

Puis, un bruit sec l'interpelle : des objets s'écrasent au sol. Elle est ramenée brutalement à la réalité. Encore ce bruit ! Insupportable !

Cette fois, ses yeux mi-clos révèlent une confusion totale. Un tremblement de terre ? Non, c'est Liam, elle le sent toujours en elle. Elle replonge quelques instants dans son précieux abîme, les paupières frémissantes. La sonnerie persiste, incessante.

Elle se résout à sortir de sa jouissance. Elle se glisse lentement hors du lit et enfile un kimono de satin. Alors qu'elle descend les marches, ses pensées dérivent vers la grotte de Mamm-Gozh et l'amour, ardent comme un feu, qui y demeure. Au moment d'atteindre le téléphone, il est trop tard. Le carillon a cessé. Il y a un message. Elle l'écoute. Emmy hurle :

— Tu as senti les vibrations ? C'était fou non ! Tout va bien chez toi ? Pas de dégâts ?

— Quoi ? De quoi tu parles ?

33

Jamais simple avec Marie-Anne

Lundi 31 octobre 1983

Le lendemain matin, avant d'aller au lycée, Gadaïck appelle sa mère.

— Allo ? répond une voix un peu triste.

— Bonjour, c'est moi.

— Qui moi ?

— Ta fille, voyons ! Qui d'autre ?

— Tes coups de fil sont rares.

Derrière ces mots se cachent une fragilité, une solitude mélancolique. La jeune femme ne peut ni parler de sa lettre de démission ni de sa tache de naissance de peur de faire voler en éclats l'apparente sérénité de celle qui l'a mise au monde. Un moment plus propice se présentera.

— Je pars au travail, mais avant, je voulais entendre ta voix et prendre de tes nouvelles.

— Moi ? Oh, tu sais, rien de neuf. Toi, en revanche, tu dois avoir plein de choses à raconter.

— Pas tant que ça. Ce soir, je vais chez les Hart pour fêter Halloween. Ils sont vraiment adorables et tellement accueillants.

Elle a presque envie de lui dire que le couple l'a quasiment adoptée. Elle se retient. Marie-Anne pourrait croire qu'elle a été remplacée.

— Parfois, je leur prépare à dîner. Pour Madame Hart, ce n'est pas simple avec sa sclérose en plaques, et Monsieur Hart n'est pas encore tout à fait remis de sa crise cardiaque.

— Toi, tu cuisines maintenant, s'étonne Marie-Anne. Je voudrais bien voir ça.

— Ce n'est pas toujours réussi, mais j'apprends.

— Ils ne pouvaient pas engager quelqu'un de professionnel pour les aider ? Pourquoi toi ?

— C'est moi qui me suis proposée, Maman.

— Mais, qu'est-ce qui t'a pris ? Je pensais que tu étais déjà débordée avec le lycée, les clubs, et toutes ces activités périscolaires des écoles américaines !

— Oui, mais ça me change les idées !

— C'est pour ça que tu n'as plus le temps d'appeler ta propre mère ?

— Maman, tu exagères un peu ! Toi, tu ne donnes pas souvent de nouvelles non plus.

— C'est tout de même incroyable : tu as fait de longues études pour être professeure de lettres, et maintenant tu joues les bonniches à l'étranger.

Marie-Anne retrouve rapidement ce ton familier que Gadaïck connaît par cœur. Elle regrette presque son coup de fil. Peut-être devrait-elle espacer un peu plus leurs conversations à l'avenir ?

Sa mère se rend-elle compte à quel point, dans ses moments de frustration, ses paroles peuvent blesser ? Même si ce n'est pas intentionnel.

Gadaïck, la mâchoire serrée, répond :

— Pourquoi est-il si difficile pour toi d'imaginer que je trouve plus de plaisir à aider ce couple qu'à exercer mon métier ?

Silence au bout du fil. Marie-Anne doit réfléchir.

— Je n'ai pas appelé pour qu'on se dispute, reprend Gadaïck. Je tenais juste à te dire que tu me manques et te donner des nouvelles.

Elle devine, à travers un soupir, ce léger haussement d'épaules désabusé, celui que Marie-Anne fait toujours pour se tirer d'affaire sans jamais changer d'attitude.

— Tu dois aimer ce couple plus que ta propre mère.

— Maman, écoute, j'ai quelque chose à t'annoncer : j'ai passé mon permis et je me suis acheté une voiture d'occasion.

Un moment de silence, puis :

— Ah bon... Mais conduire sur les autoroutes américaines, c'est dangereux !

— Ne t'inquiète pas, je fais attention. Bon, je te laisse, je ne veux pas arriver en retard au lycée. Je t'embrasse.

Elle raccroche sans attendre sa réponse.

En sortant de chez elle, Gadaïck croise un voisin qu'elle n'a jamais vu auparavant. Il balaie des éclats de verre devant sa porte et s'arrête pour la saluer.

— Bonjour, vous n'avez rien eu de cassé chez vous ? demande-t-il.

— Non, pourquoi ?

— Comment ça, pourquoi ? Vous n'avez pas entendu le boum ? réplique-t-il, surpris.

— Je devais dormir, raisonne Gadaïck, un peu gênée.

— Eh bien, vous avez le sommeil lourd ! Moi, j'ai été réveillé par un grondement. Les murs de mon appartement ont vibré, j'ai cru qu'un camion venait de percuter notre immeuble.

Soudain, Gadaïck se souvient. Au moment du tremblement de terre, elle était sous les draps, submergée par des sensations intenses. Elle comprend enfin le message d'Emmy sur son répondeur.

34

L'inattendu dans l'esprit joyeux de la nuit !

31 octobre 1983 chez les Hart

Le soleil baigne le ciel californien d'une douce lumière dorée. À Sunny Hills High, l'effervescence est à son comble. Les décorations d'Halloween transforment le lycée en un labyrinthe de l'épouvante. Des squelettes se balancent aux branches et des toiles d'araignées scintillent sous la lueur des citrouilles évidées. Dans les couloirs résonnent les rires des élèves échangeant des bonbons. Chacun immortalise ces moments avec son Polaroid.

Une bande d'amis déambule devant l'entrée, pour l'occasion, chacun a rivalisé de créativité. Gadaïck reconnaît Bianca, en chat noir étincelant, Lily, méconnaissable sous ses atours de sorcière, et Jake qui porte une cape de vampire. Le groupe remarque leur jeune professeure de français, élégante dans sa robe d'elfe.

— Trop fort votre déguisement, Madame, vous avez vraiment mis le paquet, déclare Lily.

— Waouh, regardez-la ! Elle a même les oreilles pointues, ajoute Bianca.

Gadaïck échange quelques mots avec ses élèves. Les voiles diaphanes de sa tenue ondulent au rythme de ses mouvements tandis qu'elle en ajuste les derniers détails.

— J'adore ! s'exclame Jake, les crocs de vampire bien visibles. Vous êtes trop classe en elfe. C'est carrément réussi.

— Vous êtes tous fantastiques aussi.

— Est-ce qu'on peut prendre une photo avec vous ? lance Bianca, son Polaroid en main. Vous êtes notre star du jour !

— Bien sûr, répond Gadaïck, amusée. Allez, vite, avant que la cloche ne sonne.

Le groupe entoure la jeune femme.

— Souriez tout le monde ! Et... clic ! annonce Bianca. Merci.

Des flashs crépitent dans l'air. Après avoir remercié leur prof, les créatures se dispersent joyeusement.

Gadaïck passe devant un stand de maquillage pris d'assaut. Des ados, le visage barbouillé, se regardent dans le miroir avec des yeux écarquillés. Les rires fusent de toutes parts. Quelques jours plus tôt, tout le monde était sous le choc : un de leurs camarades envoyé aux urgences, l'autre au poste de police, Monsieur Hart à l'hôpital et le tremblement de terre de la veille. Mais les jeunes, eux, ont déjà tourné la page. Place à la fête !

La cloche retentit pour lancer le début des festivités. Le gymnase, transformé en une salle de bal lugubre, vibre au rythme d'une mélodie endiablée. Sous les guirlandes scintillantes, les lycéens se déchaînent sur la piste de danse. Les rires jaillissent, les conversations animées se mêlent à la musique, l'ambiance est électrique.

Le concours de costumes avec ses chimères fantastiques vient pimenter une soirée déjà survoltée. Aux alentours de vingt heures, Gadaïck et quelques collègues se retirent pour rejoindre les Hart, tandis que des surveillants et d'autres professeurs désignés restent pour encadrer les réjouissances.

***

Le crépuscule d'Halloween, nimbé de brume, dévoile des rues aux allures fantasmagoriques. Devant la porte en chêne massif de la maison du couple de professeurs, Gadaïck repositionne ses prothèses d'oreilles en latex.

Les Jack-o'-lanterns dispersées sur le porche projettent des ombres inquiétantes. Gadaïck frappe, partagée entre impatience et nervosité. À cet instant, elle aurait tant aimé que Mamm-Gozh soit là. Elles ont en effet toujours adoré incarner des êtres magiques.

Le battant grince, puis s'ouvre sur un visage familier... et pourtant si différent. Madame Hart, coiffée d'une sorte de tour de Pise capillaire ondulante, noire et blanche, semble avoir gagné dix centimètres de hauteur.

— Ah, Gadaïck, ma chère ! Entrez ! s'exclame-t-elle avec un sourire espiègle et un geste accueillant. Bienvenue dans notre antre des mystères !

— Jane, j'ai presque du mal à vous reconnaître dans votre robe gothique, dire que j'ai eu peur d'en faire un peu trop avec mes voiles.

— Impossible ! Attendez donc de voir Charlie.

Gadaïck franchit le seuil de la maison, plongée dans une atmosphère sombre et festive à la fois. Les toiles d'araignées en coton se sont propagées depuis sa dernière visite. Dès son entrée dans le salon, un mélange subtil de parfums vient l'envelopper.

Les effluves de cannelle et de pomme, si proches de ceux de la cuisine de Mamm-Gozh, éveillent en elle une tendre nostalgie. La jeune femme ferme les yeux un instant. Les éclats de rire remplissent la salle principale pendant que Mamm-Gozh jongle avec le rozell[15] et la spanell[16].

---

[15] Râteau en breton
[16] Spatule en breton

Le tintement des verres ramène Gadaïck au présent, chez les Hart. Déjà, les convives forment des petits groupes, échangent des nouvelles, des anecdotes et des blagues.

Soudain, une silhouette étrange surgit de l'ombre, tel un spectre sorti d'un cauchemar. N'eût été son fauteuil roulant et sa bedaine proéminente, Gadaïck aurait eu bien du mal à reconnaître le professeur, transformé en un grotesque personnage à la Frankenstein. Des cheveux noirs et ébouriffés qui tombent en mèches désordonnées sur son front rectangulaire encadrent son visage, teinté de vert et marqué de fausses cicatrices.

Assez fier de lui, il arbore un rictus facétieux.

— Bienvenue au bal des monstres, Gadaïck ! Prête à danser avec le Frankenstein du jour ?

— Avec grand plaisir. Mais je vous conseille de faire attention à vos points de suture et à vos boulons dans votre cou pendant les pirouettes.

Gadaïck est aux anges. La soirée s'annonce mémorable ! Elle rejoint les invités, tous plus déjantés les uns que les autres, autour d'une table garnie de douceurs macabres : des bonbons gélifiés en forme d'yeux, d'autres en forme de cerveaux humains, des dentiers en guimauve, des doigts de sorcière en chocolat. Pour l'ambiance, on ne peut pas faire mieux.

Madame Hart lui tend un verre au contenu écarlate plus que suspect.

— Essayez ça, ma chère, c'est notre potion spéciale d'Halloween ! Attention quand même, c'est un peu traître.

La fête bat son plein, Monsieur Hart est devenu le centre de toutes les attentions. Soudain il rugit :

— Qui donc se cache derrière ces rideaux qui flottent doucement dans la brise légère ? Que nous réservent donc ces mystères, à la lumière d'un flambeau ?

Une silhouette avance, dissimulée sous un drap blanc. Des grognements sourds en émanent.

— Eh bien, eh bien, eh bien, ne serait-ce pas mon tourmenteur Victor venu d'outre-tombe pour voir son projet de science foireux préféré ! poursuit le professeur.

— Salut, Frankie ! J'aurais parié que ma création serait décomposée depuis le temps, répond le fantôme d'une voix sépulcrale.

— Le formol, ça conserve bien, mon cher, répond Monsieur Hart.

Gadaïck sursaute. Elle reconnaît aussitôt le timbre chaud de cette voix. Curieuse, elle s'approche et soulève un coin du drap. Dessous, un personnage étrange se dévoile : redingote verte aux poches débordantes d'instruments bizarres, chemise blanche froissée, cravate lavallière, nouée de travers. Sous un chapeau haut de forme, le beau visage du fantôme la fixe.

— LIAM, s'écrie-t-elle, avec un sourire éclatant. Je te croyais en Colombie.

Sans un mot, il l'attire dans une étreinte à la fois puissante et tendre.

Elle se blottit contre lui, rieuse.

— J'aurais dû me méfier des airs conspirateurs des Hart. Ils mijotaient quelque chose, c'était évident, ajoute-t-elle.

Triomphante, Jane Hart se place derrière son mari qui, lui, feint l'innocence la plus totale, comme s'il ne savait rien de leur petit manège.

— En tout cas, c'est une belle surprise, pas de quoi révolter les esprits et se faire remonter les bretelles, rétorque Monsieur Hart avec une bonhomie toute paternaliste.

— Maintenant que nous sommes au complet, que la fête continue, crie Jane en levant son verre.

Bien que Gadaïck et Liam aient envie de se retrouver enfin seuls, tous deux conviennent qu'il serait malvenu de partir trop tôt, surtout après les efforts de leurs hôtes pour réussir cette soirée. Ils décident donc de rester encore un peu, désireux de profiter de l'ambiance festive et de ne pas assombrir la joie de leurs amphitryons. Ils discutent avec les autres convives, partagent quelques plaisanteries. Attentifs à l'heure, ils guettent le bon moment pour prendre congé.

C'est Madame Hart qui intervient :

— Ah ah, je vois que l'horloge vous appelle, les amoureux ! Vous savez, les belles histoires commencent parfois par un « Il était une fois, un soir, où ils durent partir tôt' ! »

Gadaïck et Liam échangent un regard complice.

— On ne vous en voudra pas si vous devez vous éclipser, ajoute Monsieur Hart avec un clin d'œil.

Liam s'approche de Monsieur Hart et lui serre la main avec chaleur :

— Merci. Nous avons vraiment passé un moment exceptionnel.

Madame Hart, quant à elle, se tourne vers Gadaïck :

— Vous êtes bienvenus chez nous à tout moment. Vos sourires et votre présence ont été un beau cadeau ce soir.

Gadaïck et Liam échangent un dernier regard plein de gratitude et remercient leurs hôtes. Puis, ils s'éclipsent dans la nuit, tandis que les échos joyeux de la fête persistent derrière eux, rythmés par la musique et les rires des convives.

35

Chaque étoile était une histoire ancienne écrite dans le ciel.

Ma chère Boudig Koant,

Demat !

Quelle joie de recevoir de tes nouvelles ! Et quelle fierté de voir que tu as enfin pris ton envol ! Ton intention de démissionner, c'est une excellente décision. Ta Maman aura du mal à y croire, mais il faudra bien qu'elle s'y fasse.

Je dicte tout ça à ma vieille complice, la mère Lusine qui connaît tous mes secrets, car mes yeux ne sont plus aussi vifs qu'autrefois. Elle a une écriture magnifique, toute en ronde et en coulée. Imagine, à l'encre, sous la lueur d'une bougie ! Par rapport à ton gribouillage, ma petite prof ! C'est bizarre, hein ? Plus on va à l'école, moins on sait manier la plume ! Tes dessins, eux, sont bien plus jolis.

Maintenant, je voudrais te parler d'une époque très lointaine, tu n'étais pas née ! Quand j'étais la Léonor Lézec, je venais d'avoir 16 ans. C'était la nuit où j'avais rencontré l'Ankou. Tu te souviens ? C'est le genre de secret qu'on ne partage pas avec tout le monde, même avec ceux qu'on aime. La Marie-Anne, bien qu'elle ne le croie pas, je l'ai toujours chérie, mais ce genre d'histoire, elle n'aurait pas su l'entendre. Elle aurait eu trop peur. Et pourtant, en ce temps-là, les mystères dansaient à chaque coin de la forêt de Kermellec. Les légendes imprégnaient l'air.

Un autre jour, la même année, vers la fin de la journée, alors que j'allais me promener aux alentours chez mère Lusine, j'ai ressenti une présence. Mes pas m'ont guidée vers une grotte dissimulée parmi des arbres majestueux. C'est là, à l'entrée de cette grotte que j'ai rencontrée Martin, mon Merlin. J'ai d'abord cru que c'était l'Ankou, parce qu'il était grand et son visage était caché sous une capuche noire.

Eh bien, l'homme était loin d'être effrayant. Moi, je me suis rapprochée pour me présenter, toute naïve que j'étais : « Bonjour Monsieur, moi, c'est Léonor Lézec, et vous, vous êtes l'Ankou ? » Il ne m'a point répondu. Il s'est contenté de sourire. J'ai remarqué qu'il était à peine plus vieux que moi. Puis, il avait un joli minois.

Je lui ai encore demandé : « Mais qu'est-ce que vous faites là tout seul ? Vous êtes perdu ? » Mais lui ne disait mot, toujours cette expression béate figée sur son visage.

Normalement une jeunette qui a les foies aurait filé comme un lapin, pas vrai ? Mais moi, nenni ! Je me suis posée à l'entrée, comme une fleur.

Et voilà qu'il s'installe à mes côtés, ce brave homme. Nous sommes restés là, immobiles, à écouter le vent chanter sa mélodie dans les feuilles. Puis, soudain, il me confie qu'il est le gardien d'un coin de nature, un lieu secret. Curieuse, je lui demande : « Eh bien, que protégez-vous alors ? Des créatures magiques ? » Il me regarde intensément et murmure : « Avec vos longs cheveux couleur de blé, vous me faites penser à une fée ».

Il parlait pas vite, le gars, mais chaque mot qui sortait de sa bouche, c'était comme une flèche qui allait droit dans mon cœur. Sa voix, elle était profonde, tu sais, comme si elle venait des racines des vieux chênes de Kermellec, ceux qui ont vu passer plus de cent ans. C'était quelque chose de magique.

Eh bien, figure-toi que je suis retournée à la grotte. Pas qu'une fois, non, mais pendant toute une année ! Il me parlait de l'amour, des choses qu'on dit pas souvent, et de comment on est tous un peu comme les arbres et les fleurs.

Je me souviens d'une nuit pleine d'étoiles. Chacune était une poésie suspendue là-haut. Il avait tant à raconter, des anecdotes pour rire, d'autres pour pleurer. Il y avait de tout, et chaque récit était un trésor. Quand il s'exprimait, c'était comme si notre histoire à nous, elle dansait dans ses mots. C'était beau.

Et puis, j'ai eu dix-sept ans. Ma sœur est morte en laissant ton Tad-Gozh tout seul avec ses trois orphelins. Tu connais la suite. Je te l'ai déjà raconté une fois chez mère Lusine. Ta maman a vu le jour bien après. Ma première fille. J'ignorais si le père était ton Tad Gozh ou bien mon Merlin. C'est à ta naissance, quand j'ai découvert l'empreinte de chat derrière le lobe de ton oreille droite que j'ai su. Mais il était trop tard pour le dire à Marie-Anne.

Alors, ma Boudig Koant, l'amour, on peut le croiser dans une grotte en Bretagne. Il a ses propres chemins, et tu es digne de savourer chaque moment de cette aventure. Vis-la, sans hésitation !

Prends soin de toi, ma chère petite-fille ! Je suis impatiente de te revoir pour te parler encore de tout cela. Et peut-être que ta mère pourra l'entendre, elle aussi.

Kenavo,

Ta Mamm-Gozh qui t'embrasse et qui t'aime

P.S. : la vieille chouette t'embrasse et t'aime aussi…

36

Poète, barde, réfugié dans les bras de celle qui l'aime

Novembre 1983

Gadaïck et Liam ne se connaissent que depuis trois mois, mais leur histoire leur paraît bien plus ancienne. Leurs premiers rires sur la plage de Malibu résonnent encore en eux. Chaque geste, chaque silence porte une familiarité atemporelle.

Tous les soirs de novembre, ou presque, ils se retrouvent chez Liam pour écrire. Leur pièce de théâtre, nourrie des lettres de Mam-Gozh, des légendes et des souvenirs de Gadaïck, explore les méandres des passions et leur douce excentricité. Elle aborde également les sacrifices des amours cachées et les secrets qui pèsent sur les générations futures.

— En réalité, Mamm-Gozh et Martin n'ont-ils pas toujours été un peu fous ? demande Liam.

— Sans doute, répond Gadaïck. Mais je suis sûre que la grotte les abrite, tout comme le grenier me protégeait enfant.

— Comme nous ici, sous la pluie.

— Il ne doit pas faire chaud dans leur refuge, novembre en Bretagne, tout de même ! murmure la jeune femme.

— Oui, mais ils y sont à l'abri du monde. Leur chaleur intérieure les garde du froid extérieur. Ils sont comme deux âmes qui se reflètent, un yin et un yang parfaits. Leur amour est une source inépuisable, une danse entre la vie et la mort.

— Ainsi par l'influence de ce lieu, ils deviennent la fée Viviane et Merlin. Le reste importe peu.

Liam se tait un instant, réfléchit puis ajoute, exalté :

— C'est ça qu'on doit illustrer dans notre création. Comme un diagramme de Venn, avec deux destins séparés qui se croisent au centre. C'est là que leur union prend toute sa beauté.

— L'image me plaît bien, mais on doit aussi montrer une dualité plus sombre. La grotte, c'est comme une tombe où le temps s'arrête. Même au cœur de l'amour, la mort rôde. L'Ankou est leur compagnon silencieux.

Liam la serre dans ses bras.

— Sont-ils conscients de cette dualité ?

— Bien sûr, répond Gadaïck. Mamm-Gozh m'a souvent parlé de l'Ankou, comme d'une présence qui peut se manifester n'importe quand. Elle ne le craint pas.

Elle se recroqueville davantage dans le creux formé par le corps de Liam. Ce dernier murmure tendrement :

— J'aimerais bien la voir un jour, cette grotte.

— Et rencontrer Merlin !

— Que veux-tu qu'on fasse de lui ? Une sorte de barde un peu fou ? Un sauvage ? Un prisonnier de son antre ?

— Une fois, Mamm-Gozh m'avait dit qu'elle l'avait retrouvé tout maigre, qu'il devait se cacher et reprendre des forces. Selon elle, il avait échappé à l'occupation allemande. Peut-être était-il un héros ?

— Et tu ne crois pas qu'elle a imaginé tout cela ?

— Non, je ne pense pas. C'est le secret qu'elle a protégé toute sa vie.

— Ta grand-mère, je peux la visualiser, mais Merlin... C'est flou. Et c'est moi qui dois le jouer. On doit lui donner plus de substance.

— Que dirais-tu d'un héros poétique ? Après la bataille, il aurait trouvé refuge dans la solitude des forêts.

— Et dans les bras de celle qui l'aime.

Les pluies douces de novembre enveloppent leurs pensées. Plus le mois avance, plus la nuit arrive tôt, vers dix-sept heures. Gadaïck file tout droit chez Liam après ses journées au lycée. Les tourtereaux plongent dans leurs écrits, puis se blottissent l'un contre l'autre dans le canapé, à composer des chapitres de leur propre intimité. À travers la grande baie vitrée du salon, la clarté de la lune et des réverbères danse sur leur visage.

— Ce soir, je n'ai pas envie de rentrer à la maison. Je suis bien comme ça. Je ne veux pas bouger.

Ils s'assoupissent, enlacés. Puis, au bout d'un moment, Liam ouvre l'œil et, devant la quiétude de la jeune femme, il lui demande doucement :

— Tu dors mon amour ?

Pour toute réponse, elle le serre plus fort. Leurs lèvres se rencontrent avec une douceur que mille mots n'auraient jamais pu exprimer. Un souffle léger traverse la pièce. Elle frissonne. Il se rapproche d'elle, sa chaleur est un rempart contre la fraîcheur du soir.

Soudain, Gadaïck se sent transportée :

Elle regarde autour d'elle, émerveillée par la beauté de l'endroit, à la fois familier et étrange. Une tranquillité profonde enveloppe tout l'espace, à l'image du temps lui-même figé dans cet endroit hors du commun. Les parois émettent une lueur douce et une fragrance minérale. C'est un parfum de terre nourricière et d'eau vive, qui suggère la sérénité d'un foyer. Elle se tourne vers Liam. Son apparence est différente. Elle observe

181

silencieusement le visage vieilli de son amoureux endormi. Avec une tendresse infinie, ses doigts effleurent délicatement les contours de ses rides, comme si elle pouvait palper l'histoire écrite sur sa peau. Elle remarque sur son menton, des poils blancs, fils d'argent, témoins de la sagesse des années. Elle trouve une beauté nouvelle dans cette transformation. Elle-même se sent changée. Elle se caresse le visage du bout des doigts et y perçoit des sillons. Puis, elle se lève à la recherche d'un miroir, impatiente de contempler la métamorphose qui a eu lieu. Elle se déplace avec grâce, sa silhouette drapée d'une robe lumineuse. Autour d'elle, des étincelles scintillantes dansent comme des lucioles enchantées. Après quelques pas, elle découvre un petit bassin cristallin dont la surface calme renvoie la clarté sur les parois rocheuses. Elle se penche au-dessus de l'eau, observe son reflet et ne se reconnaît pas. Les yeux écarquillés, elle voit Viviane la fée, une vision onirique sortie d'un conte de Mamm-Gozh. Dans un éclat fugace, elle croit distinguer le visage de sa grand-mère qui se fond avec le sien.

« Une belle image superposée dans le miroir du temps », se dit-elle. L'esprit de son ancêtre la baigne de sa bienveillance. À travers cette vision éphémère, Mamm-Gozh lui transmet une bénédiction silencieuse.

À peine éveillé, Liam rejoint Gadaïck, les yeux fixés sur l'eau. Elle y trace des arabesques, tentant d'effleurer son aïeule. À chaque mouvement, le reflet se distord. Il lui demande ce qu'elle fait.

Elle se tourne vers lui et s'arrête net, surprise par cette apparition inattendue : le voilà, dans une longue robe de chambre bleue qui balaie le sol. Liam, conscient de l'effet de sa tenue, esquisse un sourire taquin.

Elle remarque alors qu'il boîte. Sa magnifique canne semble être une extension naturelle de sa sagesse et de son pouvoir.

Elle lui demande où ils sont.

— Dans cet espace, tous deux emprisonnés dans les replis du temps. Nous sommes là, mais nous sommes aussi ailleurs.

Il pointe le canapé où ils se sont assoupis chez Liam, enlacés dans les bras l'un de l'autre. Gadaïck, après son moment de surprise, suit le geste *de Liam du regard, son visage s'illumine d'une tendresse chaleureuse. Leur couche, au cœur de la grotte, est le théâtre où les rêves se mêlent à la réalité.*

Soudain, un tourbillon se forme dans le bassin où Gadaïck a aperçu Viviane. Les eaux sombres commencent à s'agiter. Lentement, une silhouette émerge des profondeurs. La figure spectrale de l'Ankou se dresse, son manteau noir dégoulinant. Ses yeux, deux lueurs pâles, percent l'obscurité environnante, avec une intensité glaciale. L'Ankou avance, ses pas résonnent dans l'air, tandis que Liam et Gadaïck, figés par la fascination et la peur, observent cette apparition surnaturelle. Son bras se lève et pointe vers la jeune femme. À ce moment, elle essaie de hurler, mais aucun son ne sort. Sa gorge se serre, les mots se meurent sur ses lèvres, étouffés par une terreur indicible. Le silence qui en résulte est plus assourdissant que n'importe quel cri.

—Gadaïck, réveille-toi !

Liam la secoue délicatement pour la tirer de son sommeil agité. Elle entrouvre ses paupières. Encore troublée par les images de son rêve, elle prend peu à peu conscience de la présence réconfortante de Liam.

— Ça va ? demanda Liam d'une voix douce, ses yeux plongés dans les siens. Tu faisais un cauchemar ?

— Oh c'était étrange. On était ailleurs. J'ai eu peur pour Mamm-Gozh. Si seulement, je pouvais l'appeler. Quelle heure est-il ?

— Trop tard pour que tu rentres chez toi.

— Demain, c'est Thanksgiving. J'ai donné ma parole à Jane que je serais là plus tôt pour l'aider en cuisine.

— Ils sont gentils, les Hart, mais j'aurais préféré que nous passions la soirée tous les deux.

— Bon, on ne revient pas sur sa promesse. Tu as dit que tu viendrais pour le dîner. Et puis, j'ai quelque chose à t'annoncer.

37

« Écrire est un acte d'amour. S'il ne l'est pas, il n'est qu'écriture » -- Jean Cocteau

Novembre 1983

Dans l'après-midi du jeudi 24 novembre 1983, un ballet de senteurs embaume déjà la maison chez les Hart. Le four crache les appétissantes volutes de Thanksgiving. Pour l'occasion, Jane Hart a convié son frère Neil et sa compagne, Elaine. De son côté, la famille de Monsieur Hart, composée de Margie, Alex et leurs conjoints, ainsi que de deux amis d'université, est venue célébrer l'Action de grâce, comme chaque année.

L'apéritif terminé, la cloche tinte. Jane annonce que le repas est servi. Son époux, déjà installé à sa place, trépigne d'impatience.

Gadaïck aide Jane à disposer les plats sur la table. Les odeurs alléchantes se mêlent aux épices automnales et aux effluves sucrés de pomme et de cannelle.

— Merci, dit joyeusement Madame Hart. Asseyez-vous. Vous en avez assez fait.

La jeune femme se glisse à côté de Liam. Jane pose sa main sur l'épaule de Gadaïck et lance :

— Je suis heureuse que vous ayez accepté notre offre.

Touchée par ce geste, elle répond par un sourire reconnaissant, tout en évitant le regard de Liam. Gênée, elle aurait préféré annoncer la nouvelle elle-même.

— Quelle offre ? demande Liam surpris.

— Oh, elle ne vous a encore rien dit ? rétorque Jane Hart, légèrement mal à l'aise.

— Toi et ta grande bouche ! s'exclame Monsieur Hart d'un ton jovial.

Gadaïck sent tous les yeux braqués sur elle, particulièrement ceux de Liam qui attend une explication.

— J'allais t'en parler, mais tout s'est fait très vite.

La perplexité se lit sur le visage de Liam.

— Je ne veux pas tout exposer ici, mais voilà : il y a quelques jours, Emmy m'a annoncé qu'elle allait déménager chez son copain et que j'avais un mois pour trouver un autre logement ou un colocataire. Comme mes moyens sont limités, les Hart m'ont proposé de m'héberger pour un temps, en échange d'un peu d'aide pour les courses.

— Et tu as accepté, comme ça, sans m'en parler, alors que... Il avale sa salive, contrarié.

— C'est juste temporaire, bredouille-t-elle. J'allais te le dire après le dessert, en privé, et te montrer le studio.

— Bon, on y reviendra plus tard. Ce n'est pas le moment, interrompt-il, sèchement.

Un silence tendu tombe brièvement. Les regards surpris se croisent autour de la table. Monsieur Hart tapote son verre de cristal avec sa cuillère pour rétablir l'harmonie. Tous les yeux se tournent vers lui. Avec un sourire rassurant, il propose un toast.

— À l'amitié et à la gratitude, déclare-t-il.

— Ne laissons pas la dinde refroidir, s'exclame Alex.

— Tout a l'air exquis, mais n'est-ce pas étrange cette célébration, alors qu'elle marque aussi le début de la colonisation et des souffrances qui en ont découlé pour les peuples autochtones ? hasarde Liam, avec une pointe d'ironie.

Un léger malaise s'installe alors que les invités digèrent ses paroles. Gadaïck sait que Liam aime remettre en question les traditions incohérentes, un trait qu'elle apprécie, mais elle aurait préféré qu'il se taise cette fois. Il est clairement contrarié. Quelques convives hochent la tête, conscients de la contradiction de cette fête.

Gadaïck lui lance un petit coup de pied discret sous la table pour qu'il change de sujet.

— Quoi qu'il en soit, je suis heureuse de passer mon premier Thanksgiving en votre compagnie, déclare Gadaïck pour alléger l'atmosphère.

La conversation reprend sur une note plus détendue. Margie, la sœur de Monsieur Hart, demande un moment de silence pour une prière avant le repas. Les regards s'abaissent, les mains se joignent. Gadaïck sent celle de Liam se crisper dans la sienne.

— Nous sommes tous réunis autour de cette table abondante pour célébrer la gratitude, commence Margie, les yeux fermés. Seigneur, bénis ce repas, ceux qui l'ont préparé, et procure du pain à ceux qui n'en ont pas. Merci pour ce temps que nous passons en famille. Inspire nos discussions et libère en nos cœurs la joie qui vient de toi. Merci pour la dinde qui nous a fait cadeau de sa vie.

Sur ces derniers mots, Gadaïck sent soudainement un léger mouvement à côté d'elle. Elle ouvre brièvement les yeux et croise le regard de Liam. Dans un moment fugace de complicité, elle l'entend murmurer du bout des lèvres, son sourire en coin :

— On remercie le ciel, on est tout gentil et on bute des animaux !

Elle se dit que la tension antérieure s'est peut-être évaporée. « Quand je lui expliquerai tout, il comprendra mieux ma décision », se dit-elle.

Assis à l'autre bout de la table, Monsieur Hart soupire. Sa bienveillance a fait place à l'impatience et déjà, il s'est emparé de ses couverts. Margie se rend compte qu'il est temps de conclure et termine d'une voix calme par un ultime remerciement.

— Et enfin, merci pour l'accueil chaleureux de mon frère et de sa charmante épouse qui nous reçoivent comme chaque année dans leur belle maison, mais connaissant bien notre Charlie, je sais qu'il craint que la dinde ne refroidisse. Alors, amen !

Ils se pressent une dernière fois les mains, en répétant amen. Puis, ils les relâchent.

— Servez-vous, annonce Jane Hart.

— Bon appétit à tous ! s'exclame Monsieur Hart.

— Et voilà, il n'y a plus qu'à ingurgiter notre propre poids en nourriture, déclare Liam tranquillement.

Sa remarque suscite un éclat de rire général parmi les convives.

Toutefois, Gadaïck n'est pas dupe. Ce n'est pas la première fois qu'elle surprend Liam à jouer la carte du sarcasme pour masquer son tourment et dissimuler sa frustration. Malgré la joie et les conversations animées autour de la table, Liam évite le regard de Gadaïck pendant le reste de la soirée. Il garde ses distances. Elle décide de lui laisser son espace le temps du repas. « Qu'à cela ne tienne, on en reparlera plus tard. », pense-t-elle.

Ron, un des deux amis de Monsieur Hart, évoque l'invasion de la Grenade qui a eu lieu le mois dernier.

— Est-ce que vous vous rendez compte que nous traversons un moment historique ? claironne-t-il.

— Encore un événement où les États-Unis se mêlent de ce qui ne les concerne pas, riposte Liam, dubitatif.

Ron, indigné par la réaction de Liam, le regarde avec des yeux écarquillés :

— Comment pouvez -vous dire ça ? C'est une question de sécurité régionale et de lutte contre le communisme !

Liam, hausse les épaules, puis répond calmement :

— Plus de quinze mille soldats mobilisés pour occuper un espace minuscule et libérer si peu de gens. Un peu exagéré non ?

Jane met fin à la conversation.

— Les sujets politiques sont interdits à table s'il vous plaît. Plus un mot là-dessus.

À mesure que la soirée avance, les éclats de rire fusent, les verres tintent ; une cacophonie joyeuse résonne dans la salle à manger. Pourtant, Gadaïck, blottie dans un coin, se sent comme une étrangère à cette célébration. L'attitude de Liam la trouble.

— Et votre pièce, Gadaïck et Liam, vous en êtes où ? demande Jane Hart qui remarque le malaise de la jeune femme.

Avant même d'entendre une réponse, elle s'adresse aux autres personnes :

— Figurez-vous que notre charmant couple ici présent est en train de nous concocter une belle histoire à quatre mains.

— Nous approchons de la fin, interrompt Liam un peu trop brusquement.

— Jean Cocteau disait qu'« Écrire est un acte d'amour. S'il ne l'est pas, il n'est qu'écriture », vous en pensez quoi, demande Elaine, la belle-sœur de Jane Hart.

—La plume en duo, c'est une marque de confiance, précise Liam.

— Mais aussi de patience et de complicité, rétorque Gadaïck.

Il est évident qu'ils ne répondent pas à la question d'Elaine. Au lieu de cela, ils s'envoient des répliques entre eux deux, le regard fixé sur leurs assiettes. Décontenancée, Gadaïck feint de picorer dans la sienne, encore remplie aux trois quarts, alors que les desserts sont déjà servis.

La soirée tire à sa fin. Les adieux s'enchaînent. Lassée de ce ping-pong verbal, du sarcasme et du silence de Liam, la jeune femme se lève et commence à débarrasser. « Ça ne peut pas durer, Jane aurait dû me laisser lui annoncer la nouvelle moi-même, et surtout pas à table devant tout le monde », se dit-elle.

Elle s'affaire entre la salle à manger et la cuisine.

— Ne vous inquiétez pas, on fera tout ça plus tard avec Elaine, insiste Jane Hart.

— Non, pas de problème, j'ai promis que j'aiderais. Je vais juste rincer les assiettes et les couverts et les mettre dans le lave-vaisselle. C'est vraiment pas grand-chose.

Quelques convives, qui souhaitent lui dire bonsoir, interrompent brièvement son va-et-vient entre les deux pièces. À peine a-t-elle fini de débarrasser que Liam a déjà filé. Monsieur Hart savoure tranquillement une autre part de dessert, insouciant de tout ce qui se passe autour de lui.

— Écoutez, enfilez votre manteau et rejoignez-le, il ne doit pas être loin, dit Jane Hart, en lui tendant son sac à main.

Elle ajoute avec un sourire réconfortant. :

— Allez zou ! Disparaissez maintenant !

Le professeur, la fourchette à moitié levée, lui lance un regard espiègle.

La jeune femme ne se fait pas prier. Elle repasse dans sa tête le moment où Liam l'avait rattrapée dans la rue alors qu'elle s'apprêtait à monter dans un taxi après la première d'Emmy et de Liam. « Maintenant, c'est à mon tour de le rejoindre ».

38

Deux cercles distincts, et au centre, nos histoires s'entrelacent.

Dans la rue, Gadaïck scrute le trottoir en vain. Liam a disparu. Soudain, elle se souvient : ils se sont garés dans une petite voie perpendiculaire. Elle s'élance, ses escarpins résonnent sur l'asphalte. À l'angle, elle repère la Mini Cooper. Un craquement sec interrompt sa course. Elle trébuche, son talon se casse, et elle chute lourdement. Des chiens aboient, un chat s'enfuit, effrayé. Elle se relève et s'approche de la voiture, clopin-clopant. Liam est au volant. Elle frappe à la vitre. Il la baisse.

— Alors, tu files à l'anglaise ? lui dit-elle, avec un sourire en coin.

— Non, sortie à la française plutôt. Je t'attendais.

Après un bref échange de regards, Liam l'invite à monter. Sous la lumière du lampadaire de la rue, il remarque son léger déhanchement alors qu'elle passe devant l'auto. En un instant, elle est à ses côtés. Elle retire sa chaussure au talon cassé et frotte sa cheville endolorie.

— Tu t'es battue ou quoi ?

— Je me suis ramassée sur le trottoir. Ce n'est qu'une petite entorse.

Heureuse qu'il l'ait attendue, elle ne veut pas s'appesantir sur sa chute.

Liam démarre la voiture.

— Je suis vraiment désolée, murmure-t-elle. J'avais imaginé que je te montrerais mon nouveau logement et que je t'annoncerais la nouvelle à ce moment-là. Juste entre nous.

Liam regarde droit devant lui. Gadaïck remarque qu'il prend la route en direction de son domicile et non du sien. « Au moins, il n'est pas rancunier, il n'a pas changé de plan au dernier moment », se dit-elle.

— L'endroit est charmant. C'est comme un studio mansardé avec une kitchenette et une salle de bains. Il y a même une petite terrasse qui mène au jardin par un escalier. Je serai en quelque sorte indépendante, puisque j'aurai ma propre entrée.

— N'en rajoute pas quand même ! interrompt-il, imperturbable.

— Ta réaction est vraiment puérile. Ce n'était pas une raison pour provoquer les invités des Hart.

Il allume la radio, mais l'éteint après avoir entendu des promotions pour le Black Friday. Gadaïck se masse la cheville. Le martèlement régulier des gouttes de pluie sur le toit de la voiture l'apaise. Après une trentaine de minutes de conduite, il se gare près de l'ascenseur dans le parking souterrain de son immeuble.

— Tu peux marcher quand même ? lui demande-t-il.

— Bien sûr, je ne suis pas handicapée, dit-elle en souriant.

Dans la cabine de l'ascenseur, l'air est lourd de tension et d'émotions contenues. Enfin, un carillon signale l'ouverture des portes. Une fois dans le loft, ils se changent en vêtements plus confortables et se retrouvent sur le canapé, où Liam l'attend déjà.

— Je suis vraiment désolée, répète-t-elle.

— Arrête de t'excuser. J'ai mal réagi. Tu es libre de faire ce que tu veux. Mais nous avons passé tant de moments à écrire tous les deux, à nous confier nos souvenirs d'enfance, nos rêves que j'aurais aimé être le premier à savoir. Surtout, j'avais imaginé que tu serais venue vivre avec moi plutôt qu'avec les Hart.

— Tu ne serais pas un peu jaloux d'eux par hasard, répond-elle en riant. On croirait entendre ma mère. Elle se plaint que je ne l'appelle pas plus souvent et que ce couple me prend tout mon temps.

— Comme je la comprends.

— En fait, ma décision s'est confirmée quand tu as parlé du diagramme de Venn. Nos vies sont comme deux cercles distincts, chacun représentant nos mondes, et au centre, là où ils se croisent, nos histoires s'entrelacent. Tu m'as dit toi-même que c'est ce qui rend l'union de Mamm-Gozh et Martin si belle. Vivre ensemble briserait cette magie, ce serait trop banal.

— Alors, tu ne nous imagines jamais sous le même toit ? hésite-t-il.

— Un jour peut-être, mais pas dans ton appartement.

— Pourtant, il est parfait !

— On en a déjà discuté. Et puis, si on veut vraiment partager un espace, ce sera un chez nous que nous aurons choisi tous les deux.

La tension se dissipe comme un nuage qu'on laisse passer naturellement.

— Pas dans une grotte quand même ! plaisante-t-il.

Ils se pelotonnent l'un contre l'autre.

— Pourquoi pas ? L'idée me plaît. On se perd dans les méandres de ses couloirs sombres, on se noie dans l'obscurité de ses replis, mais c'est aussi là que l'on peut se retrouver, se redécouvrir et se réchauffer, là dans ses recoins cachés.

Liam resserre son étreinte, son souffle chaud chatouille le creux du cou de Gadaïck. Leurs lèvres se trouvent, un contact brûlant qui fait taire toutes les pensées. Un abandon réciproque les envahit, leurs caresses deviennent plus tendres, plus intimes. Oublié leur désaccord ! Le reste du week-end s'écoule à une vitesse folle, entre écriture et moments de complicité amoureuse.

Arrivés le dimanche soir, ils inscrivent le mot « fin » sur la dernière page du script de leur pièce de théâtre.

— J'ai déjà une idée de l'endroit où faire la lecture à voix haute avec notre troupe, annonce Liam. Il te plaira.

— Où ça ?

— C'est une surprise !

39

Rejoins-moi

Chère Maman,

Les fêtes de fin d'année approchent à grands pas et je pense beaucoup à toi en cette période. Cette année sera différente, car ce sera la première fois que nous ne pourrons pas être ensemble pour célébrer ces moments. Malgré la distance qui nous sépare, ta présence me manquera. Alors, j'ai une proposition à te faire. Rejoins-moi ! Et puis, ce voyage te changera les idées....

Gadaïck hésite, stylo à la main. Elle veut rassurer sa mère, mais craint de l'inquiéter. Comment lui annoncer ses décisions sans l'alarmer ? D'un côté, elle désire la protéger. De l'autre, elle a besoin de son soutien. Pourtant, il y a tant à dire : Liam, la pièce de théâtre, sa démission, son déménagement. Elle aspire à partager sa joie avec elle, mais redoute sa réaction.

Les souvenirs de ses angoisses passées reviennent en force. Elle prend une profonde inspiration, déterminée à trouver les mots qui apaiseront les inquiétudes maternelles.

J'ai emménagé chez les Hart dont je t'ai parlé récemment au téléphone. Je suis certaine qu'ils te plairont. Ils m'ont accueillie à bras ouverts. C'est une expérience enrichissante qui me permet de m'immerger dans une nouvelle culture. J'ai mon propre studio douillet dans les combles et il y a suffisamment d'espace pour te créer un coin agréable lors de ta visite.

Dans un autre brouillon, Gadaïck tente de décrire la dynamique de sa relation avec Jane et Charlie. Elle aimerait qu'elle comprenne à quel point elle est intégrée dans leur foyer, comme si elle faisait partie de leur famille. Elle partage leur quotidien, leurs rires, leurs projets. Mais comment lui expliquer avec tact sans qu'elle se sente exclue ?

Il faut que je te raconte tout ça. J'ai collaboré avec Liam Cavallero Brennan, un metteur en scène de théâtre, pour écrire une pièce. Il est très doué. Je l'ai déjà vu à l'œuvre. Ses origines colombiennes par son père et irlandaises par sa mère, combinées à un stage en France, lui permettent de maîtriser trois langues. J'aimerais beaucoup te le présenter. Notre projet s'inspire des histoires captivantes de Mamm-Gozh.

Par ailleurs, je continue à enseigner au lycée jusqu'à la fin de mon contrat en août.

Alors, s'il te plaît, viens me rejoindre pour les fêtes, ce serait un beau cadeau ! Toi aussi, tu dois avoir beaucoup de choses à me raconter.

Dans l'attente de ta réponse, je t'embrasse fort et te garde dans mes pensées.

Ta fille Gadaïck,

Elle relit une dernière fois, puis plie sa lettre en quatre. Impossible d'exprimer en quelques lignes tout ce qu'elle ressent, mais elle espère que Marie-Anne sentira son amour à travers le papier. Avec un soupir, elle glisse ses mots dans une enveloppe, écrit soigneusement l'adresse, puis la scelle d'un baiser. Elle n'a plus qu'à l'envoyer voguer sur l'océan de la distance, et attendre qu'elle atteigne son port d'attache : le cœur de sa mère. Et pour cela, ce message est parfait.

40

Des truffes au goût amer de la culpabilité

Fin décembre 1983

Jane Hart remet un colis jaune à Gadaïck.
— Ça vient de Paris, annonce-t-elle, l'air entendu.
La jeune fille reconnaît aussitôt l'écriture de sa mère. C'est le premier courrier qu'elle reçoit. Très émue, elle remercie Jane et se hâte de rejoindre son studio. Le paquet renferme une multitude de trésors : des truffes, des calissons, des marrons glacés et une lettre.

Ma chère Gadaïck,

Je me réjouis de savoir que tu te portes bien et que tu poursuis ta carrière d'enseignante. Je n'en attendais pas moins. Cependant, l'idée de passer Noël seule m'attriste beaucoup. Comme tu t'en doutes, je n'ai jamais eu de passeport. Les voyages, surtout en avion, me font peur. Mais même si ce n'était pas le cas, ton invitation arrive un peu tard, car je n'aurais pas eu le temps de faire les démarches nécessaires.

Et puis, je ne me serais pas sentie à l'aise là-bas, car je ne parle pas anglais. Je me demande d'ailleurs pourquoi tu as choisi d'emménager chez ces gens. Est-ce que tu avais des problèmes avec ta colocataire ?

C'est bien que tu aies trouvé une distraction avec ta pièce de théâtre. J'imagine que cela se déroule dans le cadre scolaire.

Je suis curieuse de savoir quelles histoires Mamm-Gozh a bien pu te raconter pour t'inspirer autant. Elle ne s'arrange pas avec le temps. Je voulais lui rendre visite à Noël, mais elle m'a dit qu'elle serait avec Merlin dans sa grotte. Je crois que c'est un prétexte pour éviter de me voir. Elle m'a proposé de la rejoindre pour rencontrer ce personnage qui doit être une invention de son esprit. Et puis, franchement, si une telle grotte existait, ça se saurait, n'est-ce pas ? Elle doit être chez sa vieille amie, la mère Lusine, à radoter toutes les deux.

Elle m'a également avoué qu'elle avait quelque chose d'important à me dire. De quoi peut-il s'agir, à ton avis ?

Je te souhaite de passer de bonnes fêtes de Noël en compagnie de ces nouveaux amis. Je te joins nos friandises préférées. En attendant ton retour avec impatience.

Ta Maman qui pense à toi tous les jours.

La lettre emplit Gadaïck de tristesse. Ces friandises qu'elle adore tant ont le goût amer de la culpabilité. Le fait de savoir sa mère seule pendant cette période ternit leur saveur. Elle descend voir Jane et la trouve plongée dans son livre. Elle dépose alors les boîtes sur la table basse.

— C'est à partager, se force à dire la jeune femme en repartant.

Alertée, Jane Hart interrompt sa lecture.

— Attendez ! Que se passe-t-il ? Vous avez reçu de mauvaises nouvelles ?

— Non, ne vous inquiétez pas, je suis juste triste que Maman ne puisse pas venir. Je m'en doutais, mais je nourrissais un espoir.

Jane pose son livre, tente de se lever, mais une récente poussée inflammatoire la fait se rasseoir, épuisée par l'effort.

— Allez, partageons ces douceurs, on en a besoin.

Gadaïck ouvre le ballotin de truffes qui la replonge immédiatement dans la rue du maître chocolatier de son enfance. Elle soulève délicatement le papier de soie marron.

— C'est un petit bout de mon passé parisien que nous allons dévorer ! Servez-vous Jane, dit-elle les yeux humides.

Chaque bouchée ravive un souvenir qui lui tire des larmes. Elle avale goulûment tandis que la poudre noire et la ganache lui barbouillent le visage. Jane se tourne vers la jeune femme inondée de pleurs et maculée de cacao. Émue par sa détresse, elle la serre contre sa poitrine. La tête enfouie dans les épaules de Madame Hart, Gadaïck articule péniblement, la bouche pleine :

— Maman refuse de voir la réalité, et continue comme si rien ne changeait jamais.

Tout à coup, une vague de malaise la submerge. Elle se précipite vers les toilettes. Agrippée aux rebords de la cuvette, à genoux, elle expulse un fluide brunâtre. Jugeant cela insuffisant, elle s'enfonce deux doigts au fond de la gorge pour régurgiter. Elle saisit une serviette pour essuyer ses cheveux collés sur ses joues par la transpiration, les vomissures, les larmes et le chocolat et annonce à Jane Hart qu'elle va se reposer.

— Allez-y, je vais poursuivre ma lecture jusqu'au retour de Charlie, n'hésitez pas à nous appeler si vous avez besoin de quelque chose.

Une fois dans sa chambre, Gadaïck se retient de se jeter sous ses draps, car une tâche plus importante l'attend : elle s'installe à son bureau, sort une boîte de crayons de couleur et un parchemin immaculé, puis commence à écrire une lettre à Mamm-Gozh.

***

Ma chère Mamm-Gozh,

Aujourd'hui, plus que jamais, j'ai envie de tes mots, de tes histoires, et de ta sagesse. La lettre de maman a fait ressurgir le carcan étouffant de mon enfance, et je me sens accablée. J'ai dévoré le ballotin de truffes sans plaisir, pour la régurgiter plus tard, noyée dans mes larmes. Je pensais avoir surmonté mes troubles alimentaires.

Je voulais qu'elle voie de ses propres yeux à quel point je m'épanouis dans ma nouvelle vie et qu'elle partage ma joie. Ainsi, elle aurait compris mon intention de démissionner et elle aurait cessé de s'inquiéter pour moi. Je lui aurais tout raconté en personne, mais je suis incapable de le faire, que ce soit par téléphone ou par lettre. Je crains trop sa réaction. Je me sens coupable de la laisser dans l'ignorance. Elle ne sait rien de ma vie, et je ne peux pas me résoudre à lui révéler qu'elle ne correspond pas à ses attentes.

Tu ne lui as rien dit non plus, Mamm-Gozh. Elle doute de ta grotte, de ton Merlin. Elle croit que tu te trouves des excuses pour éviter de la voir, ce qui est absurde. Sera-t-elle seule à Noël pour la première fois ? Vous auriez pu célébrer les fêtes de fin d'année ensemble et en profiter pour lever le voile sur ton passé.

Penses-tu que maman est si délicate qu'elle a besoin d'être protégée ? Elle a le droit de savoir qui est son père. Et c'est de toi que la vérité doit émerger. Pas de sa propre fille. Elle est peut-être plus forte que tu l'imagines.

Pour la toute première fois, je t'implore de lui parler sérieusement. J'ai soudainement peur de te perdre et de me retrouver seule avec tous tes secrets.
Puisque tu préfères mes dessins, je vais poursuivre ma lettre sous forme d'illustration.

Par quelques traits de crayons, Gadaïck fait naître deux formes humaines lumineuses, devant une grotte sombre. Elles veillent sur une gorgone dont les mèches serpentines tombent en désordre autour de son visage. Des papillons sont pris dans l'enchevêtrement de sa chevelure de fortune, d'autres virevoltent. Plus loin, une femme, les yeux perdus dans le ciel étoilé, ne voit rien de tout cela. Elle tient une boîte de chocolats.

Gadaïck contemple son dessin, satisfaite. Ses larmes se sont taries. Elle peut signer :

Ta boudig koant qui t'aime et qui pense à toi.

Elle se glisse sous les draps, le corps engourdi par la faim qui la ronge. Le vide de son estomac lui donne une étrange impression de plénitude morbide, un leurre qu'elle entretient avec douleur. Elle se concentre sur cette sensation, pour étouffer celles qui la submergent : l'angoisse, la peur de l'échec, le sentiment d'impuissance.

Elle passe ses doigts sur les lignes anguleuses de ses hanches, ces repères d'une époque où elle cherchait à disparaître. Puis, elle laisse sa main se perdre dans le creux de son ventre, qu'elle juge encore trop rond.

Depuis son déménagement aux États-Unis, elle s'est libérée de ses anciens démons. Sa nouvelle vie comble le vide qui l'habite depuis si longtemps. Mais elle s'est pourtant habituée à ce vide et à cette légèreté. Dès lors, le toucher de ses os lui sert de baromètre. Le poids supplémentaire, même minime, lui rappelle la fragilité de son équilibre.

Pendant des années, elle a creusé un espace intérieur dans son ventre pour s'y retrouver, là, au plus profond d'elle-même. Cette cavité était son sanctuaire secret, son bouclier, sa prison dans laquelle elle contrôlait sa douleur. Elle y nourrissait son vide qui la consumait lentement. Maintenant, elle ne veut pas perdre ce refuge.

Trois quartiers d'orange et un café noir pour le petit-déjeuner sont les derniers aliments qu'elle visualise avant de s'endormir.

41

Affamée de possibilités

Début 1984

Pour Monsieur et Madame Hart, cette période est trop triste pour être célébrée. Année après année, ils traversent en silence la douloureuse éprcuve de la perte de leur fils. Une partie de leur journée se déroule au cimetière, et à leur retour, Monsieur Hart s'efforce de soulager son chagrin en se remplissant de douceurs.

Les fêtes de fin d'année 1983 ont passé à toute vitesse. Comme à son habitude, Liam s'est envolé pour la Colombie pour retrouver le joyeux tumulte de sa famille. Gadaïck, quant à elle, a préféré rester en retrait.

— Un jour peut-être, mais pas cette fois.

Liam, par respect, n'a pas trop insisté.

Depuis la lettre et les truffes au chocolat, Gadaïck a pris une décision radicale : ne plus jamais se peser. Pourtant, l'euphorie après son petit-déjeuner minimaliste — tranches d'orange et café noir — la pousse à un autre choix. Désormais, elle se contentera d'un seul repas par jour. Malgré ses efforts pour cacher son comportement, Jane Hart remarque la précision avec laquelle Gadaïck coupe ses aliments en petits morceaux et les mange lentement lorsqu'elle l'invite à dîner. Ce que d'autres pourraient prendre pour un simple plaisir de savourer chaque bouchée, Jane, perspicace, y voit autre chose.

— La nourriture, c'est étrange, n'est-ce pas ? commente Jane. Elle peut être à la fois une source de réconfort et un moyen de refouler nos émotions.

— Mais pourquoi vous dites cela ?

— Eh bien, il y a quelque chose de très similaire dans votre façon de manger et celle de Charlie. Lui, il se goinfre pour étouffer sa douleur, et vous, vous vous restreignez pour la contrôler. Comme si vous creusiez un abîme en vous-même pour mieux vous y dissimuler ! Charlie et vous avez des méthodes diamétralement opposées pour naviguer dans vos propres tempêtes intérieures.

Gadaïck préfère ne pas répondre et disparaît dans la cuisine.

En ce début d'année, alors que la sclérose en plaques complique la vie de Jane et que Charlie a repris ses fonctions au lycée, Jane trouve du réconfort dans la présence de Gadaïck. Celle-ci vient régulièrement lui tenir compagnie et l'aider dans les tâches routinières. Assise dans le coin du canapé, sa cane posée sur l'accoudoir, Jane invite Gadaïck à s'installer à ses côtés.

— Faites donc une petite pause, vous n'arrêtez pas ! hèle Jane depuis le salon.

— Oh ne vous en faites pas ! Ça me fait du bien de m'occuper. Attendez, je nous prépare de quoi nous réchauffer.

Gadaïck revient avec un plateau chargé d'une théière fumante, de deux tasses et d'une assiette de biscuits. La vapeur du Earl Grey parfume l'air. Jane, emmitouflée dans un plaid savoure sa boisson chaude. La jeune femme s'enfonce dans les coussins, bercée par le ronronnement apaisant de la thermopompe.

Jane commence d'un ton confidentiel :

— Quand nous étions tous les trois, Charlie n'était pas aussi ventripotent. La perte de notre fils nous a profondément marqués. Nous avons vécu le deuil de manière différente, mais notre soutien mutuel n'a jamais faibli.

— Votre force et votre résilience m'inspirent beaucoup.

Jane lui saisit doucement la main.

— Votre courage est admirable, car vous portez à la fois la culpabilité du passé de votre Mamm-Gozh et l'anxiété de l'avenir de votre maman, murmure-t-elle, avec bienveillance.

Gadaïck se dégage légèrement, visiblement mal à l'aise dans cette conversation.

— Je n'ai pas envie de parler de moi et pas plus de ma famille.

— Pourtant, c'est précisément ce que vous tentez d'exorciser à travers votre travail. Nous avons lu votre pièce et Charlie est tellement heureux de pouvoir être votre coach de théâtre.

— Et je lui en suis reconnaissante, répond-elle, un peu agacée.

Gadaïck se sent mortifiée par la mise à nu de ses troubles les plus profonds. Elle regrette presque d'avoir baissé sa garde et de s'être ouverte à Jane dans ses moments de vulnérabilité.

À ce moment, Charlie Hart, de retour du lycée, entre dans le salon, le visage illuminé.

— Ah, vous êtes prête pour votre coaching ! s'exclame-t-il.

Il accroche son manteau et son écharpe sur le meuble vestiaire du vestibule et reprend :

— Waouh, ça sent bon ici ! Qu'est-ce que vous nous mijotez ?

— Une soupe toute simple, c'est un mélange-surprise plein de légumes, accompagnés de pain à l'ail et à l'huile d'olive et de fromage.

— Parfait ! Et Liam, quand revient-il ? demande Monsieur Hart en allant embrasser Jane, qui, toujours assise dans son coin de canapé, grignote un sablé.

— Début de la semaine prochaine, il aimerait bien que je sois prête à commencer les répétitions aux alentours du premier février. Et la lecture générale avec les autres va se faire vers la fin du mois.

— Vous allez vraiment vite en besogne ! rétorque-t-il en attrapant un biscuit.

— Il le faut bien. Mon contrat s'achève en août et je repartirai en France. Comme je suis la seule du groupe qui ne soit pas actrice professionnelle, nous avons beaucoup de travail.

— Surtout que vous incarnez Viviane ! Vous en êtes capable, assure Monsieur Hart, sur le ton motivant qu'il prend devant ses élèves.

— Pour moi, c'est plus que Viviane, c'est un personnage qui me tient à cœur, je ne sais pas si j'aurais eu cette audace pour un autre rôle.

— Bon, où en étions-nous la dernière fois ?

— Mon monologue ! répond Gadaïck avec enthousiasme.

— Ah oui ! Allons-nous installer dans le salon. Jane, tu veux nous aider ? demande Monsieur Hart.

Jane acquiesce d'un hochement de tête. Le professeur sort le manuscrit de son sac de cours, ajuste ses lunettes et l'ouvre à la page marquée. La jeune femme se place devant le couple, son script en main et prend une profonde inspiration, les yeux fermés, pour se concentrer.

— *Dans cet endroit secret, loin du tumulte du monde où chaque souffle semble chargé de nous, je suis venue, sous le nom de Viviane te rejoindre, toi, mon confident, mon partenaire, mon amour. Mais, ce soir, tu es absent...*

Gadaïck fait une pause, les yeux rivés sur son monologue. Monsieur Hart l'interrompt.

— À qui parlez-vous ?

— Comment ça ? répond-elle, surprise.

— Ne vous focalisez plus sur le texte, cela vous empêche de vous concentrer. Improvisez, vous connaissez vos répliques par cœur, vous les avez écrites et on a les a répétées la semaine dernière. Imaginez Viviane, ses vêtements, l'endroit où elle se trouve. Détachez-vous du texte.

Elle incline la tête, ferme les yeux et laisse tomber le papier. Après quelques instants, elle reprend sa tirade. Sa voix a changé, son corps aussi.

Envoûtés par la puissance des mots, Jane et Charlie Hart ne bougent plus. Quand elle a terminé, ils demeurent silencieux, sous le charme, avant d'applaudir bruyamment.

Le professeur reconverti en coach de théâtre exulte :

— Voilà, vous nous avez émus. Vous êtes tout ce qu'il faut pour vous mesurer aux autres.

Gadaïck rougit de plaisir.

— N'exagérez pas quand même !

— Il a raison, vous êtes équipée pour affronter la scène, murmure Jane.

Elle répond avec assurance :

— Je crois que je suis prête, merci pour vos encouragements.

En perçant à jour son abîme secret, Jane a réveillé en elle une force longtemps endormie.

Ce soir-là, elle dîne avec les Hart. Une faim insatiable l'envahit, celle des possibilités, de l'abondance et de la liberté qui lui ont tant manqué. Elle sait que le chemin sera encore difficile, avec des imprévus et des moments de doute. Mais avec le soutien de Jane et de Charlie, et l'amour de Liam, elle se sent capable de relever tous les défis.

42

Quelque part, dans le Far West

Fin janvier 1984

À côté du sac à dos de Liam dans le coffre de la Cooper, celui de Gadaïck est plus volumineux, chargé de provisions et d'équipements pour l'aventure. Elle ignore où ils vont exactement, mais l'excitation monte à l'idée de ce qui l'attend. Liam lui a dit que Joshua Tree, à trois heures de Los Angeles, est l'endroit idéal pour une escapade.

Elle a pensé à tout : tenues confortables pour toutes les occasions, chaussures adaptées à chaque activité, et le poncho coloré que Liam lui a ramené de Colombie.

— Et pour l'eau, s'écrie-t-elle.

— T'inquiète pas, on s'arrêtera en route pour les snacks et les boissons. On s'est déjà mis en retard, je ne veux pas arriver à la nuit. On doit y voir clair pour s'installer.

Alors qu'ils roulent depuis près de trois heures à travers un paysage toujours plus désertique, le ciel s'embrase de ses teintes orangées et la température commence à baisser. L'atmosphère devient plus fraîche à mesure qu'ils s'éloignent de la ville. Ils font un détour par Pioneertown, un petit village de western.

— Carrément le Far West, s'exclame Gadaïck en sautant de la voiture.

— Justement ! Plus de cinquante films ont été tournés ici.

Assise sur le capot de la Cooper, elle balaie du regard le bureau de poste, l'église, la banque, le saloon et les quelques boutiques d'artisans qui bordent la rue principale.

— J'ai l'impression d'être plongée au cœur d'un décor de cinéma des années 50 et d'être une actrice hollywoodienne perdue dans le temps, en train de vivre une scène de western.

— Les rôles n'étaient guère variés pour les femmes. Qu'est-ce que tu aurais été ? La prostituée, la danseuse, la petite épouse qui attend son cowboy ?

— Mmmh... Non, rien de tout ça : plutôt l'héroïne, genre Calamity Jane ou Bonnie Parker. Et toi, Clyde Barrow.

— Donc, une fin tragique ?

— Oui, l'amour a toujours quelque chose de tragique, affirme-t-elle.

— Pas forcément, proteste Liam. Regarde les Hart. Ils semblent avoir trouvé leur équilibre !

— Ils ont perdu leur fils à ses seize ans.

— Alors, tu crois que leur bonheur apparent n'est qu'une façade ?

Elle réfléchit, les yeux fixés sur la lune qui se lève à l'horizon.

— Ma mère, par exemple, après la mort de mon père. Elle a reporté sur moi toute l'affection et la tendresse qu'elle avait pour lui, sans voir qu'elle m'étouffait. Et Mamm-Gozh a passé le quart de sa vie cachée dans une grotte pour vivre sa passion.

— C'est la dualité de son être qui m'inspire. Je m'imagine l'affiche : un visage scindé entre Mamm-Gozh et Viviane. Bon, tout ça me donne faim. Allez, ma Bonnie, allons-nous restaurer au Red Dog Saloon.

Il la soulève tendrement du capot et ensemble, ils franchissent les portes battantes du saloon, écrin de nostalgie, où le temps semble s'être arrêté. La chaleur, les odeurs de bois et de tabac, et la musique country qui vibre dans les murs les enveloppent instantanément. Derrière le bar, des bouteilles de whisky et de bourbon attendent les assoiffés.

Après avoir englouti leurs tacos mexicains aux haricots noirs, ils se laissent tenter par une boutique de souvenirs aux vitrines scintillantes. Les lumières tamisées de la rue projettent des reflets dorés sur les objets exposés. Intriguée par les couleurs vives des tissus et les éclats bleus des turquoises ornant les bijoux, elle pousse la porte du magasin. Bien que Liam préfèrerait passer rapidement, Gadaïck craque pour deux stetsons.

— Nous voilà parés pour affronter le désert, plaisante-t-elle, lui posant un chapeau sur la tête.

Ils reprennent la route, puis un chemin de terre jusqu'à leur campement. Le paysage est à couper le souffle : cactus géants et ciel embrasé. Les agaves, aux formes étranges et aux feuilles pointues, semblent surgir du sol.

— C'est marrant ces plantes, je n'en avais jamais vu de pareilles, confie-t-elle, émerveillée.

— On est arrivés, annonce Liam, les yeux pétillants. On fait le reste à pied. Ce n'est pas loin, rassure-toi !

Avec leurs équipements sur le dos, ils s'enfoncent dans un dédale de roches ocre et rougeâtres. Après un bon quart d'heure de marche, ils aperçoivent un tipi, majestueux sur sa plateforme de bois, qui se détache sur le ciel flamboyant. Un homme vêtu d'un caftan blanc en sort et les accueille avec de grands gestes.

Tandis que Liam semble à l'aise, Gadaïck, accablée par le poids de son fardeau, s'arrête pour reprendre son souffle.

— Tu le connais ?

— Oui, c'est mon pote Elliot. Allez, on y est presque.

Lorsqu'elle le voit de plus près, elle estime qu'il doit avoir la soixantaine, peut-être plus. Il vient à leur rencontre, un sourire chaleureux aux lèvres. Une sagesse profonde illumine son visage, à peine creusé par les années.

Liam chuchote :

— Ce vieux hippie, avec sa longue barbe grisonnante et ses yeux rieurs, ne te rappelle-t-il pas quelqu'un ?

— Je ne sais pas, un ancien adepte du haschich ?

— Bienvenue au paradis des artistes, là, au milieu de nulle part, s'exclame Elliot, d'un ton jovial. On n'attendait plus que vous.

Après de brèves présentations, il les invite à déposer leurs affaires dans le tipi puis à le suivre. Ils s'enfoncent un peu plus dans le désert.

— Vous avez l'air étonnée, s'esclaffe Elliot.

— C'est-à-dire que je ne comprends pas très bien ce qui se passe, je croyais qu'on allait vivre un week-end en amoureux à la belle étoile.

— Liam a voulu vous faire une surprise. Je n'en dis pas plus.

Après quelques pas, il se retourne et ajoute :

— Il y a une vingtaine d'années, Aponi et moi, nous avons fui la ville et son agitation pour redémarrer notre vie ici.

— Aponi ? répète Gadaïck.

— Ma compagne. Son prénom signifie papillon. C'est elle qui va animer notre voyage sonore.

Il les conduit au fond d'une alcôve cachée par de grands rochers. À l'entrée se dressent des arbres imposants, leur feuillage touffu évoque des cactus géants, pareils à des sentinelles.

— Attention, baissez un peu la tête, puis faites gaffe à la première marche, murmure le vieux hippie. Nous pénétrons dans un lieu sacré.

214

Emmy est là, assise en tailleur, au milieu du groupe. Une femme aux longs cheveux noirs est installée devant de grands bols chantants en cristal. Emmy lève les paupières brièvement et leur envoie un clin d'œil. Elliot leur désigne deux espaces vides où prendre place.

Aponi fait signe aux nouveaux venus de se joindre à eux. Des coussins moelleux, éclatants de couleurs, incitent à s'y lover. Les couvertures mexicaines, aux motifs aztèques, créent un contraste saisissant avec le sol sablonneux et les parois ocre. Chacun prend le temps de s'ancrer dans le moment présent, bercé par la sérénité des lieux. D'une voix douce, elle les invite à méditer.

— Respirez profondément. Inspirez, expirez. Abandonnez-vous au silence. Vous êtes dans le silence. Vous êtes le silence. Accueillez tout ce qui présente à vous. En vous, et à l'extérieur. Laissez-vous porter par la terre.

Une fois les participants allongés, Aponi commence à faire tourner un maillet en bois sombre autour du bord du bol. Chaque vibration transporte Gadaïck plus loin, dans un état de profonde relaxation. Le son danse sur la surface de son corps, comme des cailloux sur un lac. Elle se sent légère, en apesanteur, bercée par les harmonies cosmiques.

Gadaïck replonge au cœur de la grotte de Kermellec, face au petit bassin d'eau limpide où elle a aperçu Mamm-Gozh. Cette fois, elle y distingue le visage de Marie-Anne, superposé à ceux d'autres femmes qu'elle ne reconnaît pas. Leurs silhouettes éthérées sortent des profondeurs et ondulent au rythme mélodieux des bols chantants.

Envoûtée, Gadaïck suit les mouvements gracieux de ces créatures aquatiques. Elles dansent, s'élèvent, puis se dissolvent en une pluie légère qui tapisse les parois. Les gouttes, retombées au sol, réintègrent le corps de

Gadaïck. Elle redevient un être de chair et de sang tandis que les êtres d'eau se dissipent lentement.

Elle entrouvre les yeux.

Les ondes diminuent graduellement pour permettre à tous de revenir à la réalité. Le bain de sons a duré près de quarante minutes. Elliot a pris la place d'Aponi tandis qu'elle circule gracieusement parmi les participants en faisant tournoyer un bâton de pluie au-dessus d'eux. Éclairé par la lueur des bougies, devant les bols, avec son maillet qui caresse lentement le cristal, Elliot a l'allure d'un magicien. *C'est le Merlin du désert*, se dit Gadaïck. *Et elle, c'est une Viviane amérindienne !* Celle-ci s'installe, jambes croisées, près d'Elliot.

— Asseyez-vous, murmure Aponi.

Ils terminent par un *OM*, une note profonde et sacrée qui résonne dans toute l'alcôve. Ce son scelle leur communion avec le cosmos et leur lien avec la nature environnante.

Puis Liam prend la parole :

— Bienvenue à tous ! Merci d'être venus. Surtout à toi, Gadaïck. Tu te demandes ce qui se passe. Eh bien, surprise ! Voici les acteurs qui vont nous faire voyager dans l'univers de ta grand-mère.

Gadaïck observe, quelque peu décontenancée, mais elle est ravie qu'il ait tenu promesse et rassemblé ce groupe.

Liam poursuit :

— Merci à Elliot et Aponi de nous accueillir. Pour cette première lecture, je souhaitais que nous nous réunissions dans ce lieu unique, pour nous ressourcer et nous immerger dans nos rôles. J'ai choisi cet endroit pour son énergie et pour les gens qui y habitent.

Tous applaudissent chaleureusement les hôtes.

— Elliot et Aponi, vous voulez nous raconter brièvement comment vous avez décidé de tout abandonner pour vous installer ici ?

Le vieux couple s'échange un regard complice. Elliot s'adresse à Aponi, un sourire aux lèvres :

— Eh bien, ma chérie, à toi la parole !

— Disons que nous étions tous les deux à la recherche de quelque chose de plus authentique, commence Aponi. La ville, c'était un tourbillon qui nous donnait le vertige.

— Moi, j'étais un oiseau en cage. J'ai rejoint une communauté hippie dans les années 60, vous voyez. C'est là que j'ai rencontré cette merveilleuse femme.

— En tant que petite-fille de chamane, j'étais déjà bien ancrée dans la nature. Mais avec Elliot, j'ai découvert un autre monde.

— On était les plus vieux. Beaucoup sont partis, nous sommes restés. Ici, on a tout ce qu'il nous faut. Demain, vous pourrez voir notre petit paradis. Aponi s'occupe du jardin, elle a la main verte.

— Oui, les plantes, c'est ma passion. Elles me parlent.

— Et elle leur répond, dit Elliot, en riant.

— Nous avons une belle collection de succulentes : de l'agave, de l'aloe vera, des yuccas, des figues de Barbarie, puis de la sauge et de nombreuses herbes aromatiques et médicinales. Le désert nous donne bien plus qu'il ne le laisse paraître. Nous vivons presque en autarcie. Nous proposons des retraites de bien-être et vendons quelques produits.

— Elle crée même du savon et des tapis à partir des feuilles, explique Elliot. Vous en trouverez chacun un dans votre tipi. Pour le dîner, notre Aponi nous a préparé sa spécialité, le yucca farci.

— Ensuite, offrez-vous une nuit de repos bien méritée, enchaîne Liam. Dès l'aube, nous commencerons à travailler. Petit-déjeuner, balade et début de la lecture générale. Votre texte vous attend également sur votre table de chevet. Soyez en pleine forme ! Nous avons du pain sur la planche.

Après cette agape autour d'un feu de camp, Gadaïck et Liam se dirigent vers leur tente sous les étoiles. Ils gravissent les quelques marches de l'entrée, les mains entrelacées. Un sentiment intense de complicité unit Gadaïck à cet homme qui devine ses désirs. Il la fait se sentir unique. Avec lui, tout semble possible. Ce qu'elle vient de vivre avec ce couple atypique est extraordinaire.

L'intérieur de la tente est modeste, mais confortable : un lit, un bol de fruits, des boissons, et un chauffage solaire pour les nuits fraîches du désert.

Seuls enfin, ils se déchaussent, se dévêtent et se retrouvent presque immédiatement sur la couette. Leurs lèvres se rejoignent sous la sérénade des cigales et des coyotes. Ils n'ont même pas pris la peine de se doucher. L'odeur légèrement musquée de Liam remplit l'air, mais loin de la déranger, elle attise son désir. Son envie de lui est plus forte que tout, le parfum propre du savon lui semble inutile. Elle le serre contre elle, comme pour le fondre en elle.

Leurs corps s'emmêlent, la passion brûle. Pressée contre lui, elle enfouit son visage dans son cou, puis laisse glisser sa langue gourmande sur sa peau ambrée, savourant chaque centimètre. Ses lèvres tracent des constellations sur son épaule. Liam frissonne sous ses caresses. Ses doigts descendent lentement entre ses omoplates, le long de l'échine, jusqu'à la naissance de ses reins. Gadaïck, frémissante, répond à ses effleurements. Leurs corps se fondent en un seul, dans une danse sensuelle, jusqu'à ce que l'ivresse les emporte. Ils restent enlacés, apaisés et heureux.

43

Chacune son secret, son combat, sa métamorphose

Mi-février 1984

Les répétitions commencent enfin vers la mi-février. Monsieur Hart et Gadaïck arrivent ensemble directement après les cours et s'excusent platement pour leur retard.

— C'est ma faute, avoue le professeur, l'air penaud. Ce matin, Gadaïck m'a conduit au lycée. Plus tard, la classe était tellement captivée par les images de Bruce McCandless flottant en apesanteur que j'ai complètement perdu la notion du temps. Vous savez ? Quand il s'est détaché de la navette pour la première fois.... Donc, Gadaïck m'a attendu. Je suis vraiment désolé.

— Allez-vous installer, coupe Liam.

Tandis que Monsieur Hart rejoint les premiers arrivés, Gadaïck s'arrête quelques secondes à l'entrée pour s'imprégner de l'atmosphère des lieux. Le long des murs et des rangées désertes, elle observe les ombres dansantes que créent les lampes dispersées dans la salle.

Pour la première fois, dans un véritable théâtre, elle va voir prendre vie les personnages de son propre récit. Elle avance vers la scène, les yeux brillants. Les acteurs, déjà là, feuillettent leurs textes. Sous leur poids, les sièges en velours grincent légèrement. Liam arpente les planches devant les rideaux lourds restés fermés. Les craquements du parquet sous les pas de Gadaïck rappellent le son familier du vieil escalier de bois menant au grenier de Mamm-Gozh.

La jeune femme vient rejoindre les autres au bout du rang, entre Monsieur Hart et Emmy. Les yeux de Liam brillent d'enthousiasme.

— Parfait, tout le monde est là, s'exclame-t-il, enjoué. Nous avons six semaines. Tout est dans vos dossiers : le planning, vos rôles et le reste. Ensemble, on va faire de ce spectacle un moment magique ! On commence par la scène d'ouverture.

Gadaïck est fière de lui, mais quelque chose la contrarie. Elle a l'impression que son histoire lui échappe et ne lui appartient plus tout à fait.

— C'est parti pour la mise en place ! On est dans la forêt. Viviane, à toi de jouer.

Gadaïck se lève, un peu déstabilisée par tous ces regards. Monsieur Hart lui donne une tape amicale dans le dos.

Le cœur battant, elle monte les marches qui semblent interminables sous ses pas hésitants. Enfin, elle arrive sur scène, un nœud dans la gorge. Mais dès qu'elle s'assied près de la margelle, ses traits se détendent. Elle est désormais habitée par l'essence même de Viviane. Le monde extérieur s'efface.

Trois heures plus tard, cette première répétition s'achève sous les applaudissements des acteurs et de Liam. Celui-ci semble soucieux, bien qu'il ne le montre pas ouvertement.

Galvanisée, la jeune femme est néanmoins consciente des défis qui l'attendent pour atteindre ses objectifs. « À peine deux mois pour améliorer ma projection vocale ! » songe-t-elle. Heureusement qu'elle peut compter sur les conseils de Monsieur Hart et le soutien de la troupe.

Liam s'approche de Gadaïck :

— J'ai quelque chose à te dire au sujet de Merlin.

— Quoi donc ? demanda-t-elle, intriguée.

— J'ai eu des doutes et je ne pense pas que je doive l'interpréter.

Elle s'immobilise net, le regard planté sur lui, interrogateur.

— Nous avons conçu ce texte ensemble, commence-t-il en posant ses deux mains sur celles de la jeune femme pour la rassurer. Je suis le capitaine de ce navire. Pour mener cette équipe à bon port, il serait risqué, voire nombriliste, que je me mette en scène aussi.

— Et pourquoi ?

— Je suis déjà trop impliqué, si en plus, j'interprète le rôle de Merlin, il sera difficile d'évaluer objectivement ce qui fonctionne ou pas. Il faut un regard extérieur.

— Et tu me dis ça maintenant ? s'exclame-t-elle, sidérée tandis qu'elle se dégage.

— Je n'en étais pas sûr au début, avoue-t-il. Mais plus j'y pense, plus je suis convaincu que c'est la bonne décision.

— Mais alors qui ?

— Bradley, répond-il. Je lui en ai déjà parlé.

Son souvenir le plus net : leur rencontre dans le désert, pendant la lecture du manuscrit. L'histoire l'avait tellement emportée qu'elle ne l'avait pas vraiment remarqué. Ce dont elle se souvient surtout, c'est qu'il sortait avec Emmy. Elle marmonne :

—On les rejoint au Thespian, propose-t-elle, la voix faible.

Il reprend sa main :

—Tout ira bien, tu verras.

Cette fois, elle la laisse dans la sienne, un doute encore présent dans son regard. Elle est déçue, mais elle a confiance en lui.

Le bar grouille de monde. Gadaïck retrouve la troupe plongée dans une discussion. Entre les canapés dépareillés et les petites tables en bois, l'ambiance est bohème, un véritable kaléidoscope de motifs et de couleurs.

Ils passent devant une scène modeste, prête à s'animer, et Gadaïck s'assied à côté de Bradley. Sous la lumière tamisée des guirlandes, elle le trouve bien différent de leur première rencontre dans le désert. Son regard intense est rivé sur Monsieur Hart qui parle avec l'assurance d'un habitué.

— Ma Jane, l'histoire et le théâtre, c'est mon oxygène, confie-t-il. Certains voient en moi un simple professeur, mais je suis plutôt comme un jardinier qui cultive des graines de création dans un terrain aride.

Sans même interrompre sa prose dès que le barman dépose un plateau de boissons sur la table, il saisit un verre.

— Tandis que vous, reprend-il, vous êtes les fleurs qui éclosent et enchantent le monde.

— Quant à moi, s'exclame Emmy, faussement boudeuse, je ne suis qu'une marionnette sous la coupe de notre metteur en scène. Et là, je dois voir mon Bradley craquer pour Viviane.

Gadaïck, qui vient d'apprendre la nouvelle, serre les poings. Elle aurait préféré le savoir avant.

Monsieur Hart lève la main pour se faire entendre :

— Viviane, Morgane, Mélusine... Ce sont des héroïnes aux facettes multiples, souvent réduites à des rôles secondaires. Dans notre pièce, nous voulons leur redonner toute leur splendeur. Elles incarnent l'indépendance, la liberté, et nous questionnent sur la notion de l'amour, du couple, et de la place de la femme dans notre société.

Dans ce bar bruyant, loin des murs de sa classe, le maître narrateur électrise son auditoire. Qui aurait cru qu'un professeur d'histoire pourrait faire revivre les légendes celtiques avec une telle modernité ?

— Ce qui me fascine chez mon personnage de Mélusine, c'est sa double vie, murmure Sarah avec hésitation. Le samedi, elle se transforme... Elle garde son apparence humaine jusqu'aux épaules, mais en dessous, une queue de serpent et des ailes de chauve-souris se déploient.

— Ce jour-là, les enfants et moi, on te dérange pas, ricane Ethan, qui incarne Raimondin, l'époux du dragon-femelle.

— Voilà, Ethan a tout pigé, pouffe Emmy.

— Nous nous inspirons surtout de ces trois figures mythiques pour parler de trois générations contemporaines de femmes, ajoute Gadaïck, chacune a son secret, son combat et sa métamorphose.

Les verres s'empilent, les bouteilles se vident, le temps file. Les vestiges de la soirée jonchent la table. Puis, comme le Lapin d'Alice au pays des merveilles, Monsieur Hart consulte sa montre à gousset et s'exclame :

— Oh, il est tard ! Je dois rejoindre ma Jane. Je vais appeler un taxi.

— Pas du tout, je vous ramène. Je suis fatiguée.

— Tu reviens ? murmure Liam, l'attirant contre elle.

— Non, j'ai un cours de français prévu tôt le matin.

Un dernier baiser et elle se détache :

— Après-demain, on sera ensemble toute la nuit.

Liam la regarde avec inquiétude :

— Tu n'es pas fâchée pour Bradley ?

— On en reparlera.

Elle prend congé de la troupe et rejoint Monsieur Hart déjà dans la rue. En chemin, elle éprouve une sensation étrange, comme si elle était prête à subir une transformation.

Une fois rentrés du théâtre, ils découvrent Jane Hart dans son scooter à quatre roues, abrutie par les opioïdes et les antalgiques.

—Je vous laisse, dit Charlie. Ma Jane a besoin de moi. Cela lui arrive de plus en plus souvent.

44

La nouvelle

Les semaines défilent dans un tourbillon de répétitions, de rires partagés au Thespian et de craies qui s'effritent sur les tableaux noirs du lycée.

Entre les discussions animées entre collègues, les soirées chaleureuses chez les Hart et les nuits étoilées aux côtés de Liam, l'échéance approche à grands pas et l'exaltation ne fait que s'intensifier.

Gadaïck, déterminée à briller, peaufine chaque détail pour être prête le six avril.

Parallèlement, bien qu'elle n'enseigne qu'à mi-temps depuis janvier, elle se donne à fond. Avant de partir, elle veut laisser à ses élèves une flamme, une étincelle qui les incitera à explorer, à créer, à devenir les acteurs de leur propre apprentissage. Elle sait que l'innovation, bien mieux que la conformité, est la clé pour éveiller leur curiosité.

Ce qui l'inquiète par-dessus tout, c'est de constater la détérioration de l'état de Jane. Comme un oiseau blessé tentant de voler, elle refuse l'aide et tient à prouver qu'elle peut gérer son quotidien. Monsieur Hart se sent impuissant face à ce déclin inexorable.

Et Mamm-Gozh, court-elle toujours entre sa ferme, havre de paix, et la grotte, sanctuaire de mystères ? Quel est donc l'élixir de jouvence qui lui permet de conserver une telle vitalité ? Le cahier de leur correspondance est un véritable grimoire, un recueil de sortilèges et de secrets. Rempli de dessins, de collages, de recettes d'infusions aux vertus inconnues, de fleurs séchées et d'ailes de papillon, il est un témoignage de l'univers enchanteur de Mamm-Gozh. Dans les dernières pages, les mots s'effacent devant une profusion d'images énigmatiques.

Ma chère petite Mamm-Gozh,

Je suis toujours heureuse de savoir que tu vas bien. J'en déduis que tu n'as pas encore parlé à Maman de l'empreinte de chat ?

Je ne vais plus te le demander. Au mois d'août, ce sera la fin de mon contrat et donc de mon visa. Je reviendrai en France. Maman et moi irons te voir. Cette fois, tu n'échapperas pas à nos questions. J'espère que tu auras enfin le courage de te confier à ta fille.

Ces derniers temps, je me sens un peu comme l'un de tes papillons Vulcain que tu relâchais jadis quand ils étaient prêts. Bientôt, ce sera mon tour. Seras-tu là pour assister à mon envol, tout comme tu m'as appris à admirer le leur ?

En attendant, je te dessine le rêve que j'ai eu, il y a quelques jours.

Gadaïck saisit fermement ses crayons de couleur et commence à tracer l'intérieur d'une grotte. Son esprit vagabonde vers la scène qu'elle crée.

Une fissure dans le plafond laisse filtrer une clarté douce qui baigne les rochers et les cristaux d'une teinte dorée. Au cœur de ce tableau magique se tiennent Viviane, Merlin, Morgane et Mélusine. Leurs silhouettes élancées se détachent sur ce halo lumineux. Leurs bras s'élèvent et forment des ponts vers le ciel, d'où dansent dans un ballet aérien une myriade de papillons, attirés par ce rayonnement.

La dessinatrice imagine déjà les spectateurs, assis sur des gradins naturels. Des applaudissements retentissent sur les parois de la grotte. Elle sourit, transportée par l'idée qu'ils sont en train de vivre une aventure extraordinaire dans l'antre de Kermellec.

Gadaïck esquisse ensuite Mamm-Gozh, entourée de ses fidèles compagnons, Makalon et Bambi, coiffés de chapeaux extravagants. Lusine et Martin les rejoignent. Puis, elle ajoute les silhouettes éthérées de sa mère et de son père. Pour finir, elle dessine quelques visages flous, souvenirs de rencontres marquantes.

Achevant sa lettre d'un touchant « *Ta Boudig koant qui t'aime* », elle referme le précieux carnet.

Une sonnerie insistante la tire de ses rêveries. Elle traverse lentement le studio pour répondre. Fatiguée de devoir courir après chaque appel, elle a installé un appareil mural fixe dans sa kitchenette, près du minuscule comptoir. Elle s'assied sur l'unique tabouret et décroche le combiné. À l'autre bout du fil, elle reconnaît la voix familière d'Emmy.

— Salut ma poule, j'ai besoin d'un service. Ni Bradley ni Liam ne répondent au téléphone.

— Mais oui, bien sûr. Que se passe-t-il ?

— Ramène-toi chez moi, je t'explique tout.

— Et la répétition, c'est dans une heure, j'allais me préparer pour y aller.

— Je suis trop faible pour me déplacer et je me sens étourdie, c'est flippant, viens s'il te plaît. Tu as ce qu'il faut pour noter l'adresse ?

— Dis-moi, je suis prête.

Gadaïck griffonne les coordonnées sur un bout de papier et empoigne son trousseau. Une fierté discrète la chatouille en voyant la clé de son vieux Break. Ce mastodonte aux panneaux latéraux en imitation bois, qu'elle appelle affectueusement « sa voiture aplatie », est bien plus qu'un simple moyen de transport. C'est un symbole de sa liberté, de son indépendance.

Elle passe d'abord chez Jane, mais la trouve déjà plongée dans un sommeil profond.

Au volant de son « char d'assaut aplati », comme l'a surnommé Liam avec humour, elle se sent prête à affronter toutes les aventures.

Avec un tank pareil, avait-il dit, tu ne risques rien.

En effet, elle a l'impression d'être invincible à bord de cette vieille carcasse.

Vingt minutes après, elle se gare devant l'immeuble où Emmy vient d'emménager chez Bradley, dans un quartier proche de son ancien appartement. Le couple partage désormais leur espace de vie avec Thomas, un colocataire réputé chaotique.

À peine Gadaïck a-t-elle sonné à la porte que celle-ci s'ouvre sur le fameux Thomas. Son énergie débordante met la jeune femme à l'aise d'emblée.

— Ah, Emmy, crie-t-il d'une voix chantante, c'est pour toi. Entre donc, je file me préparer. Mon Zifounet arrive bientôt.

L'appartement ? Un joyeux bazar ! Couleurs vives, meubles hétéroclites. Emmy, en peignoir, l'invite dans sa chambre.

— On y sera plus tranquilles, lui annonce-t-elle.

Gadaïck s'empresse de la suivre. Un chaos total règne dans la pièce.

— C'est pareil dans ma tête, avoue Emmy en riant jaune.

— Alors, que se passe-t-il, tu es malade ? demande Gadaïck en s'asseyant sur le bord du lit.

Emmy lui montre le test de grossesse qui se trouve sur sa table de chevet.

— Il est positif, murmure-t-elle.

— Waouh, quelle nouvelle ! s'exclame Gadaïck.

Inquiète, elle cherche ses mots.

Emmy soupire lourdement.

— Je ne sais même pas qui est le père, avoue-t-elle, honteuse.

Gadaïck lui prend la main d'un geste réconfortant. Emmy esquisse un faible sourire, reconnaissante de son soutien.

— La générale est dans trois semaines, comment vais-je faire, se lamente-t-elle. La moindre cuillerée de nourriture m'envoie aux toilettes. J'ai des spasmes.

— On va gérer ça ensemble, assure-t-elle comme pour se convaincre elle-même.

Elle jette un regard autour de la chambre :

— Où est le téléphone ? Je dois prévenir Liam du contretemps.

— Sur la table gigogne, mais ne lui dis pas pourquoi, implore Emmy. Je ne veux pas qu'il me retire de la pièce.

— Mais Bradley, lui, tu peux lui dire, il est là pour toi !

— Non, ça ne concerne ni l'un ni l'autre. Affaire de nana !

— Bon, ne t'en fais pas, j'improvise un truc.

Gadaïck appelle le théâtre trois fois avant d'obtenir une réponse.

— Hello, dit une voix masculine.

— Hello, c'est Gadaïck Le Gorff, je voudrais parler avec Liam Cavallero Brennan s'il vous plaît.

— Il est en répétition, on ne peut pas le déranger, informe l'interlocuteur.

— C'est urgent, insiste la jeune femme.

— Je lui transmets le message. Où peut-il vous joindre ?

— Chez Emmy, il connaît le numéro. Dites-lui qu'Emmy est indisposée et qu'elle a besoin de moi. Nous ne pouvons pas venir ce soir travailler comme prévu. Ce serait bien qu'il bosse sur autre chose.

— Ben voyons, ironise l'homme. Le metteur en scène va changer son programme pour satisfaire sa petite muse !

Gadaïck réplique avec fermeté :

— On ne vous demande pas votre avis. Transmettez le message.

Le mépris dans la voix de cet homme la glace. Elle se sent comme une marionnette dont les fils ont été coupés. Quant à Liam, il règne en maître, une autorité incontestée que personne n'ose défier.

Pourtant, au fond d'elle-même, elle sait qu'elle ne peut pas le blâmer. Avec son expérience et ses contacts, il contrôle tout, capable de faire ou défaire ses rêves. C'est lui qui a confié le rôle de Merlin à Bradley sans même la consulter. Elle se demande si elle n'a pas été trop passive, si elle n'a pas accordé à Liam un trop grand pouvoir sur le projet.

Le doute la ronge. Elle se sent de plus en plus à l'écart. Elle doit lui parler, retrouver sa place. Elle espère qu'il l'écoutera.

Perdue dans ses ruminations, elle entend Emmy l'appeler de sa chambre :

— Alors, t'as réussi à le joindre ?

— J'ai eu affaire à un crétin, répond-elle. Mais rassure-toi, je reste. Et tu as raison, tout ça, c'est entre nous.

— Je savais que je pouvais te faire confiance.

— Tu as décidé quoi faire ?

— Comment ça ?

— C'est évident non ? Tu n'as que deux options.

— Je suis paumée, sanglote-t-elle. Pour le moment, je ne pense à rien. Je suis sous le choc depuis presque trois semaines. J'ai déjà fait un test, celui-là, c'est le deuxième. Je ne sais pas quoi faire.

Emmy secoue la tête, désemparée.

— Emmy..., commence Gadaïck doucement. Je suis là pour toi, quoi qu'il arrive. Prends ton temps. En attendant, débarrassons-nous de ce test !

Gadaïck le fait disparaître dans sa poche.

Le son de la sonnette retentit à travers la maison, suivi par la voix de Thomas :

— Zifounet, entre donc, c'est ouvert.

— Referme la porte, s'il te plaît, demande Emmy. Quand ces deux-là sont ensemble, on dirait qu'ils sont vingt. Je veux dormir et oublier.

Emmy se blottit sous ses couvertures.

— Je te laisse te reposer alors. Mais je ne suis pas loin.

De retour dans le salon, Gadaïck voit Zifounet et Thomas sur le point de sortir. Le haut étincelant de Thomas et les chaussures à talons d'un bleu électrique de son compagnon ne passeront pas inaperçus. Gadaïck aurait presque voulu les suivre, mais ils ne la remarquent même pas. La porte claque. Le silence la submerge après leur départ.

Gadaïck s'allonge sur le canapé, l'esprit agité par les événements. Le type au téléphone l'a agacée, la détresse d'Emmy l'a inquiétée, mais la liberté de Zifounet et Thomas l'a complètement envoûtée. On dirait Lusine et Mamm-Gozh.

Elle cherche un sens à tout ça. Une force l'habite, prête à éclater, un désir de comprendre. Les yeux fermés, elle voyage. Un tourbillon d'images l'envahit : le grenier de son enfance, Marie-Anne, le grimoire rempli de messages codés, les danses effrénées de mère Lusine et Mamm-Gozh, une alcôve peuplée de korrigans, des papillons, Merlin à la place de Liam, un ventre qui grossit.

Un kaléidoscope de souvenirs. Nausée. Elle se sent prisonnière d'un mystère qu'elle porte en elle.

Elle s'assied, une main sur son estomac. Elle compose le numéro du théâtre. L'interlocuteur répond, laconique.

— Bonjour, commence-t-elle d'un ton tranchant. Veuillez me passer Monsieur Liam Cavallero Brennan. C'est urgent.

— Puis-je savoir de la part de qui ? demande l'homme.

— De la part du dramaturge, Gadaïck Le Gorff.

— Ne quittez pas.

Quelques minutes plus tard, elle entend la voix de Liam :

— Gadaïck ? La dramaturge ?

Elle perçoit une note de sarcasme et ajoute :

— J'ai appelé plus tôt pour te prévenir, mais je suppose que tu n'as pas reçu le message.

— Euh, non.

— Je suis chez Emmy qui ne se sent pas bien. Donc, ce soir, nous ne venons pas. Et il va y avoir du changement.

— Et la scène avec Bradley prévue aujourd'hui ?

— Cette scène est nulle. Faites la suivante.

Elle coupe court, exaspérée. Avant même qu'elle ait le temps de reprendre son souffle, le téléphone se remet à sonner.

— Tu me raccroches au nez ? s'exclame Liam, offusqué.

— Pour l'instant, je ne peux pas parler. On en discutera demain, le rassure-t-elle. Ce soir, je reste chez Emmy.

45

La peur n'est qu'une illusion

— Tu penses que ça ne dérangera pas trop Bradley si je passe la nuit ici ? demande Gadaïck.

— Après la répétition, il va chez un pote. Match de foot, Pizza, bière et cris de victoire au programme.

— Donc, soirée entre filles, c'est décidé.

— Désolée, je ne serai pas trop fêtarde, ajoute Emmy, mais je n'ai pas envie de dormir seule.

Après avoir bavardé quelques heures, Emmy s'enfonce dans le sommeil. Gadaïck, bercée par le ronronnement de sa copine, l'observe avec tendresse. Mais les rêves agités d'Emmy la font se tortiller dans tous les sens. Telle une ombre, Gadaïck se lève délicatement, sans bruit. Elle se faufile à pas de loup vers le canapé du salon, baigné dans une douce pénombre. Elle s'y installe confortablement, et s'enroule dans la couverture moelleuse. Peu à peu, la fatigue l'emporte et Gadaïck s'endort à son tour.

La rêveuse marche depuis des heures dans la forêt de Kermellec, à la recherche de Mamm-Gozh. Les arbres, par leurs murmures, amplifient le chaos de ses pensées tourmentées. Épuisée, elle trouve enfin refuge dans la modeste demeure de mère Lusine. Celle-ci est absente. C'est sans importance ; Gadaïck n'aurait pas pu faire un pas de plus.

Dans l'atmosphère douillette de la cabane vide, elle s'assied en tailleur devant la cheminée où son imagination fait jaillir un feu crépitant. La chaleur réconfortante apaise son corps fatigué. Plongée au plus profond d'elle-même, elle sent une énergie puissante au centre de son ventre qui

235

monte en elle par à-coups. Entre cris de douleur, larmes de soulagement et rires d'exaltation, elle assiste à la renaissance de son être.

Soudain, dressée devant elle, une ombre interrompt brutalement sa métamorphose. Incapable de respirer, la rêveuse guette le moindre mouvement de cette présence mystérieuse.

Le silence s'épaissit. La silhouette plane. Elle prend forme, s'élève des ténèbres et se dessine dans la faible lueur du feu. Les yeux plissés, Gadaïck distingue une figure humanoïde qui brandit une vieille faux rouillée, étrangement emmanchée à l'envers. Est-ce un présage sinistre, un avertissement ou une manifestation de ses propres craintes ?

Elle l'invite à saisir l'outil agricole. Hypnotisée, elle obéit machinalement. Mais à sa grande surprise, dès qu'elle effleure l'objet, il se dissout dans l'air, emporté par une brise.

Une voix grave et profonde retentit alors : « Mon enfant, la peur n'est qu'une illusion quand tu la crées toi-même. Ne laisse pas tes craintes entraver ta métamorphose. Tu as déjà fait tout ce chemin. Ne t'arrête pas ».

Elle tente de se redresser, mais ses jambes flageolent sous un poids invisible. Elle ne parvient qu'à s'accroupir. Puis, dans un étrange ballet onirique, les bras de la silhouette se muent en branches, et l'enlacent. Elle s'abandonne, soulagée.

Puis, elle se tend de toutes ses forces pour expulser tout ce qui l'accable. La douleur la lacère, ses côtes craquent une à une. Un cri sauvage jaillit de sa poitrine et se perd dans le hurlement du vent.

Étendue sur la terre battue de la cabane, elle est une masse informe de chair et d'os. Libérée. Elle a émergé de son propre être, tel un phénix de ses cendres. Ses membres sont lourds, mais son cœur est léger.

Semi-consciente, elle est connectée à l'univers. Chaque brin d'herbe, chaque feuille pulse en elle en harmonie avec son être régénéré. Un émerveillement illumine son visage émacié. Son corps, libéré, respire.

Elle ouvre les yeux. Tout a disparu. La forêt, la cabane, l'ombre. Seule reste une clairière, paisible.

La jeune femme se relève lentement. L'air frais caresse sa peau nue.
Elle éclate de vie et de renouveau. Elle marche avec une légèreté telle que
ses pieds touchent à peine le sol. Dans son sillage, les ténèbres se dissipent.
L'horizon s'étend, infini.

Gadaïck perçoit des murmures familiers autour d'elle : le rire chaleureux de Zifounet, la voix enjouée de Thomas, celle d'Emmy, un peu éraillée par les pleurs de la veille. L'arôme du café chatouille ses narines. La jeune femme entrouvre les yeux.

Allongée sur le canapé et encore enveloppée des brumes de son rêve troublant, elle les observe en silence. Elle parcourt le salon d'un regard distant.

Emmy est la première à remarquer qu'elle ne dort plus :

— On t'a réveillée ?

— Non, pas du tout, il était temps, répond-elle en s'étirant. J'ai une journée très chargée.

— Café, les filles ? claironne Thomas.

— Ce n'est pas de refus, marmonne Gadaïck.

Il arrive, le plateau calé avec élégance dans la paume de sa main gauche, tel un serveur dans un grand restaurant, et dépose sur la table deux tasses remplies jusqu'au bord, sans en verser une goutte.

— Quelle maîtrise ! siffle Emmy, impressionnée.

— Qu'est-ce que tu veux, c'est ça un vrai pro, ma chère, annonce Zifounet. Bon, je file me rafraîchir un peu avant le boulot.

— Je te rejoins dans une minute mon Zifou. On est crevé, on n'a pas dormi de la nuit, ajoute Thomas à l'intention des deux jeunes femmes. Je vous laisse.

Il pose délicatement le plateau sur la table et leur envoie un baiser en s'éloignant.

— Il est vraiment serveur ? demande Gadaïck.

— Comme beaucoup d'acteurs au chômage.

Elles sirotent leur café, chacune plongée dans ses propres pensées. Soudain, elles se mettent à parler en même temps et éclatent aussitôt de rire.

— Ok, commence, dit Gadaïck.

— Tu n'es pas obligée de rester, reprend Emmy. Je me sens nettement mieux. Merci. Et toi, qu'allais-tu me dire ?

— Je dois y aller. Si tu as besoin, n'hésite pas à m'appeler. De mon côté, je dois voir Liam.

Elles s'embrassent. Puis, Gadaïck sort, presque aussi légère que dans son rêve, soulagée d'y voir plus clair.

46

Savoir danser entre les étoiles et le quotidien

Après le lycée, Gadaïck fonce chez Liam. Bien qu'ils aient échangé leurs clés, elle ne passe jamais le seuil sans prévenir. Trois coups brefs, suivis d'un plus long - leur code secret. Comme il ne répond pas, elle attend quelques minutes avant de réessayer. Finalement, elle l'entend descendre les escaliers, sans se presser. Il ouvre la porte, les cheveux encore mouillés, enveloppé dans un peignoir.

— Tu me fais sortir de ma douche bien chaude alors que tu peux entrer quand tu veux ! annonce-t-il, taquin.

Après un rapide baiser, il murmure :

— J'y retourne.

Soulagée de le trouver de bonne humeur, elle se déchausse et le suit à pas feutrés. À mesure qu'elle monte les marches, elle laisse tomber ses vêtements, un à un. Une mélodie lointaine se mêle au bruit de l'eau qui coule. Elle atteint le sommet de l'escalier, nue. La vapeur s'échappe de la salle de bain. Elle l'aperçoit, dos à elle, sous le jet. Les gouttes perlent sur ses épaules ambrées. La tentation est trop forte. Elle glisse à ses côtés. Leurs corps se collent, une fusion chaude et humide. Ils se balancent au rythme de la musique, perdus dans un instant de grâce. Et puis soudain, au moment où il se tourne vers elle, elle dérape sur le carrelage. Ses mains cherchent un appui. Liam la rattrape, mais trop tard : d'un bruit sec, la paroi explose.

— Pas de panique, s'exclame Liam qui coupe le jet. Tu n'es pas blessée ?

— Pas une égratignure et toi ?

Ils sont pris d'un fou rire. Ils enjambent les éclats de verre. Liam tend son peignoir à Gadaïck.

— Décidément, j'ai vraiment ruiné ta douche ! se lamente la jeune femme.

— Tu peux le dire ! Rien de grave, on va balayer le plus gros et on s'occupera du reste après.

— Au moins, on est propre, plaisante-t-elle.

« J'avais une bombe à lui lancer, mais voilà que la vitre explose ! » Elle cherche le bon moment, le ton juste, et de quoi nettoyer les dégâts.

Elle réfléchit à la meilleure façon d'aborder la conversation sans nuire à leur complicité. Elle espère simplement qu'il sera réceptif. Il revient déjà :

— Ah ! J'ai trouvé.

Le spectacle de ses fesses à l'air, balai à la main, la désarme un peu.

— Passe-moi la pelle, demande-t-il. Dépêche-toi, on va être en retard à la répétition.

— À propos, commence-t-elle. Il faut qu'on parle.

— En effet, une explication pour le plan d'hier soir serait pas mal, réplique-t-il, en s'habillant rapidement.

« Voilà donc la magie du couple : savoir danser entre les étoiles et le quotidien, sans jamais perdre de vue l'essentiel. Un véritable grand huit, avec ses montées d'adrénaline et ses descentes paisibles, le tout sans éclater les vitres ! », songe-t-elle, amusée.

En quelques instants, elle retrouve ses vêtements éparpillés sur les marches et le fil de ses pensées. De retour au salon, ils sont presque prêts à sortir.

— Emmy ne se sentait pas bien. Elle vomissait, je ne pouvais pas la laisser seule. Le réceptionniste aurait dû te transmettre le message.

Liam se tient derrière le comptoir de la cuisine, occupé à préparer des en-cas avant leur départ au théâtre. Elle le rejoint pour lui prêter main-forte.

— Il m'a dit qu'elle avait ses règles, dit-il en étalant une couche de beurre de cacahouète sur une tranche de pain.

— Quel imbécile ! Il n'a rien compris. Elle ne pourra pas venir ce soir non plus.

— J'espère qu'elle a une bonne excuse. On a remis à aujourd'hui la scène prévue hier entre Morgane et Merlin rien que pour elle, s'exclame Liam.

— Justement, c'est de ça que je veux te parler. Bradley ne convient pas pour Merlin. Soit tu acceptes de reprendre le rôle, soit on trouve quelqu'un d'autre.

Liam s'immobilise, le couteau à la main.

— Tu plaisantes, j'espère ? On est à moins d'un mois de la première et tu m'annonces ça maintenant !

— Tu m'as imposé tes choix depuis notre escapade dans le désert. Le casting aurait dû être une décision commune. Ces personnages font partie de mon univers depuis longtemps. Cette pièce, c'est mon bébé.

— Tu n'as jamais rien dit avant ! s'étonne-t-il. C'est maintenant que tu te réveilles ?

— Il n'est jamais trop tard pour manifester sa vision. Bradley, c'est hors de question.

— Pourtant, il est très bien.

— J'admire son travail, mais ce n'est pas le Merlin que j'ai en tête.

— T'as une meilleure proposition ?

241

— Oui, j'ai une idée. On se partage la mise en scène. Je m'occupe de Merlin et tu prends le reste. Après tout, on a écrit ça à deux., répond-elle avec assurance.

—Peut-être, mais ton expérience se limite à des pièces de théâtre universitaire, non ? riposte-t-il, émettant un doute sur ses compétences.

Elle hésite un instant.

— Je comprends tes inquiétudes, mais ce projet, c'est le mien avant tout, rétorque-t-elle calmement. Je l'ai apporté, ne l'oublie pas. En plus, je peux aussi prendre des initiatives, je ne suis pas une marionnette.

Liam reste sceptique, mais finit par accepter.

— Et Bradley, on lui dit quoi ?

— On le garde pour Martin. Il est parfait. Mais pour l'aspect plus fantastique de Merlin, il lui manque quelque chose.

Gadaïck le fixe, tourmentée. Elle a tant misé sur cette réalisation, et maintenant, elle se questionne sur la solidité de leur entente.

— Bon, allons-y ! On prend ta voiture ou la mienne ? lance-t-il, en emballant les sandwichs et les boissons dans son sac à dos.

— La mienne, tranche Gadaïck.

47

Pas de promesses éternelles, pas de chaînes invisibles.

Lorsque Gadaïck et Liam arrivent, ils trouvent Bradley assis sur une marche de l'estrade.

— Bonjour Brad, ça tombe bien que tu sois là avant tout le monde, retrouve-nous dans la loge des filles pour discuter tranquillement, lui annonce Liam.

Dans l'endroit exigu, Gadaïck s'installe sur le tabouret à roulettes, devant une coiffeuse éclairée par un miroir vieilli. Les yeux fixés sur les ampoules vacillantes, elle imagine les rires et les larmes des actrices qui, en ce lieu, se sont préparées. Liam, quant à lui, trouve une petite chaise entre les costumes et les perruques suspendus.

— J'adore ce petit coin, dit-il en s'asseyant à l'envers, les bras appuyés sur le dossier.

Bradley, un peu inquiet, se cale dans un coin du canapé bleu vif, contre le mur opposé.

— Que se passe-t-il ? demande-t-il, nerveux. Pourquoi cette réunion improvisée ?

— Nous avons fait quelques changements qui te concernent, commence Liam, gêné.

— Par exemple ? répond-il, dans une fausse indifférence.

Gadaïck prend une inspiration profonde, se tourne vers Bradley et lui lance :

— Nous avons décidé de modifier le casting.

Consciente de toucher un point sensible, elle poursuit :

— Tu gardes le personnage de Martin, mais nous confions les répliques de Merlin à un autre acteur.

Le silence qui suit est lourd. Bradley les fusille du regard. Il se redresse, la voix tremblante.

— Après toutes ces semaines de répétition, vous me retirez mon texte ? Qui prend ma place ?

Sur ces mots, il plante ses yeux accusateurs dans ceux de Liam.

Celui-ci soupire, passe une main dans ses cheveux et se tourne vers Gadaïck.

Elle lâche :

— C'est Liam.

— Quoi ? Toi ? Je n'arrive pas à y croire.

— Tu ne perds pas ton rôle. Martin est tout aussi important.

— Vous vous partagez un personnage qui a une double vie, intervient Gadaïck. Ce sera bien plus... percutant. Et pour le reste, Liam et moi collaborons. Quand Merlin apparaît, c'est moi qui orchestre.

Bradley se tourne vers Liam.

— Et dans les scènes où vous êtes tous les deux ? Qui mène la danse ?

— Nous deux, explique Gadaïck, agacée par son insistance à regarder Liam.

— Et toi, tu es d'accord ? interroge Bradley, les yeux braqués vers son ami.

— C'est un travail collaboratif, répond aussitôt Gadaïck d'un ton calme.

Insensible à l'impatience de Gadaïck, Bradley continue de l'ignorer totalement.

— Pour Léonor et Viviane, vous aurez deux actrices aussi ? demande-t-il.

Gadaïck roule son tabouret pour se placer entre les deux hommes. D'un geste assuré, elle saisit les mains de Bradley, et l'oblige ainsi à la regarder droit dans les yeux.

— Bradley, nous ne racontons pas l'épopée de Merlin et Viviane. Ces personnages permettent à Léonor et à Martin de s'évader de la réalité et de leur offrir un répit. Ta version de Merlin n'est pas la bonne. Il ne s'agit pas d'une légende arthurienne.

Bradley se lève brusquement, et pointe un doigt rageur vers Liam.

— Tu aurais dû nous dire dès le début qu'on trafiquait les souvenirs de sa grand-mère !

Il claque la porte en sortant. Toujours assise, Gadaïck se tourne vers Liam.

— Nous ne manipulons rien du tout, Liam. Tu comprends, n'est-ce pas ?

Liam acquiesce, silencieux. Bradley est plus qu'un acteur parmi d'autres pour lui, c'est un ami, et la situation le met mal à l'aise.

— Bon, on en a déjà parlé, c'est réglé, dit-il simplement. Retournons aux répétitions.

Les autres les attendent. Sarah mentionne l'absence d'Emmy et le départ soudain de Bradley.

— Oui, on lui a dit que Gadaïck et moi partagerons la direction artistique, explique Liam.

— Et que nous donnions les répliques de Merlin à Liam, ajoute Gadaïck. Il a décampé, furieux.

Quelques murmures désapprobateurs s'élèvent. Sans se laisser perturber, Liam poursuit :

— Il reviendra. Il sait que le rôle de Martin est tout aussi important. En attendant, on attaque la scène de Mélusine et Raimondin.

Se tournant vers Gadaïck, il lui demande :

— As-tu une dernière remarque avant de commencer ?

Gadaïck s'avance.

— Oui. L'autre jour, Ethan a soulevé un point intéressant : comment Mélusine et Viviane pouvaient-elles se rencontrer alors qu'elles sont issues de légendes différentes. Ici, nous plongeons dans l'imaginaire de ma grand-mère. Les personnages que vous incarnez ont vécu sur ses lèvres, pas dans les livres.

Un peu nerveuse, elle fait les cent pas, tandis que Liam rejoint les acteurs.

— Je me souviens lui avoir posé la même question, poursuit-elle en souriant. Elle m'avait répondu que sa meilleure amie avait donné naissance à quatre fils aux caractéristiques uniques. Elle l'appelait « Mère Lusine » pour plaisanter.

— Et de quoi avaient-ils l'air ? demande Sarah, intriguée.

— L'aîné avait des pavillons en chou-fleur, le second des dents de cheval, le cadet une grosse tache velue sur le nez, et le benjamin était doté de six longs doigts à chaque main.

Son assurance grandit de minute en minute, elle déclare d'une voix claire :

— Selon Mamm-Gozh, seule une Mélusine pouvait engendrer des enfants comme ça. Puis, elle avait ajouté, « toi aussi, ma petite fée, tu es née avec une empreinte de chat, mais au moins, elle se cache derrière ton oreille ».

— Ben, tu nous montres, lance Ethan d'un ton taquin, on va peut-être te trouver un sobriquet.

Elle tourne la tête, plie son lobe pour leur révéler sa tache.

— Vous la voyez ?

— Kitty Ear ou Pattoune ! déclare Ethan. Plus facile à prononcer que Ga..da..ïk

— Voilà, j'ai pigé, c'est moi Lusine, la copine de Léonor !
s'exclame Sarah.

Gadaïck, les yeux pétillants, reprend la parole :

— Nous allons vivre une aventure extraordinaire marquée
par l'amour, la douleur et l'espoir.

Les acteurs l'applaudissent. Mais c'est Liam qui la regarde
avec admiration. Elle les a conquis. Ils sont à présent tous prêts
à la suivre dans son voyage.

— Bon, annonce Liam, tout le monde à sa place.

Gadaïck rejoint le reste du groupe au premier rang. Ses
pensées s'envolent un instant vers Mamm-Gozh et Martin. Ils
ont vécu une histoire faite de retrouvailles et d'épreuves, à
l'image des marées de leur Bretagne natale. Mais jamais ils
n'ont exigé l'impossible l'un de l'autre. Pas de promesses
éternelles, pas de chaînes invisibles. Gadaïck entend l'écho de
leur rire. Elle se sent liée à eux, à cette histoire qui traverse le
temps.

Et dans cette salle de théâtre, elle sait que leur
enchantement se prolongera.

48

Au milieu de la tempête qui fait rage

Après un trajet d'environ une heure sur la route 101 et l'Interstate 5, Gadaïck et Emmy arrivent enfin à la clinique. Une haie de manifestants les accueille, leurs pancartes brandies comme des épées. L'air est lourd de tension. Les slogans hurlés et les regards accusateurs les glacent sur place. L'anxiété monte en elles. Gadaïck respire profondément. Elle soutiendra Emmy quoi qu'il advienne.

Des injures pleuvent :

« Salope ! Pécheresse ! Tueuse ! »

Les vociférations blessantes ricochent sur l'asphalte du parking.

Gadaïck refuse de céder. La colère gronde en elle. Ces pancartes sont une insulte à la liberté des femmes. Elle voit la peur dans les yeux d'Emmy. Mais Gadaïck ne pliera pas. Elle serre la main d'Emmy et l'entraîne dans son sillage. Ignorant le tumulte, elles avancent, tête haute. À l'intérieur, une réceptionniste les accueille avec un sourire poli.

— C'est dingue ce qui se passe dehors, hein ? demande Gadaïck.

— Malheureusement, c'est de plus en plus fréquent, répond la femme derrière son guichet. Vous avez rendez-vous ?

— Oui, dit Emmy.

L'hôtesse consigne le nom et les coordonnées d'Emmy, puis lui tend un dossier aussi gros qu'un pavé. Elles vont s'asseoir dans la salle d'attente pour remplir les formulaires et signer les consentements. Les cris des manifestants qui filtrent à travers les vitres ressemblent aux vrombissements d'une ruche en colère. Les autres femmes essaient de se concentrer sur leurs magazines.

Deux heures plus tard, Gadaïck et Emmy sortent. Dehors, c'est la foire d'empoigne. Elles se faufilent au milieu de la foule hurlante, le menton levé.

Soudain, Gadaïck reçoit un coup violent à la tête. Un projectile l'a atteint, elle vacille. Le visage blême, elle s'agrippe au bras d'Emmy, qui, alerte, remarque le filet de sang qui s'échappe de sa plaie. Elles continuent d'avancer. Gadaïck reste consciente malgré le choc.

Au moment où elles arrivent sur le parking où est garé leur Break SW, la sirène de la police interrompt le chaos. Soulagées, mais tendues, Gadaïck et Emmy atteignent leur véhicule.

— Je conduis, ordonne Emmy d'un ton impérieux, tandis qu'elle cherche les clés dans le sac de Gadaïck.

Emmy installe sa compagne à l'avant. Presque aussitôt, Gadaïck s'évanouit.

Mains tremblantes, Emmy se glisse derrière le volant et tourne le contact. La voiture s'éveille en hoquetant. Elle jette un coup d'œil à Gadaïck. Elle est pâle. Sa blessure saigne abondamment et tache son chemisier.

Un tapotement sec retentit à la vitre. Un policier la fixe.

— Madame, coupez le moteur et descendez du véhicule ! commande-t-il d'un ton catégorique.

Le cœur d'Emmy s'emballe dans sa poitrine. Impassible, il examine l'habitacle de la voiture, peut-être à la recherche de la moindre trace d'infraction se dit la jeune conductrice.

— Votre passagère est blessée ?

— Elle a reçu un projectile en plein sur le crâne, répond Emmy poliment.

— Pendant la manifestation ?

— Nous ne participions pas, nous sortions de la clinique. Pour moi. Et comme je ne me sentais pas trop bien, mon amie m'a accompagnée.

Le policier hoche la tête, ses yeux rivés sur Gadaïck. Puis, d'un ton sec de fonctionnaire qui a dû faire cette demande maintes fois, il ajoute :

— Vos papiers, s'il vous plaît.

Emmy s'empresse de récupérer son permis dans son sac et le reste dans la boîte à gant. Son cœur tambourine dans ses oreilles.

— Les voici, mais l'auto appartient à mon amie, qui, comme je vous l'ai dit, m'a accompagnée à mon rendez-vous médical, explique-t-elle.

L'officier saisit les documents, les inspecte rapidement et, d'une voix légèrement plus douce, prononce ces mots :

— Ne bougez pas, j'appelle une ambulance.

Rassurée par sa présence bienveillante, Emmy le voit s'éloigner d'un pas vif jusqu'à sa voiture garée juste derrière le Break SW. Il allume sa radio. Après quelques paroles échangées, il revient, les sourcils froncés.

— Vous alliez prendre le volant avec votre amie dans cet état ? dit-il, le ton grave. Vous auriez dû retourner à la clinique pour qu'ils préviennent les secours !

— J'ai eu peur de me retrouver parmi les manifestants, balbutie-t-elle.

Il hoche la tête.

— Je comprends, dit-il doucement. On sait comment ce genre de rassemblement peut vite dégénérer.

Cinq minutes après, un véhicule arrive en trombe, sirène ululante. Les gyrophares tournent et lancent des éclats de lumière bleue et rouge sur le bitume.

— Votre amie va être prise en charge maintenant.

Gadaïck se retrouve allongée sur une civière, entourée de secouristes.

— Je peux l'accompagner ? demande Emmy.

— Oui, vous allez devoir nous expliquer ce qui s'est passé, répond un ambulancier. Montez devant.

Le véhicule démarre vers l'hôpital. Quinze minutes interminables plus tard, ils arrivent devant l'entrée des urgences. Gadaïck est immédiatement transportée à l'intérieur. Presque au même moment, elle commence lentement à reprendre connaissance. Des lumières aveuglantes la frappent. Sa tête explose, elle a l'impression qu'on lui a planté un clou dans le crâne. Elle se souvient des cris, du choc... puis le noir. Elle essaie de bouger, mais elle est immobilisée. La peur la submerge.

Elle est là, au milieu de cette ruche de soignants, le corps meurtri et l'esprit confus. Un médecin s'approche d'elle, le regard caché derrière ses lunettes.

— Mademoiselle, vous êtes à l'hôpital. Vous avez un léger traumatisme crânien. Ce n'est pas grave, nous allons bien nous occuper de vous.

Gadaïck pense à sa mère qui serait morte d'inquiétude si elle savait. « Ne pas la prévenir », se dit-elle. Sa langue se noue, incapable de formuler une phrase. Une infirmière vérifie ses signes vitaux. Lorsqu'on lui demande son nom, sa date et son lieu de naissance, Gadaïck murmure quelques mots en français, son esprit encore embrumé.

— Pardon, vous ne parlez pas anglais ? s'enquiert-elle, vous voulez un interprète ?

Les yeux à demi clos, Gadaïck tente de rassembler ses pensées. C'est alors qu'une voix familière résonne derrière elle. Emmy crie :

— Je peux aider. Gadaïck, je suis là, derrière. Ça va aller.

Emmy répond à l'infirmière à la place de son amie. La civière atteint une double porte en métal portant la mention : *Personnel autorisé seulement.* Avant qu'elle ne se referme en claquant, Emmy a juste le temps de lui souffler :

— Je préviens Liam.

Un jeune homme aux cheveux noirs et aux yeux vifs, visiblement épuisé, entre dans la salle.

— Bonjour, mademoiselle, dit-il dans un français au lourd accent américain. Je suis médecin ici. Comment vous sentez-vous ?

Soulagée d'entendre sa langue maternelle, Gadaïck se détend un peu.

Ma tête… ça fait mal, murmure-t-elle.

— Vous êtes restée sans connaissance pendant presque trente minutes. Le choc du projectile que vous avez reçu a provoqué une lacération.

— Ma famille… commence-t-elle, mais sa voix se brise.

— Ne vous inquiétez pas, vous êtes entre de bonnes mains. Dans un premier temps, nous allons nous assurer qu'il n'y a pas de saignements intracrâniens avant de suturer la plaie.

Les mots du médecin la clouent sur place. Un coup à la tête ! K.O. pendant une demi-heure ! Elle a du mal à y croire, c'est comme un mauvais rêve. Elle ferme les yeux et essaie de se calmer. Elle sent les doigts habiles des membres de l'équipe chirurgicale s'affairer autour d'elle.

La lame glisse sur sa peau. Une tempête envahit son être. L'odeur aseptisée, les lumières froides, tout semble flou, mais elle s'accroche aux sensations, aux fragments d'assurance que lui offre ce cocon médical. Son esprit flotte, entre veille et rêve, et peu à peu, une paix inattendue s'installe.

49

Une plaie au cœur

Après six jours passés en observation et malgré une longue cicatrice de dix centimètres sur son front, Gadaïck ne se laisse pas abattre. Prête à entamer ses deux semaines de convalescence chez elle, elle attend Liam, impatiente de quitter l'hôpital, et de retrouver les planches.

Il lui apprend, en chemin, que le directeur du théâtre leur a accordé un délai supplémentaire pour la représentation générale.

— Elle est repoussée d'un mois, dit-il.

Ce n'est qu'à son retour chez elle qu'il lui annonce la nouvelle dévastatrice.

Liam lui prend la main avec une tendresse infinie et murmure :

— Jane... elle a eu un accident pendant ton absence. Monsieur Hart sera seul désormais.

Gadaïck sent ses jambes flageoler. Tout s'effondre d'un seul coup. Les mots de Liam la déchirent. Madame Hart a conquis le cœur de la jeune Française en un rien de temps et des comédiens de la troupe qui l'ont rencontrée. Sa disparition est inconcevable. Les larmes coulent.

— Que s'est-il passé ? demande-t-elle précipitamment.

— En revenant des courses, Monsieur Hart l'a trouvée étendue par terre dans la salle de bain, explique Liam.

— Ce n'est pas possible ! répète-t-elle.

— On pense qu'elle avait décidé de se détendre. Il y avait des bougies parfumées, de la musique.

— Oui, l'eau chaude la réconfortait, justifie Gadaïck entre deux sanglots. Mais elle avait déjà glissé dans la baignoire à plusieurs reprises. Elle savait que c'était risqué, qu'elle devait nous attendre.

— Alors qu'elle se savonnait, ses jambes auraient cédé soudainement. Elle serait tombée en arrière, et aurait heurté violemment le rebord.

— Je n'arrive pas à y croire.

— La vie de Jane s'est éteinte dans cette salle de bain. Elle aspirait à rester autonome à tout prix. La sclérose en plaques l'en a empêchée, murmure Liam.

Gadaïck secoue la tête, incrédule. D'une voix douce, Liam lui rappelle :

— Quand tu seras prête, va voir Monsieur Hart pour le soutenir. C'est ce que Jane aurait voulu.

Les jours suivants, Gadaïck navigue à vue dans un océan de tristesse. Démunie face à la douleur du professeur, elle est incapable de trouver les mots justes. Heureusement, Liam reste son point d'ancrage, son refuge chaque fois qu'elle a besoin de pleurer.

Les obsèques ont lieu quelques jours après. Quand Gadaïck et Liam entrent dans le crématorium, la famille de Jane occupe déjà le premier rang. Dans le recueillement général, ils s'installent discrètement derrière Monsieur Hart dont les épaules sont secouées par les sanglots. Gadaïck l'observe, le cœur lourd. Elle sait qu'elle ne peut guère alléger sa peine. Chaque instant de cette journée funèbre semble durer une éternité. Mais après la cérémonie, elle s'approche du professeur pour le serrer dans ses bras, en silence.

***

Une semaine plus tard, épuisée par le chagrin, Gadaïck prend une décision radicale : elle choisit de se tondre la tête. Finies les perruques, les turbans. Les mots de Jane résonnent alors en elle : « Les cicatrices sont magnifiques, elles sculptent le diamant de notre devenir ». Un sourire amer lui tire les lèvres. Elle pense à Marie-Anne, à ses attentes, à ses craintes. Et pourtant, tandis que la lame tranchante glisse sur sa peau et emporte avec elle les jolies mèches auburn autour de sa balafre, elle se sent plus libre que jamais.

Son regard se pose sur son image transformée, une femme libérée et la petite-fille rebelle le jour où Marie-Anne lui avait décollé ses rubans à coups de rasoir.

Soudain, elle a une irrépressible envie de parler à sa mère. Elle qui l'a toujours surprotégée, quelle serait sa réaction face à ce changement radical ? Elle, qui la considère encore comme une enfant fragile, serait-elle inquiète ? Et si elle avait raison ? Et si le monde était trop dur pour elle ?

Devant le miroir, Gadaïck contemple son reflet. Satisfaite du résultat, elle se sent désormais investie d'une force nouvelle : adieu les rubans colorés accrochés à ses cheveux. Fini les métamorphoses en gorgone. Elle est, à présent, elle-même : vulnérable et puissante à la fois.

Elle appelle sa mère, le cœur battant. Marie-Anne répond, surprise.

Gadaïck se caresse la tête à rebrousse-poil.

Marie-Anne écoute attentivement Gadaïck déverser son cœur : l'attaque subie, la perte de conscience, sa convalescence, et sa décision de se raser.

— Mais surtout, ce qui m'a bouleversé, c'est le décès de Jane Hart pendant mon séjour à l'hôpital.

Un silence pesant de l'autre côté de la ligne. Gadaïck attend une réponse, l'estomac noué.

— Quelle réaction étrange ! La boule à zéro quand même ! finit par dire Marie-Anne, comme si c'était la seule chose qui importait. Heureusement qu'il ne reste que quelques mois avant ton retour. D'ici là, ils auront repoussé.

Gadaïck est submergée par un sentiment de vide. Elle avait espéré un soutien, une compassion.

Sa voix n'est qu'un murmure à peine audible :

— Je te parle de Jane Hart, de cette femme que j'aimais et qui n'est plus.

Marie-Anne soupire lourdement.

— Je sais ce que c'est, dit-elle finalement, d'un ton las.

Gadaïck sent que sa mère ne l'écoute pas vraiment. Elle évoque sa propre douleur, comme si elle était la seule à souffrir.

— Ce n'est pas de toi qu'il s'agit. Jane affirmait que non seulement les blessures guérissent, mais elles sont le témoin de notre capacité à surmonter l'adversité.

— Facile à dire ! rétorque Marie-Anne.

« Que répondre à cela ? », pense Gadaïck. Elle préfère se taire, puis raccrocher après quelques banales politesses.

Elle réfléchit quelques instants à ses réactions d'autrefois. Elle balaie d'un revers de tête ces souvenirs mélancoliques. Non, plus de larmes. Elle place une cassette de musique dans son lecteur et monte le volume. Bientôt, la mélodie envoûtante d'une flûte amérindienne envahit la pièce.

Elle file à la salle de bain pour célébrer la vie sur sa peau à l'image des Amérindiennes.

Dans le désert, Apona avait peint les visages des femmes de motifs célestes. Ce maquillage était un rituel, une offrande à la nature.

De ce week-end, Gadaïck était revenue avec une superbe sélection de pigments destinés à embellir les pages du grimoire de Mamm-Gozh.

Mais aujourd'hui, c'est pour son être tout entier !

Elle dessine un triangle orange vif et noir, qui s'étire depuis le coin de ses lèvres jusqu'à son oreille. Une bande transversale blanche, gracile comme un fil de soie, évoque une aile de papillon en plein vol. Son nez, légèrement retroussé comme celui de sa grand-mère, accueille le long thorax de l'insecte. Et sur son front, se déploient les antennes délicates. Elle continue vers le cou. Elle trace une triskèle d'un côté et des entrelacs de l'autre. Elle se métamorphose en un être mi-femme, mi-insecte, un hommage à la nature et aux cieux. Bientôt, elle est entièrement recouverte de peintures. Elle a l'apparence d'une sorte de créature tout droit sortie du repaire de Mamm-Gozh.

Le silence est troublé par des coups à la porte, puis par le grincement de la serrure, mais Gadaïck, plongée dans un monde intérieur, reste sourde à ces bruits.

Elle se meut avec une grâce féline. Les motifs sur sa peau semblent prendre vie.

Absorbée dans un moment d'oubli, de pure joie et d'insouciance, elle ne remarque pas la présence de Liam dans le miroir, debout dans l'encadrement. Il l'observe, impressionné par cette performance picturale vivante. Puis, leurs regards se croisent, et elle poursuit sa danse improvisée.

La musique s'arrête. Gadaïck reprend son souffle et s'approche de lui, timide, mais audacieuse à la fois.

L'index de Liam frôle les lignes des pigments colorés.

—Jamais vu quelque chose d'aussi bizarrement… beau, déclare-t-il.

Elle lui sourit, même si elle pense secrètement qu'il exagère.

— C'est rare que tu viennes me voir dans mon antre, dit-elle.

— Tu ne répondais pas au téléphone, je commençais à m'inquiéter. Pas mal ton look un peu Sinoéd O'Connor. Si tu cherchais à masquer ta cicatrice, c'est réussi.

— Je ne camoufle rien ! fait-elle, amusée.

— J'adore le caractère éphémère de ce tableau ! ajoute-t-il. Comme sur scène.

Gadaïck perçoit cependant une pointe de contrariété dans sa voix.

— Quelque chose te tracasse ? Dis-moi.

— On a encore un souci : notre régisseur ne peut pas prolonger, il avait déjà un autre engagement, et on ne trouve personne de son calibre à la dernière minute.

Gadaïck hausse les épaules.

— Tout est tellement compliqué. Je n'ai pas la tête à y réfléchir pour l'instant.

— Je comprends, dit-il.

Elle se blottit dans ses bras.

— Je suis prête à aller parler à Monsieur Hart, murmure-t-elle. Mais je n'ai pas la force mentale nécessaire pour revenir sur les planches.

Il la serre tendrement contre lui.

— Prends tout le temps qu'il te faut.

50

Un départ et une invitation singulière

Charlie Hart n'est plus le même. Son sourire ne trompe personne. Il se noie dans ses pensées. Dans cette maison qu'il a partagée avec Jane pendant plus de trente ans, le silence est assourdissant. Chaque pièce lui rappelle Jane. Les couleurs vives, jadis si familières, lui semblent aujourd'hui ternes.

Malgré l'affection de Gadaïck, de ses collègues, de ses élèves, et de sa famille, Charlie reste prisonnier de sa peine. Chaque jour est le même pour lui : fauteuil, album photo, souvenirs. De temps à autre, il s'assoupit, le visage enfoui dans les pages ouvertes. Les jours s'étirent en semaines, puis en mois. Gadaïck descend le voir chaque jour. Ils en ont fait un rituel où chacun se remémore les moments heureux. Gadaïck et Liam font de leur mieux pour le sortir de son abîme, un jour à la fois. Mais il reste englué dans son chagrin.

Les cheveux auburn de Gadaïck ont repoussé de quelques centimètres, et sa cicatrice n'est plus qu'une trace à peine visible sous ses mèches courtes. Liam, de plus en plus présent, passe la nuit chez elle plus fréquemment que dans son loft, et leur relation s'est renforcée dans cette période difficile. Le jeune homme comprend l'importance de laisser à Gadaïck le temps de se reconstruire, tant physiquement que sur la plan émotionnel. D'un commun accord, ils ont décidé de suspendre les répétitions pendant quelques mois, jusqu'à ce que chacun se sente prêt.

Un soir de juillet, Monsieur Hart appelle le couple :

— Descendez me voir !

Gadaïck et Liam le rejoignent cinq minutes plus tard et s'installent à ses côtés sur le canapé.

— J'attendais quelque chose, leur confie-t-il en leur montrant une photo.

— Un message de l'au-delà ? demande Gadaïck.

— Jane et moi, on s'était dit que le premier qui partirait enverrait un signe discret à l'autre. Mais juste pour le rassurer, pas pour faire peur… pour apaiser.

— Romantiquement diabolique ! plaisante Liam.

Charlie semble s'ouvrir davantage.

— Hier, Jane a traversé le salon, habillée comme sur cette photo, souriante, dans sa robe faite de couches de tulle noir et gris. Vous vous souvenez de cette soirée d'Halloween ?

— Bien sûr, comment oublier la reine de la fête ! s'exclame Gadaïck

— Et comment interprétez-vous cette apparition vaporeuse ? demande Liam.

— Je crois qu'elle ne supporte plus de me voir broyer du noir, assis, à ne rien faire. Sa façon de me prévenir : « Allez, bonhomme, bouge ton derrière. »

— La prochaine fois, elle pourrait bien venir vous secouer comme un prunier, rajoute Liam.

Gadaïck propose :

— Dans un mois, mon visa expire, et je retourne en France. Et si vous m'accompagniez ? Vous rencontreriez Maman, je vous ferais découvrir Paris, la Bretagne, et la grotte de Kermellec.

— Excellente idée ! approuve Liam. Qu'en pensez-vous ?

Charlie hésite un instant.

— La présence d'un vieux bonhomme comme moi pourrait être un peu encombrante dans votre cocon amoureux, non ?

Tous rient, et Liam répond :

— Je rejoindrai Gadaïck plus tard. Elle veut d'abord passer du temps seule avec sa famille, alors nous voyagerons ensemble, vous et moi.

— Hum… C'est très tentant. En France, on pourra parler vinification et œnologie, de tout ce qui touche à ça ! Mais…

Sourire en coin, Liam le coupe :

— Pour la dégustation, je suis partant, mais pour le reste, on verra ça !

Le professeur réfléchit un instant :

— Je dois aussi renouveler mon passeport.

Gadaïck trouve mille raisons pour qu'il accepte.

— Ce voyage tombe à pic puisque vous prenez votre retraite. Vous avez tout le temps maintenant. Il ne vous reste plus qu'à apprendre le français. Ce sera utile pour commander d'exquises pâtisseries françaises, ajouta-t-elle, malicieuse.

— Oh les mille-feuilles, les éclairs au chocolat, rêve-t-il tout excité. J'en salive d'avance.

— Ah, très bonne prononciation, vous avez déjà pratiqué, on dirait ! applaudit Gadaïck.

— Je crois aussi que ma Jane aurait voulu que je me change les idées, dit-il. Elle m'aurait dit : « Vas -y, fonce ! »

Charlie cède enfin à la proposition. Les semaines suivantes sont rythmées par les préparatifs du voyage : itinéraires, réservations… Monsieur Hart consacre de longues heures à contempler d'anciennes cartes de France que Jane avait acquises jadis. Ses yeux s'attardent sur les noms familiers des villes et des villages. Un sourire énigmatique effleure parfois ses lèvres. Sûrement Jane, dont la mémoire semble plus vivante que jamais !

Leurs projets d'aventure en France, naguère partagés, se réveillent à nouveau. Guidé par le doux murmure du passé, le veuf est déterminé à dédier ce voyage à son épouse bien aimée.

Dans chaque localité qu'ils ont prévu de visiter ensemble, il déposera quelques cendres, comme des pétales de souvenirs, pour que Jane puisse errer dans les ruelles pavées qui la faisaient rêver. Alors peut-être, dans le silence de la grotte de Kermellec, Jane sera là.

Gadaïck a vu juste. Le mois d'août file à toute allure sous une chaleur implacable. Elle finalise ses préparatifs. Elle plie soigneusement ses vêtements et rassemble ses trésors : le poncho colombien, les teintures du désert, le Stetson, parmi de nombreux objets précieux.

— Je suis beaucoup plus chargée que quand je suis arrivée, remarque-t-elle.

Liam, immobile sur le lit, fixe Gadaïck, le regard triste, tandis qu'elle vide son placard.

— Tu peux laisser chez moi tout ce qui ne rentre pas dans ta valise. Tu n'es pas obligée de partir définitivement, insiste-t-il.

— Mon contrat est fini.

— Et si..., ose-t-il, hésitant. On se mariait.

Elle vient se blottir contre lui, touchée, mais son esprit pragmatique s'impose.

— Juste pour un visa, ce serait tricher.

— Ce n'est qu'une formalité. Tu n'es pas très aventurière, dis donc, argumente Liam.

Elle secoue la tête.

— Entre nous, pas de liens officiels. Le cœur doit rester libre ! Et puis, quel rapport avec l'aventure ? poursuit-elle d'une voix résolue.

— Le risque de vivre une épopée inoubliable ! rétorque-t-il.

— Pour moi, le mariage est une prison dont les hommes sont les gardiens, lance-t-elle avec ferveur.

— Pour moi, c'est tout le contraire. C'est l'engagement de s'apprivoiser mutuellement, défauts et qualités. C'est accepter de se rendre vulnérable, de s'exposer entièrement. C'est un peu comme escalader une montagne : on sait que ce sera difficile, mais la vue au sommet en vaut la chandelle. Et puis, imagine : si on se quitte, on aura au moins partagé une expérience unique, ensemble …

Elle n'a pas l'air convaincue, mais sourit.

— Je t'aime, et je veux tout donner pour nous : nos rêves, nos espoirs, nos peines... Je ne peux me satisfaire d'une relation à moitié vécue, poursuit-il.

— Je t'aime aussi, dit-elle simplement.

— C'est la première fois que tu me le dis, réalise-t-il, ému.

Dans la pénombre de la chambre, leurs corps se rejoignent, la chaleur de leur étreinte fusionne avec la douceur de leurs murmures. Les paroles laissent place aux baisers, aux soupirs, et aux gestes passionnés. Minute après minute, ils s'enivrent de leurs ferventes caresses. Leurs gémissements s'amplifient, leurs mouvements se font plus fougueux. Ils se délectent de leurs extases. Longtemps dans la nuit, leurs lèvres échangent des mots tendres et secrets. Des perles de sueur glissent sur leur peau brûlante, tout devient d'une simplicité lumineuse. Ils ont trouvé un amour qu'ils se jurent de préserver.

Le lendemain, le jeune couple et Monsieur Hart se rendent dans un parc du voisinage où ils ont prévu un petit pique-nique d'adieu en compagnie de quelques acteurs de la troupe.

De loin, ils aperçoivent le pavillon, déjà décoré de ballons colorés et d'une guirlande annonçant « Bon voyage ». Emmy, radieuse dans sa robe à bretelles, est la première sur place pour finir les préparatifs. Elle ne cache plus son ventre joliment arrondi. Les cartes de tarot qu'elle consulte régulièrement lui avaient suggéré de garder l'enfant, mais c'est surtout l'accident de Gadaïck et le grand départ de Jane qui ont influencé sa décision. Depuis, elle vit sa grossesse avec joie. Gadaïck, secrètement soulagée dès qu'elle a appris la nouvelle, lui a glissé :

— Si c'est une fille, appelle-la Jane.

La perte de Jane Hart a profondément bouleversé Emmy, tout comme ceux qui l'ont connue. Elle se dit que dans le vide laissé par son absence, un nouvel être verra bientôt le jour. Gadaïck et Emmy aiment à croire que peut-être, un peu de l'âme de Jane sourira dans l'esprit de l'enfant à venir.

Emmy a soigneusement étendu une grande nappe à carreaux sur la table d'un pavillon couvert du parc. Les acteurs de la troupe se sont réunis sous le soleil encore écrasant en cette fin d'après-midi. Chacun a apporté un plat à partager et un petit cadeau d'adieu pour Gadaïck. Monsieur Hart, plus silencieux que d'habitude, s'installe sur son pliant et observe le groupe avec bienveillance. Il se laisse porter par la tranquillité du moment et pose tour à tour son regard sur les visages qui l'entourent. Les rires et les conversations animées se prolongent jusqu'au moment où l'heure arrive pour Gadaïck de se rendre à l'aéroport de Los Angeles.

Elle prend le temps d'embrasser chaleureusement chaque personne et remercie tout le monde pour cette dernière journée. C'est un adieu doux-amer, où les mots sont inutiles et les émotions se suffisent à elles-mêmes.

— On se reverra ma belle, affirme Emmy. Il faudra que tu connaisses le bébé.

— Je garde votre voiture dans mon garage. Le studio, je ne vais pas le louer. Ainsi, vous serez toujours la bienvenue, dit Monsieur Hart.

— De toute façon, je vous retrouve en France dans quelques mois, confirme Gadaïck.

— Je vous le promets. D'ailleurs, j'ai déjà trouvé un tuteur de français. Il s'appelle Lucien. Les leçons commencent la semaine prochaine, ajoute-t-il.

— Vous ne perdez pas votre temps, dites donc, bravo, Charlie ! se réjouit Liam.

— Je vous accompagne à la voiture, mais je ne viens pas avec vous à l'aéroport. Je préfère vous laisser tranquilles tous les deux.

Arrivée à la Cooper jaune de Liam, Gadaïck, le cœur rempli de gratitude, se jette dans les bras de Monsieur Hart. Depuis qu'elle le connaît, cet homme est devenu pour elle une figure paternelle. La valise rangée dans le coffre, Gadaïck et Liam s'installent à bord. Elle échange un dernier sourire avec le professeur, un ultime regard qui la suit jusqu'à ce qu'il disparaisse à l'horizon. Elle sait qu'il lui manquera, mais leur éloignement sera de courte durée.

Gadaïck voudrait tellement ralentir cette auto qui l'emporte vers l'aéroport. Malgré sa joie de revoir sa mère et Mamm-Gozh en France, la perspective de se séparer de Liam lui pèse. Elle ne se sent pas prête à lui dire au revoir. Il ne parle pas non plus. Elle observe le paysage défiler par la fenêtre. Bientôt, la voiture s'immobilise devant l'imposant bâtiment du terminal. L'heure des adieux est arrivée.

Gadaïck et Liam franchissent la porte sans hâte. Le tableau des départs, avec ses lumières clignotantes, les fixe comme un implacable compte à rebours. Le cœur lourd, Gadaïck vérifie l'heure de son vol. Déjà ? Même pas le temps de siroter un café ! songe-t-elle. Autour d'eux, les voyageurs s'impatientent, leurs valises à la main, tandis que les haut-parleurs diffusent des annonces en plusieurs langues.

La clarté du soir inonde la salle d'embarquement. Le couple s'attarde et savoure chaque instant. Dans ce lieu de passage, où les adieux et les retrouvailles se croisent dans une belle indifférence, ils avancent lentement pour prolonger chaque minute. Tout se déroule à une telle vitesse que même l'attente à l'enregistrement des bagages parait fugace !

Dans le chaos et l'effervescence du terminal, ils demeurent longtemps enlacés devant la porte de sécurité, réservée aux voyageurs munis d'un billet.

— On s'écrit, murmure Gadaïck.

— On s'appelle, répond-il.

— Nous nous verrons bientôt, dit-elle.

Il prend délicatement son visage entre ses mains et la regarde droit dans les yeux.

— À bientôt, souffle-t-il.

Il pose ses lèvres sur sa bouche une dernière fois. Ils se détachent l'un de l'autre. Gadaïck avance en titubant vers la porte de sécurité.

51

Fricassée aux glands et au pain rassis

Fin août 1984, retour en France

Après onze heures de vol et quarante-cinq minutes dans le métro, Gadaïck arrive enfin au domicile maternel. L'appartement est vide. Marie-Anne l'avait prévenue : elle sera chez son amie Hélène en Bretagne. Gadaïck ne restera donc qu'une nuit à Paris. Le temps de se remettre du décalage horaire, puis elle filera vers la Bretagne.

Elle n'a pas reçu de réponse de Mamm-Gozh à sa dernière lettre. « Pourvu qu'elle soit là lorsque je la rejoindrai », pense-t-elle.

Rien n'a changé dans sa chambre de jeune fille, figée dans le temps comme un tableau. Chaque objet est à sa place. Le lit est fait au carré, comme toujours. Elle se sent comme une visiteuse dans sa propre histoire.

Gadaïck ne défait pas sa valise. Trop fatiguée par le voyage pour téléphoner, elle se contente d'un mot à sa mère.

Chère Maman,
Je suis bien arrivée, mais épuisée. Tout va bien. Je t'appelle plus tard. Je prends un train à la gare Montparnasse dès la première heure demain matin pour rejoindre Mamm-Gozh dans l'après-midi. J'ai hâte de te revoir là-bas.
Je t'embrasse,
Gadaïck

Le jour suivant, le train l'emporte vers le Trégor. Bientôt, la grisaille des paysages urbains se transforme en vastes étendues de terres agricoles. Quatre heures après, elle pose le pied à Lannion et ses valises dans le premier taxi disponible.

Une fois assise, Gadaïck demande au conducteur :

— Bonjour Monsieur, pouvez-vous m'emmener jusqu'au lieu-dit Kermellec ?

— Vous avez de meilleures indications ? répond-il.

— Ploufleur, vous connaissez ?

— Oui ! C'est charmant.

— Allons-y et je vous guiderai pour la suite.

Lorsqu'ils dépassent l'église de la bourgade, Gadaïck a un peu de mal à reconnaître le chemin. Le chauffeur, qui jusqu'alors n'avait pas dit un mot, s'inquiète :

— Vous n'êtes pas perdue par hasard ?

— Ça fait longtemps que je suis venue, admet-elle. Avant, on se repérait grâce aux talus et aux haies.

Il soupire :

— Ah oui, le progrès, ça a un prix. Ces jeunes blancs-becs des grandes écoles qui ignorent tout de la terre sont en train de les détruire tous. Quand ils réaliseront leur bourde, tous ces messieurs du génie civil les remplaceront par du béton.

— Ralentissez, je crois que c'est la prochaine à droite !

Dubitatif, il réplique :

— Oula, vous êtes sûre ? Ce chemin n'a pas l'air très carrossable, Madame.

— Oui, c'est au bout.

Le véhicule s'aventure timidement sur le sentier qui s'ouvre alors sur un tableau champêtre. Des monticules de terre, tapissés de fleurs délicates, et encadrés de fougères géantes, émerveillent le chauffeur.

— Ça fait plaisir de voir que ce coin a échappé aux pelleteuses ! s'exclame-t-il.

Malgré les outrages du temps, cette petite route garde son âme. Les buissons, de plus en plus denses, créent un écrin végétal qui s'écarte sur leur passage pour se refermer derrière eux. Gadaïck baisse la fenêtre pour humer l'air imprégné des senteurs de sous-bois et de mousse. Le chemin sinue sous l'épais branchage dont les feuilles filtrent la lumière en motifs accueillants sur le sol. Le gazouillis des moineaux résonne à travers la canopée.

— Quel calme ici, loin de tout le bruit de la ville..., dit le chauffeur.

Bientôt, le sentier débouche sur la ferme aux volets bleus. La glycine, plus luxuriante que dans les souvenirs de Gadaïck, enlace les fenêtres tel un écrin de violet. Son parfum sucré emplit l'air. À leur arrivée, un vol d'oiseaux s'échappe des grappes de fleurs.

— Voilà, nous y sommes, fait-elle. Je vous remercie.

Ébloui par la beauté sauvage de la clématite, l'homme encaisse la somme, un sourire aux lèvres.

— Vous voulez un coup de main pour votre valise ? propose-t-il.

— Non merci, décline-t-elle.

— Vous êtes sûre qu'il y a quelqu'un ? C'est vraiment isolé et je ne vois pas un chat ! Je peux vous attendre ?

— Ça ira, merci.

Il lui remet sa carte de visite en cas de besoin et repart.

La porte est verrouillée. C'est inhabituel, car Mamm-Gozh la laisse toujours ouverte en été. Elle pousse sur le lourd battant, mais il reste obstinément fermé. Frustrée, elle réfléchit à un autre moyen d'entrer dans la maison.

— Mamm-Gozh, crie-t-elle, tu es là ?

Elle jette un regard par la fenêtre, puis se souvient soudainement qu'un trousseau est souvent caché sous l'une des jardinières d'hortensias. Elle glisse sa main sous un gros pot en terre cuite monté sur trois pieds en pierre, et trouve sans peine ce qu'elle cherche.

Gadaïck insère la clé dans la serrure et, à son grand soulagement, la porte s'ouvre. Elle passe le seuil et respire l'odeur familière de la maison. Le son de la vieille horloge bat la mesure.

— Mamm-Gozh, crie-t-elle encore de toutes ses forces.

Pas de réponse dans la pièce principale ! Elle grimpe l'escabeau pour vérifier si elle sommeille dans son lit clos. Mais celui-ci est vide, les draps en désordre. Elle fouille chaque recoin de la demeure. Elle l'appelle plusieurs fois. Toujours aucun signe de vie ! Peut-être s'est-elle assoupie dans son fauteuil à bascule au grenier ? Dès qu'elle enjambe la première marche du vieil escalier, l'odeur de chêne et de naphtaline emplit ses narines. Lorsqu'elle atteint le palier, elle pousse timidement la porte. Personne. Elle s'aventure jusqu'au milieu de la pièce et s'assied en tailleur devant le rocking-chair comme jadis.

Une malle, patinée par le temps, attire son attention. Le couvercle entrouvert révèle un monde oublié. Le bois est usé, les charnières grincent légèrement. À l'intérieur, des lettres jaunies, des photos sépia, et au fond, un petit carnet en cuir, fermé à clé. Le grimoire verrouillé ! Celui-là même que Mamm-Gozh lui montrait lorsqu'elle lui contait des histoires. Il contient ses secrets : ses recettes, ses dessins, ses collages de fleurs séchées, et ses mots griffonnés à l'encre violette. Ses doigts effleurent la reliure. Puis, elle replace soigneusement ce morceau de son enfance là où elle l'a trouvé.

Pour le moment, elle doit partir à la recherche de sa grand-mère.

Peut-être travaille-t-elle dans son jardin potager, insensible aux murmures du monde ? songe Gadaïck.

Elle inspecte les alentours. Les mauvaises herbes envahissent les rangs de laitues qui poussent encore vaillamment. Elle scrute tout signe de vie dans la verdure luxuriante tout autour d'elle. Soudain, un léger bruissement de feuilles attire son oreille aiguisée. Son cœur s'accélère lorsqu'elle distingue un mouvement dans les friches. Elle s'avance doucement, les sens en alerte. À mesure qu'elle s'approche, la forme se précise peu à peu. Elle discerne désormais les contours d'un lièvre, caché dans la végétation.

Elle rentre, s'installe dans l'alcôve et prend un livre pour patienter. Le soleil décline lentement. Mamm-Gozh aurait dû être de retour.

La jeune femme décide de ne pas trop s'inquiéter. Elle sait que Mamm-Gozh disparaît parfois pour quelques jours. Elle passe la nuit chez la mère Lusine et revient toujours avec un panier rempli d'herbes aromatiques, de baies, de champignons et de légumes sauvages. Elle fouille le garde-manger pour concocter un dîner léger. Hélas, ses options se limitent à quelques pommes flétries, un pain rassis et quelques glands en conserve déjà préparés, un maigre approvisionnement qui promet à peine de se sustenter.

Je vais l'attendre, se dit-elle. Demain, si elle n'est pas encore rentrée, j'irai demander aux fermes voisines si quelqu'un l'a vue.

Pendant ce temps, Gadaïck improvise un ragoût rustique accompagné d'une salade du jardin et d'une compotée sucrée. Tandis qu'elle se remémore les conseils de sa grand-mère sur la cueillette des mauvaises herbes pour agrémenter les repas simples, le bouillon mijote dans le chaudron de fonte. Les glands se transforment en fricassée divine. Les pissenlits ajoutent une note de fraîcheur, et la ciboulette sauvage apporte au plat une subtile touche d'oignon. Quant à l'ortie, elle donne une saveur épicée caractéristique. Le pain coupé en morceaux ramollit rapidement et se charge des arômes. L'odeur des pommes en cuisson sur le fourneau ravive des souvenirs précieux en compagnie de Mamm-Gozh.

Elle ne voit pas le temps filer. Seul le silence de la campagne est troublé par le chant des grillons et le lointain hululement d'une chouette.

Imprégnée de l'esprit de Mamm-Gozh, elle déguste son dîner.

La soirée s'étire doucement. Elle se laisse emporter par ses rêves, blottie sous les couvertures de l'alcôve.

Au petit matin, elle se lèvera tôt et partira à la recherche de sa grand-mère.

52

Où es-tu Mamm-Gozh ?

Une vieille bicyclette, recouverte d'une fine couche de poussière et ornée de toiles d'araignée, pend à un mur de la grange, parmi les outils. À l'aide d'une pompe qu'elle trouve, par chance, abandonnée sur l'établi, elle redonne souffle aux deux pneus, qui, par un heureux hasard, ne sont que dégonflés. Puis, après un bon coup de chiffon, Gadaïck l'enfourche et se dirige vers le bourg. Réveillé de sa longue sieste, l'engin grince, mais obéit à chaque pression sur les pédales. Trente minutes plus tard, elle gare son destrier devant la poste pour appeler Marie-Anne. Sans succès. Elle compose alors le numéro d'Hélène.

— J'écoute, répond une voix féminine.

— Bonjour, c'est Gadaïck.

— Oh Gadaïck ! Quelle joie de t'entendre ! Ça fait une éternité. Comment vas-tu ?

— Très bien. Je suis à Kermellec et j'essaie en vain de joindre ma mère, je me disais qu'elle devait être encore chez toi.

—En effet, elle est là. Mais si tu es dans le coin, viens me faire un petit coucou. Kermellec n'est pas si loin.

— Ce sera avec plaisir.

— À bientôt, Gadaïck. Ah, la voilà, je te la passe !

— Maman ? demande la jeune femme.

— Oui, c'est moi. Alors ? Tu es bien arrivée ? Tu as trouvé Mamm-Gozh ?

— Justement non, elle n'était pas chez elle hier soir et la ferme a l'air abandonnée. Tu sais où elle est ?

— Je n'en sais pas plus que toi ! Tu m'inquiètes un peu. Je vais partir plus tôt que prévu et je te retrouve tout à l'heure.

— Pendant ce temps, je vais faire le tour des voisins. Et puis, si je me souviens comment y aller, je ferai peut-être un saut chez la mère Lusine.

— Ah, elle est toujours vivante, celle-là ? s'étonne Marie-Anne.

— Ben oui, sinon Mamm-Gozh me l'aurait dit dans ses lettres.

— Fais attention, dans la forêt, tu risques de te perdre, insiste Marie-Anne.

—Je n'ai plus six ans, tu sais !

— Attends-moi quand même, je veux t'accompagner.

— Alors, à ce soir, je t'embrasse.

Afin de se ravitailler, Gadaïck fait le tour du village, son panier au bras. Elle trouve des fruits rouges, des noix et des biscuits pour grignoter en chemin avec sa mère.

C'est à la ferme la plus éloignée de Kermellec qu'elle rencontre un vieil agriculteur, les mains calleuses et le visage ridé par le soleil. Accroupi parmi ses poules, il lève les yeux vers elle. Son regard bleu perçant comme celui d'un aigle semble la sonder.

— Vous cherchez quelque chose, mademoiselle ? demande-t-il d'une voix rocailleuse.

— Ma grand-mère, Léonor Lézec, répond Gadaïck.

Il hausse un sourcil.

— Nom de diou ! Toi, t'es la petite Parisienne ?

La jeune femme hoche la tête :

— Elle ne serait pas passée par là par hasard ?

— Hopala ! Ça fait belle lurette qu'elle a pas pointé le bout de son nez par chez nous, celle-ci !

— Et la mère Lusine, vous auriez une idée du chemin pour y aller ?

Le paysan lève les yeux au ciel :

— Celle qui yoyote de la touffe ? Ces deux-là alors, vous m'en direz tant !

— En somme, vous ne savez pas grand-chose ! rétorque Gadaïck avec un soupir d'impatience. Bonne journée, Monsieur !

Sur ces mots, elle tourne les talons, déçue, et laisse derrière elle le domaine et son propriétaire à l'attitude revêche.

La deuxième métairie se révèle aussi peu instructive que la première. À la troisième fermette, elle appuie son vélo sur un muret entourant un verger de pommiers quand, à sa grande surprise, une femme âgée est en train de se soulager debout au pied d'un arbre. Un peu gênée, Gadaïck attend quelques minutes avant de s'approcher de la dame pour l'interroger. La paysanne l'observe, perplexe, mais avec bienveillance. Soudain, un éclair de compréhension illumine ses traits burinés.

— Toi, je te reconnais, t'es la petite-fille de la Léonor ! Comment c'est que tu t'appelles déjà ?

— Gadaïck !

— C'est ça ! Enfin, je me souviens que pour les gens de Paris, tu étais Marguerite, mais Léonor t'avait rebaptisée Gadaïck. « Marguerite, c'est un nom de vache » qu'elle disait.

— Alors, ma grand-mère, vous l'avez vue ?

— Excuse-moi, ma petite, ajoute-t-elle en essuyant ses mains sales sur son tablier de toile. Mais la dernière fois que je l'ai aperçue, elle était drôlement habillée, décoiffée, avec un chapeau bizarre sur la tête, une cape…

— Et c'était quand ? coupe la jeune femme.

La paysanne se gratte le nez avant de répondre :

— J'suis pas sûre. Attends, je suivais les traces de Marguerite, ma vache, cette fugueuse. Vla-t-y pas que je vois la Léonor au détour d'un sentier brandir une baguette de chêne à je ne sais qui. C'était y'a pas longtemps. Elle allait vers la forêt.

— Qui ? Votre vache ?

— Non, Léonor ! Semblerait que ma bête et la pauvresse soient devenues chèvres.

— Vous croyez que Mamm-Gozh est perdue dans les bois ?

— Va demander à la mère Lusine, elle t'en dira plus.

— J'ai déjà été avec Mamm-Gozh chez Lusine, mais cela remonte à si loin, je ne sais pas si je me retrouverai.

— Ah ben oui, faut être un peu farfelue pour aller s'installer dans ce coin-là ! Si je me rappelle bien, tu bifurques à gauche après la ferme de Mamm-Gozh. Traverse la clairière aux trois chênes, tu vois ? C'est comme un repère, ça. Puis, suis le chemin qui contourne le vieux moulin en ruine. Tu le loupes pas, il est tout cabossé. Tu prends le sentier à droite, celui qui s'enfonce entre les arbres. Si tu entends l'eau qui coule, c'est que t'es sur la bonne voie. Sa cabane, elle est cachée quelque part là-dedans. Tu devrais la reconnaître, si t'y es déjà allée.

Les yeux de Gadaïck brillent de gratitude.

— Merci infiniment !

La paysanne lui fait un signe de tête amical.

— Y'a pas de quoi. Prends soin de toi, ma petite.

Le cœur léger, Gadaïck se remet en selle. Elle sait désormais où chercher.

À son arrivée à Kermellec, il est encore tôt et Marie-Anne n'est pas encore là. Il lui reste un peu de temps pour explorer les chemins qu'elle parcourait autrefois avec sa grand-mère, à la recherche d'un indice. Elle accroche soigneusement son vélo à une poutre de la grange avant de s'enfoncer dans la forêt à pied.

Voici déjà l'ancien lavoir avec sa grande dalle de pierre, toute recouverte de mousse. Oh, ces souvenirs des après-midi passées avec Mamm-Gozh ! Elle s'assied au bord de la mare maintenant envahie de grenouilles. Le vent léger caresse ses cheveux. Un oiseau s'envole soudain d'un rameau d'un arbre voisin où danse, suspendu, un fragment de dentelle blanche. Gadaïck s'avance, frémissante : le voile délicat est semblable à ceux qui paraient les coiffes de Mamm-Gozh.

Elle le démêle soigneusement de la branche et le met dans sa poche. Un sourire nostalgique illumine son visage. « Pas de doute, elle est passée par là », se dit la jeune femme. Les yeux fermés, elle se sent si proche de sa grand-mère.

Gadaïck, 8 ans

Une grosse libellule se pose sur la pierre plate où la petite-fille attend bien sagement sa grand-mère. Ou bien est-ce une fée pas plus grande qu'un insecte ? Mamm-Gozh lui a souvent dit que des esprits enchantés se cachent dans la forêt et qu'ils ne sont visibles que pour ceux et celles qui savent regarder avec leur cœur.

La créature aux ailes irisées virevolte devant Gadaïck.

— Tu connais le chemin, lui demande la petite-fille.

— Mieux que quiconque, répond la demoiselle aux yeux globuleux.

Intriguée, Gadaïck la suit à travers les sous-bois, où les rayons du soleil percent entre les feuilles. Bientôt, elle entend le doux murmure d'un ruisseau et elle découvre Mamm-Gozh en train de ramasser des plantes sauvages et des herbes médicinales. À ses côtés, Makalon, la truie, fouine dans la terre, tandis que Bambi, le chien, surveille les alentours.

—*Mamm-Gozh, s'écrie Gadaïck, je m'étais perdue.*

—*Mais non, ma petite fée, la forêt n'a pas de secrets pour nous. La preuve, tu m'as trouvée. Allez, donne-moi un coup de main !*

Gadaïck l'aide à remplir son panier. Elles récoltent des pissenlits, des fleurs et des baies de sureau et aussi de la bardane.

—*Coupe les plantes à grandes oreilles d'éléphant vertes, là, ordonne Mamm-Gozh.*

—*Pour quoi faire ?*

—*Les racines, on les fera revenir à la poêle et les feuilles, on s'en servira en salade ou en infusion pour éliminer les toxines. Et pis, c'est bon pour ralentir la chute des cheveux. Hopala, ne prends pas tout, il faut en laisser pour les sauterelles et les korrigans. Sinon, gare à toi !*

Mamm-Gozh énonce les propriétés de chaque plante :

—*Là, les baies de sureau noir, on en fera du sirop et des confitures. C'est plein de vitamines et en tisane, pis ça soulage de la grippe.*

Alors qu'elles poursuivent leur chemin, elles arrivent près d'une grotte dissimulée derrière un rideau de lierre. L'entrée est étroite, mais l'air qui en émane est frais et apaisant. Mamm-Gozh pose sa main ridée sur l'épaule de Gadaïck et lui dit d'une voix douce :

—*Ma chère enfant, cette grotte est secrète. Un jour, quand tu seras grande, tu sauras tout.*

Retour au présent

Gadaïck ouvre les yeux. Le ciel se teinte déjà de couleurs chatoyantes. Les derniers rayons du soleil caressent les feuilles des arbres et marquent la fin de cet instant magique, où le jour et la nuit se rejoignent lentement. Elle se lève à regret. Il est temps de regagner la ferme.

Gadaïck approche, la maison se dessine au loin. Devant la porte d'entrée, une silhouette fait des allées et venues et s'affaire, pareille à une souris au cœur des brindilles. La jeune fille hâte le pas, appelle. L'autre s'arrête en relevant la tête.

— Gadaïck, enfin te voilà, répond Marie-Anne, j'étais tellement inquiète !

53

Une parenthèse de sérénité

L'émotion est à son comble lorsqu'elle aperçoit enfin sa mère, après une année d'absence. Les larmes aux yeux, elle se précipite vers elle, impatiente de la serrer dans ses bras. Mille pensées tourbillonnent en elle, mais aucune ne semble pouvoir traduire ce qu'elle ressent. Le silence, chargé de sens, résonne entre elles, plus éloquent que toutes les paroles.

— Eh bien, ma fille, on dirait que tu as pris un peu de poids ! Ça te sied bien d'ailleurs.

— C'est possible, sourit Gadaïck.

Marie-Anne lui caresse la tête avec tendresse :

— Tes cheveux ont bien repoussé.

— Et toi, tu as très bonne mine, je te trouve en pleine forme.

— Merci. Allez, trêve de compliments, où sont les clés ? répond Marie-Anne.

Gadaïck se penche pour les saisir :

— Sous le pot d'hortensias.

— Incroyable qu'elle les cache toujours là ! s'étonne Marie-Anne.

Une fois à l'intérieur, Gadaïck aide sa mère à porter sa valise dans la chambre du rez-de-chaussée.

— C'est étrange de voir que rien n'a changé, remarque Marie-Anne.

Sans ses occupants, la maison, organisme vivant au ralenti, semble se languir. Chaque pièce, vide et silencieuse, aspire à un souffle nouveau. Elle est comme un jardin en hiver, où chaque arbre attend le printemps pour reverdir.

— Alors, toujours pas de trace de Mamm-Gozh ? demande Marie-Anne.

— Pas encore, mais j'ai trouvé un truc intéressant. Ce bout de dentelle, ça veut dire qu'elle est passée par le vieux lavoir.

— Une vraie détective privée, raille Marie-Anne. Et pourquoi on ne préviendrait pas plutôt les gendarmes ?

— Inutile de les mêler à ça pour le moment. Demain matin, on ira chez Lusine. J'ai une idée de l'endroit où elle est.

— Tu es sûre de toi ?

— Fais-moi confiance !

— N'oublie pas qu'elle est âgée et potentiellement désorientée ! insiste Marie-Anne.

— Certes, sa vue est défaillante, mais son esprit est parfaitement clair. Elle se déplace avec une agilité surprenante et sait exactement où elle se rend, même si elle parcourt la forêt en nuisette.

— Comment ça ?

Elle saisit la main de sa mère et l'attire vers elle.

— Maman, viens avec moi ! Je vais te montrer une facette de Mamm-Gozh que tu ignores peut-être.

Intriguée, Marie-Anne suit sa fille. L'escalier, une épine dorsale de bois craquant, les mène vers le grenier. En haut, Gadaïck pousse la vieille porte. La lumière du jour déclinante filtre à travers la lucarne poussiéreuse.

— Assieds-toi, et laisse-toi porter par l'imaginaire ! Mamm-Gozh est dans son fauteuil à bascule, devant nous.

Les yeux rivés au plafond, Marie-Anne frissonne à l'idée des créatures à huit pattes qui pourraient s'y cacher.

— Alors, c'est pour ça que tu m'as entraînée ici ? Pour me montrer des toiles d'araignées ? J'espère qu'elles ne vont pas me tomber sur la tête ! s'exclame Marie-Anne, le nez en l'air.

— Oublie-les ! Concentre-toi sur l'énergie de ce lieu où Mamm-Gozh se métamorphosait. Elle devenait Viviane, l'enchanteresse. Imagine-la parée de ses plus beaux atours, s'enfonçant dans la forêt pour rejoindre Mer…

Elle n'ose pas terminer sa phrase puis poursuit :

— Pour retrouver la mère Lusine.

Marie-Anne se détend et murmure, les yeux fermés :

— J'ai toujours su qu'il y avait une autre Mamm-Gozh, cachée derrière celle que je connaissais. Avec toi, elle était… différente. Elle te confiait des secrets, elle te surnommait « *ma jolie fée* ». Moi, je n'étais que Marie-Anne. Je me sentais parfois un peu… à l'écart.

Marie-Anne se laisse bercer par les souvenirs. Gadaïck fouille fébrilement dans la vieille malle. Un à un, elle en extrait des trésors oubliés : le grimoire et sa clé rouillée, et quelques artefacts. Comme les vestiges exhumés d'une ancienne cérémonie, elle éparpille sur le plancher des chapeaux extravagants, des voiles de dentelle, des capes chatoyantes et même des ailes d'oiseau en tissu.

— Je ne la comprenais pas. Petite, j'avais un peu peur d'elle et plus tard, je lui en ai voulu, avoue Marie-Anne.

— Regarde ! s'exclame Gadaïck, enthousiaste. Là-dedans, c'est tout un monde qui s'ouvre à nous. Des secrets, des mystères, des réponses...

Marie-Anne observe ces témoins du passé, l'air perplexe :

— Mais... comment ces vieux trucs poussiéreux peuvent-ils nous aider à retrouver maman ? hésite-t-elle.

— En nous connectant à elle, à son essence. En devenant, ne serait-ce qu'un instant, comme elle. Choisis ce qui te parle le plus !

Marie-Anne scrute la pile avec méfiance, les sourcils légèrement froncés. Elle tend une main réticente, puis la retire aussitôt :

— Il y a peut-être des bestioles, des crottes de rat !

Gadaïck, exaspérée par le commentaire, roule des yeux et explique avec assurance :

— Chaque objet porte en lui une part de Mamm-Gozh ! Et puis, imagine sa réaction quand elle nous verra ainsi transformées : elle en sera tellement heureuse.

— D'accord, tu as gagné ! S'il faut passer par là pour la retrouver, qu'à cela ne tienne ! Voyons voir ce chapeau bizarroïde.

Elle le secoue fortement avant de l'essayer aussitôt et éclate de rire :

— Je dois avoir une tête de champignon.

Elle le repose, puis fouille dans la pile avec un sourire espiègle à la recherche d'autres accessoires.

Gadaïck est ravie de voir sa mère se prêter à ce petit jeu avec autant de bonne humeur, malgré ses craintes.

— Tiens, enfile cette cape, Maman !

Marie-Anne, captivée comme une enfant, boit à présent les paroles de sa fille qui lui dévoile les secrets de chaque objet, chacun lié aux contes de Mamm-Gozh. Ensemble, elles font leur choix : pour Gadaïck, un bonnet pointu vert et jaune digne d'un gnome ; pour Marie-Anne, un chapeau décoré de fleurs séchées. Armées de leurs accessoires, et du grimoire, elles redescendent, prêtes pour l'aventure qui les attend.

— On a tout ce qu'il nous faut pour partir. Reste plus qu'à préparer notre sac à dos, annonce Gadaïck.

— Et pendant ce temps, tu peux me raconter ta vie là-bas, en Californie.

— Je te dirai tout, mais pas ce soir. On doit être en forme pour demain, dit-elle avec un sourire rassurant.

Gadaïck tourne et retourne l'idée dans sa tête. Elle brûle d'impatience de lui confier ses projets, de lui parler de Liam et des Hart. Plutôt que de gâcher cette parenthèse de sérénité, elle préfère attendre le moment opportun pour en parler. Sa mère est fragile et elle s'inquiéterait si elle lui dévoilait tout ce qui est nouveau dans sa vie.

Pour dîner, elles se régalent des restes du festin de la veille, agrémentés de quelques fruits frais glanés dans le verger. Gadaïck a rapporté du bourg un far aux pruneaux, un dessert qu'elles adorent.

Elle se laisse envahir par une sensation de bien-être. La chaleur du feu caresse sa peau, la fumée chatouille ses narines. Un instant suspendu, hors du temps, où les liens qui les unissent à Mamm-Gozh semblent plus forts que jamais.

54

On arrive aux Trois Chênes

L'aube peine à se lever, mais la fille et sa mère sont déjà prêtes. Marie-Anne jette un dernier coup d'œil aux provisions avant d'ajuster son sac à dos. À ses côtés, Gadaïck, impatiente, fait de même. L'objectif est clair : retrouver Mamm-Gozh avant la tombée de la nuit. Sans plus attendre, elles s'engagent sur le sentier sinueux qui traverse la campagne verdoyante. Les plantes sauvages et les fleurs éclatantes qui bordent le chemin leur serviront de guide.

Elles parviennent enfin au vieux lavoir recouvert d'une épaisse couche de mousse.

— Faisons une pause sur cette pierre plate, suggère Gadaïck.

— Bonne idée, répond Marie-Anne. On pourra se rafraîchir un peu.

— Je pense que là, on peut mettre nos déguisements, il n'y a que nous.

— Oui, mais la cape est de trop, il fait chaud, remarque Marie-Anne.

— Comme tu veux. L'histoire de la libellule te rappelle quelque chose ?

— Quand tu t'étais perdue et qu'elle t'avait aidé ?

— C'est à cet endroit même sur ce rocher que je l'avais aperçue, raconte Gadaïck. On aurait dit une fée.

— À l'époque, j'accompagnais Maman, se souvient Marie-Anne. Nous allions récolter de la saponaire au bord de l'étang, tu vois, là où tu es assise ! On s'en servait pour fabriquer notre savon.

Gadaïck se penche, curieuse.

— Ces plantes-ci ? demande-t-elle.

— Oui, confirme Marie-Anne.

Gadaïck, fascinée, examine les feuilles.

— Et après ?

— On faisait bouillir le linge dans de grandes cuves en bois, puis on passait des heures à le frotter sur la dalle avec une bonne dose de notre concoction, à le rincer, à l'essorer, puis on l'étendait. Mes bras n'ont pas oublié. C'est ça l'odeur de la saponine pour moi.

— Je n'arrive même pas à imaginer le travail de titan que ça devait être.

Marie-Anne esquisse un sourire nostalgique.

— Avec toi, Mamm-Gozh a eu plus de temps pour t'inventer des histoires et te tricoter des chapeaux. Nos souvenirs sont bien différents, n'est-ce pas ?

— Ils sont précieux, chacun à leur manière, ajoute Gadaïck, doucement.

Marie-Anne soupire.

— Les journées étaient longues et les nuits courtes. On travaillait dur à la ferme, et à l'école, on nous interdisait de parler notre langue. Je rêvais de liberté, de fuir à Paris.

— Tu y es allée, souligne Gadaïck.

— Grâce à Mamm-Gozh ! Ton Tad-Gozh me disait « des études, pfff... T'en sauras toujours assez pour aller garder les vaches ».

Le fil des souvenirs tisse une invisible toile entre les deux femmes. Elles se taisent un instant, puis Marie-Anne reprend :

— La campagne, ce n'était pas facile tous les jours. C'était ma prison, mais également mon berceau.

Marie-Anne regarde le paysage qui s'étend devant elles.

— Ici, ce sont nos racines, ajoute Gadaïck.

Puis, elle se lève, remet son sac à dos sur les épaules :

— Bon, on y va. Il nous reste encore une heure de marche. Peut-être plus si on se perd.

Elles reprennent le chemin. De temps à autre, Gadaïck reconnaît un détail familier. Après un moment, elle s'exclame :

— Je crois qu'on arrive aux Trois Chênes.

Trois géants de la forêt se dressent au centre d'une clairière. Le premier, fier et majestueux, semble toucher le ciel du doigt ; le second, plus délicat, murmure des secrets à son voisin ; le troisième se tient discrètement à l'écart, baigné dans l'ombre.

— On est sur la bonne voie, dit Gadaïck. Mamm-Gozh disait que les korrigans se cachent dans l'ombre du troisième arbre et qu'il ne faut pas les déranger.

Toujours coiffée du chapeau orné de fleurs séchées, Marie-Anne tourne autour du chêne et invoque les petits lutins :

— Korrigans, korrigans, montrez-vous ! Je vous ai apporté des noix.

La forêt éveille en Marie-Anne une telle joie enfantine que Gadaïck ne peut s'empêcher d'éclater de rire.

— Regarde si tu trouves des traces de Mamm-Gozh, crie-t-elle. Peut-être sous les feuilles au pied de l'arbre !

D'un coup de pied, Marie-Anne écarte la broussaille, et soudain, pointe du doigt :

— Viens voir, Gadaïck. Des empreintes de ses sabots de bois ! Et là, des fibres bleues… Elle a dû s'arrêter pour secouer ses chaussons de feutre. On est sur la bonne voie.

— D'après la voisine, on devrait bientôt tomber sur un moulin en ruine sur la droite.

Elles poursuivent leur chemin, guidées par les indices. Après un moment, un vieil édifice, pareil à un fantôme de pierres, se dresse devant elles. Ses ailes vermoulues battent lentement au vent comme celles d'un oiseau blessé.

Marie-Anne s'approche de la bâtisse. Elle effleure le mur rugueux et jette un œil à travers les fenêtres béantes. La végétation sauvage s'est emparée des lieux.

— Tad-Gozh venait ici pour donner le blé à moudre, se rappelle Marie-Anne.

Gadaïck, assise sur les décombres, sort le grimoire et la clé de son sac à dos.

— Je crois que Mamm-Gozh a dessiné des cartes dans son carnet, car à partir de là, je n'ai plus d'indications. La cabane de Lusine ne doit plus être loin.

Elle manipule en vain le minuscule mécanisme de la serrure du précieux recueil.

— Ça coince ? dit Marie-Anne.

— Ça ne veut pas s'ouvrir, soupire la jeune femme.

— Tu as dû prendre la mauvaise clé. Celle de la malle, sûrement. Tu pensais déchiffrer tous les secrets de Mamm-Gozh comme ça ? ricane Marie-Anne.

Gadaïck, déçue, glisse le grimoire dans son fourreau de cuir et se remet en marche :

— Tant pis, on trouvera un autre moyen. Viens, on suit le chemin à gauche, il suffit d'écouter le ruisseau. Maman, t'es-tu déjà aventurée jusqu'à chez Lusine ?

— Il y a si longtemps que je ne m'en souviens plus !

Le sentier s'obscurcit, enveloppé par la frondaison dense. Le doux clapotis de l'eau les guide, comme un fil d'Ariane.

— Nous y sommes presque, chuchote Gadaïck.

Marie-Anne trébuche sur une racine.

— Attention, l'avertit sa fille. Ça va ?

— Je tiens le coup.

Marie-Anne avance lentement, les yeux rivés sur les pas de Gadaïck. Celle-ci stoppe brusquement et Marie-Anne se cogne contre son dos.

— Hé, tu pourrais me prévenir quand tu t'arrêtes comme ça, non ! râle Marie-Anne.

— Regarde, s'exclame Gadaïck, le doigt pointé vers une cabane nichée entre les arbres.

— Ça tombe bien ! Juste au moment où je voulais souffler un peu, dit Marie-Anne, haletante.

Et ainsi, elles s'approchent de la chaumière. Gadaïck, hésitante, saisit le heurtoir de métal et frappe trois coups secs :

— Mère Lusine ! Êtes-vous là ?

D'abord le silence. Puis un bruit de pas tout près. La porte s'ouvre lentement en grinçant et une petite bonne femme apparaît. C'est bien elle, l'amie fidèle de Mamm-Gozh, bien plus menue que dans les souvenirs de Gadaïck.

— Entrez, mes filles, dit-t-elle d'une voix rauque, quel bon vent vous amène ?

Une douce odeur d'herbes séchées et de bois brûlé flotte dans la pièce au sol en terre battue. Lusine dégage un banc poussiéreux d'un revers de la main et les invite à s'asseoir autour de la table en chêne massif.

— Nous cherchons Mamm-Gozh, commence Gadaïck.

— Nous espérions la trouver chez vous, ajoute Marie-Anne, l'air déçu.

— Elle est passée par ici, en effet, répond Lusine, avec un sourire énigmatique. Elle est partie depuis plusieurs jours. Mais je sais où elle est.

Les deux femmes échangent un regard de surprise.

— À la grotte ? murmure Gadaïck.

Lusine hoche la tête :

— Je peux vous accompagner jusqu'à mi-chemin. Ce n'est pas loin. Je connais un raccourci. Mais avant, vous resterez bien cinq minutes, le temps de reprendre des forces ?

— Ce n'est pas de refus, annonce Marie-Anne, ravie de faire une pause.

Elle sort de son sac quelques fruits frais et de l'eau et les offre à Lusine. Ainsi, elles partagent un moment de répit autour de la table rustique.

— Cette fameuse grotte, soupire Marie-Anne. Elle existe donc ?

Avec un sourire, Lusine leur présente des tasses de café fumant dans de jolies céramiques et une assiette de biscuits aux noix.

— Oh que oui ! répond-elle. Et elle est magnifique !

— Mais alors comment se fait-il qu'elle n'ait jamais été répertoriée ? insiste Marie-Anne, quelque peu sceptique.

— D'abord, elle se trouve sur ma propriété et personne ne vient jamais ici, la forêt est trop dense. De plus, son entrée est dissimulée et difficile d'accès. Et surtout, dans ma famille, on la protège jalousement de génération en génération.

— En somme, vous êtes la gardienne des lieux, conclut Gadaïck.

Le moment de répit s'achève. Leurs forces retrouvées, elles se lèvent.

— Vous êtes prêtes ? demande Lusine, vous avez vos lampes de poche ? Vous allez en avoir besoin.

— Oui, on a tout ce qu'il faut, rétorque Gadaïck.

Gadaïck et Marie-Anne aident Lusine à débarrasser la table.

— Laissez tout cela dans l'évier ! Et en route pour la grotte de Kermellec !

Les trois femmes sortent de la maisonnette.

— Suivez-moi, dit Lusine d'une voix douce, mais déterminée.

55

Le sabot de Mamm-Gozh

Lusine, silhouette rassurante vêtue de noir, ouvre la marche, suivie de près par les deux Parisiennes. Malgré l'usure des années, la vieille femme avance d'un pas vif régulier. Son dos voûté, familier des labours et des semailles, ne fléchit pas. Les hivers ont peut-être blanchi ses cheveux, mais son cœur garde la chaleur du soleil. De temps à autre, elle se retourne pour vérifier que ses compagnes ne sont pas à la traîne.

— Incroyable comme elle marche vite, commente Marie-Anne, en dernière position. J'ai du mal à la suivre.

— C'est l'habitude de ces chemins, répond Gadaïck. Elle a passé sa vie à les arpenter.

— En plus avec ses sabots ! Elle n'a même pas l'air essoufflée.

— Ça donne le rythme, claou, claou, claou, rit la jeune femme.

Lusine écarte les branchages sur le sentier avec un bâton. Elle fait un bref arrêt devant une hutte délabrée.

— On est arrivé ? crie Marie-Anne, impatiente.

— Pas encore, mais cette chaumière sera votre repère pour revenir sur vos pas.

— Et où sommes-nous exactement ? demande Gadaïck.

— Chez mon oncle, il occupait ces lieux dès l'automne pendant deux ou trois mois pour fabriquer des sabots. Entrez donc !

— Je tiens surtout à retrouver maman le plus vite possible, déclare Marie-Anne.

— Ce ne sera pas long, insiste Gadaïck, qui ne veut pas décevoir Lusine.

La porte, rongée par les années, craque sous la pression de Lusine. Une odeur âcre de bois usé et de sciure envahit leurs narines. L'atelier, plongé dans une pénombre douce, est un décor de théâtre où le rideau ne se lèvera plus. Gadaïck imagine le sabotier, assis sur un tabouret, ses doigts calleux maniant la gouge avec précision pour donner vie à de simples rondins.

Marie-Anne écarte les toiles d'araignées qui s'accrochent à ses cheveux et agite les bras devant son visage pour chasser la poussière qui la fait toussoter.

— Assez vu pour moi, je sors, lâche Marie-Anne, exaspérée.

— Attendez, dit Lusine, le regard pétillant, je ne vous ai pas dit le plus important !

Marie-Anne, curieuse, se ravise et reste immobile, près de la porte.

— Bien avant votre naissance à toutes les deux, Léonor Lézec retrouvait ici son amoureux, Martin Mellec. Elle venait d'avoir seize ans, et lui à peine dix-sept.

— Maman ! Et Martin Mel…, répète Marie-Anne, ébahie. Mais Mellec, c'est bien votre nom de famille, Lusine !

— Oui, Martin, c'est mon cousin !

— C'était lui, son Roméo ?

— Ils ont continué à se voir en secret, confirme Lusine.

— Comment ça, parvient-elle à articuler péniblement, ma mère menait une double vie ?

Marie-Anne chancelle.

— Ça va, Maman ? interroge Gadaïck.

Lusine lui propose un tabouret :

— Tenez, asseyez-vous, je vais vous expliquer tout cela !

Marie-Anne s'y effondre lourdement, les genoux tremblants, les yeux fixés sur les visages de Lusine et de sa fille, accablée par l'incompréhension.

— Et toi, Gadaïck, tu n'as pas l'air étonnée. Tu étais au courant ?

Gadaïck hésite un instant avant de répondre :

— Je... Je connaissais une toute petite partie de l'histoire.

— Alors, quand elle disparaissait plusieurs jours, c'était dans cette cabane qu'elle venait ? réalise Marie-Anne.

— Non, précise Lusine. Un jour qu'elle était déjà mariée, mon oncle a failli les surprendre. Il a débarqué à l'improviste vers la fin de l'été et j'ai couru à la hutte pour les avertir.

Gadaïck se glisse discrètement derrière sa mère et pose une main apaisante sur son épaule.

Lusine poursuit :

— Pour ne pas se faire prendre, ils se sont donné des surnoms : Merlin et Viviane. Leur amour a résisté à tout, même au temps qui passe.

— J'ai besoin d'air, finit par dire Marie Anne, en sortant brusquement.

Une fois la porte de la hutte refermée, Lusine se tourne vers les deux femmes.

— Je vous laisse continuer seules. Tout droit, vous ne pourrez pas vous tromper. Au bout d'un moment, vous apercevrez deux arbres qui se tiennent la main depuis des lustres. Vous devrez grimper un peu, mais vous y arriverez. L'entrée de leur repaire, c'est là, au milieu, bien caché sous les pierres et les broussailles.

Marie-Anne, les yeux brillants d'émotion, déduit :

— Si je comprends bien, on va les retrouver tous les deux dans la grotte ?

— Oui, très probablement.

Lusine les embrasse avant de rebrousser chemin.

— Kenavo, dit-elle.

Gadaïck et Marie-Anne s'enfoncent sur le sentier boueux pointé du doigt par la paysanne. Après une vingtaine de minutes de marche, elles arrivent enfin devant un promontoire rocheux couvert de mousse, d'où émerge le fameux duo de sentinelles sylvestres. Leurs troncs entrelacés forment une arche naturelle assez étroite. Des racines tortueuses masquent partiellement l'entrée d'une petite grotte, dissimulée par un glissement de terrain et un épais rideau de fougères luxuriantes.

Gadaïck, intriguée, observe la fente.

— C'est ici. C'est exactement ce que Mamm-Gozh a dessiné dans le grimoire, s'exclame Gadaïck.

Marie-Anne, sceptique, secoue la tête. Elle fixe la barrière formée par les roches éboulées. Le vent siffle à travers le feuillage.

— C'est trop risqué, objecte-t-elle.

— Attends-moi, je vais jeter juste un œil, commande Gadaïck.

— Mais comment Mamm-Gozh a-t-elle pu escalader tout ça avec ses gros sabots ? reprend Marie-Anne.

La jeune femme ne se laisse pas décourager.

— Si elle a pu le faire, on devrait y arriver sans problème avec nos chaussures de randonnées, justifie Gadaïck.

Sur ces mots, elle commence à grimper. Ses doigts s'accrochent aux aspérités des rochers. Elle atteint un point où elle peut distinguer au-delà de la barrière apparemment infranchissable. Là, dans l'obscurité, elle aperçoit un passage étroit. Essoufflée, mais excitée, elle redescend quelques instants plus tard vers Marie-Anne, les yeux pétillants.

— Maman, je pense avoir trouvé quelque chose d'intéressant. Je vais y aller voir de plus près.

Devant la détermination de sa fille, Marie-Anne abdique :

— C'est bon, je t'accompagne.

— Alors, regarde où je pose mes pieds et fais de même. Accroche-toi aux branches et aux saillies et aux creux de la roche. Ce n'est pas si compliqué.

Elles progressent lentement, mais sûrement, jusqu'à ce qu'elles atteignent une petite plateforme. De temps à autre, Gadaïck se retourne pour s'assurer que Marie-Anne la suit toujours. Une fois en haut, elle lui tend la main pour l'aider à escalader le dernier morceau.

— Sortons nos lampes de poche. Par ici, dit Gadaïck.

Marie-Anne lui emboîte le pas. Bientôt, le passage débouche sur un escalier de pierres naturelles, taillé dans la roche. Le sol visqueux et ruisselant d'eau rend la progression délicate. L'humidité s'infiltre dans leurs chaussures. Déraper pourrait avoir de graves conséquences.

— Attention, ça glisse un peu, prévient Gadaïck.

Marie-Anne, concentrée, pose chaque pied avec soin. Les deux aventurières continuent leur descente avec prudence. La lampe de poche balaie le chemin devant elles. Soudain Marie-Anne heurte quelque chose et trébuche. De sa lampe torche, elle pointe l'obstacle et s'exclame :

— Gadaïck, tu as vu ? Qu'est-ce que c'est ?

— On dirait bien le sabot de Mamm-Gozh !

La jeune femme le glisse aussitôt dans son sac. Le passage de plus en plus en pente les oblige à s'agripper à tout ce qu'elles peuvent. Soudain, Gadaïck s'arrête. Sur sa droite, un curieux aménagement attire son regard : taillé dans la pierre, à peine visible, un accès que ferme une porte rudimentaire en bois se dessine devant elle.

— Qu'est-ce qu'on fait, demande Marie-Anne, bouleversée. Tu crois qu'elle est là ? On frappe ?

— Mamm-Gozh, crie Gadaïck, c'est nous !

— Maman ?

En l'absence de réponse, elles franchissent le seuil. La lueur de leur lampe de poche danse sur les parois rugueuses. Loin de l'image qu'elles s'en étaient faite, elles découvrent un véritable écrin de douceur. Les murs, habillés de bois brut, témoignent d'un travail minutieux. Des tapisseries aux motifs colorés égaient cette cachette secrète. L'humidité de la grotte ne parvient pas à altérer le charme de ce douillet cocon. Près de l'entrée, une lampe à pétrole et un paquet d'allumettes trônent sur une console.

— Ça pue le fruit pourri, dit Marie-Anne. Tu sens toi aussi ?

Une odeur minérale âcre et rance flotte dans l'air. Elles remontent leurs vêtements pour tenter de se protéger de cet effluve pestilentiel.

— Tu sais comment ça fonctionne ? interroge Gadaïck.

— Oui, rien de plus facile. C'est ainsi qu'on s'éclairait à l'époque.

La jeune femme observe sa mère actionner le mécanisme.

—Tu vois cette manette ? Tu la tires pour faire basculer la sphère de verre. Ensuite, tu appuies sur ce bouton pour embraser la mèche. Une fois la flamme bien installée, tu redescends doucement le globe. Et voilà !

La lumière ruissèle dans la pièce entière. Étonnamment, le lieu est propre et bien tenu.

Gadaïck empoigne la lampe par son anse. Elle la dépose sur la console parmi les chandelles consumées. La cire s'est figée en silhouettes contorsionnées. Les mèches carbonisées témoignent de leur ultime soupir. Au milieu trône une table en bois massif, flanquée de deux chaises finement ouvragées.

— Une lettre et la clé du grimoire, remarque Gadaïck.

Elles avancent avec une infinie précaution, à pas feutrés sur un large tapis de laine épaisse. Les étagères creusées dans la roche regorgent de trésors : améthystes aux teintes violettes, quartz diaphanes et autres cristaux aux reflets agatisés. Dans un coin, divers bocaux de champignons, soigneusement étiquetés de la main de Mamm-Gozh, attirent leur attention.

— Pleurotes du crépuscule, cèpes, chanterelles, girolles, lépiotes brun incarnat, lit Gadaïck.

— Mon Dieu, sur le dernier, elle a dessiné une tête de mort, chuchote Marie-Anne.

Gadaïck lance un regard inquiet à sa mère.

Un murmure d'eau accompagne leurs pas jusqu'à une alcôve cachée par un voile. Intriguées, elles l'écartent et découvrent, dans la pénombre, deux silhouettes enlacées.

Évanouis dans les limbes du temps, Mamm-Gozh et son bien-aimé entremêlent leurs cheveux d'argent pareils aux racines des arbres séculaires. Portée par le souffle de leur flamme, leur histoire se poursuit sans fin. Profondément émues, Marie-Anne et Gadaïck s'agenouillent devant le couple. Des larmes emplissent leurs yeux. Silencieuses, elles se tiennent par la main, soudées par leur chagrin. Sur le visage de Mamm-Gozh se lit un incroyable sentiment de paix. Ses lèvres évoquent un dernier baiser volé à la vie. Et, sur son oreiller, une petite tache de sang rougit le tissu.

— Ça ne doit pas faire plus d'un ou deux jours qu'ils sont là, souffle Gadaïck, d'une voix étouffée. Regarde, Mamm-Gozh se serait-elle blessée à la tête en descendant les marches ?

— Martin semble moins apaisé, constate Marie-Anne, à voix basse.

En effet, sa peau livide et glacée est marbrée de reflets verdâtres. Ses traits sont figés dans une expression paradoxale, à la fois crispés par la douleur et illuminés par la béatitude. Autour de ses lèvres, une auréole bleuâtre et des traces d'écume desséchée trahissent le poison. Malgré ces stigmates, une aura de sérénité irradie.

— Maman, je veux te montrer quelque chose.

Gadaïck désigne sur le lobe droit de l'oreille de Martin une tache singulière.

— Regarde, dit-elle à sa mère, je possède une empreinte identique de chat au même endroit. Nous sommes liés par ce signe.

Marie-Anne, troublée, observe les marques, les yeux écarquillés, sans bien saisir leur signification. Elle dévisage sa fille, stupéfaite.

—Mais comment est-ce… balbutie Marie-Anne.

Les mots lui manquent, et elle ne peut finir sa phrase. L'émotion est trop forte.

— Je crois qu'on ne doit pas perturber leur repos davantage, décide Gadaïck.

— Tu as raison, sortons ! Leurs destinées sont désormais scellées.

Dans un geste cérémonial, Gadaïck glisse la lettre et la clé dans sa poche et éteint la flamme vacillante. La porte, comme un tombeau, se referme sur le secret de Mamm-Gozh.

56

Ensemble pour l'éternité

Les yeux humides, Gadaïck et Marie-Anne s'asseyent sur une longue pierre plate, devant la grotte. La jeune femme déplie la lettre avec précaution et propose doucement :

— Tu veux que je la lise à haute voix ?

Marie-Anne, les mains crispées sur ses genoux, acquiesce par un hochement discret de la tête.

Gadaïck se lance.

Pour Lusine, Marie-Anne et Gadaïck,

Si ces mots vous parviennent, c'est que votre quête vous a menées jusqu'à ce refuge où Léonor et moi sommes unis pour toujours. Vous avez le droit de savoir ce qui nous est arrivé.

Alors que Léonor rentrait de la cueillette, il s'est mis à tomber une de ces pluies diluviennes qu'on voit souvent par chez nous. Elle a glissé sur une marche de pierre à l'entrée. Sa chute a été brutale, la tête a heurté le sol. Alerté par le bruit, je me suis précipité, mais il était trop tard. Léonor gisait sur le seuil, le regard fixé sur les étoiles. J'en ai conclu qu'elle n'avait pas dû souffrir, car tout cela s'est passé en quelques secondes.

Mon cœur s'est brisé. J'ai perdu ma bien-aimée, mon amie, mon âme sœur. Je l'ai portée jusqu'à notre alcôve. Nous avions partagé tant de moments ensemble, tant de joies et de peines, que nous étions comme deux branches d'un seul arbre, inextricablement liées.

Nous avions fait un serment. Celui qui partirait en premier ne pouvait demeurer sans l'autre dans l'éternité.

Voilà pourquoi, nous gardions ces champignons.

Alors, dans un geste d'amour ultime, poussé par la volonté de ne jamais être séparés, même par la mort, j'ai décidé de rejoindre Léonor sans tarder.

Lusine, ma cousine, je te demande de ne pas me juger trop durement.

Dans le grimoire que la clé déverrouille, Marie-Anne et Gadaïck trouveront les éclaircissements qu'elles cherchent.

Nous avons tous les deux créé ce sanctuaire. Il nous a apporté la paix. Nous sommes ensemble pour l'éternité, comme nous nous l'étions toujours promis.

Avec tout notre amour,

Martin Mellec

Gadaïck replie la lettre avec la même délicatesse qu'elle a mis si souvent à refermer le grimoire, comme un dernier adieu à Mamm-Gozh.

Elle cherche du réconfort dans les bras de Marie-Anne. Un calme mélancolique s'installe, brisé seulement par le sanglot étouffé des deux femmes, blotties l'une contre l'autre. Enveloppées dans un voile de brume, sous l'ogive des grands arbres, une mère et sa fille, par l'étreinte réunie, trouvent une force nouvelle pour affronter leurs émotions.

Viviane et Merlin selon Mamm-Gozh

Un an après, dans le Trégor, à Kermellec

Bien que l'été touche à sa fin, la chaleur persiste, comme une dernière caresse avant l'arrivée de l'automne. Le soleil rayonne haut dans un ciel bleu azur.

La grange, autrefois abandonnée et silencieuse, vit une véritable métamorphose. Désormais baptisée « Secrets de Mamm-Gozh », elle est devenue un théâtre pétri de souvenirs. Les murs en pierre, nettoyés et rénovés, affichent fièrement leur texture rugueuse. Les poutres ont retrouvé leur lustre d'origine. L'intérieur a été entièrement repensé pour accueillir le public : deux cents places assises sont réparties sur six niveaux de gradins en contreplaqué de bouleau.

Gadaïck, âme de ce projet ambitieux, a ajouté deux loges de chaque côté, accessibles par des escaliers habillés de tapis rouge. La régie, habilement dissimulée au cœur des tribunes, permet aux techniciens d'intervenir sans perturber le spectacle. Les jeux de lumière bariolés baignent la salle et son sol en terre battue d'une atmosphère chaleureuse, idéale pour se plonger dans l'univers de Mamm-Gozh. Fidèle à l'esprit rustique de la grange, elle est parvenue à en sublimer l'esthétique en puisant dans les conseils de Liam, Marie-Anne, Charlie et elle s'est inspiré des dessins du grimoire. Le résultat est un lieu unique, vibrant d'histoires.

Un immense panneau coloré, apposé sur le battant droit de la porte, invite à franchir le pas. Il met en vedette Viviane et

Merlin, héros des légendes de Mamm-Gozh. À gauche, un parchemin jauni, serti dans un cadre de bois finement ciselé, dévoile un message calligraphié et orné d'enluminures :

« Bienvenue. Vous êtes sur le seuil d'un monde où les frontières entre le réel et l'imaginaire s'estompent. Ici, les histoires et les contes oubliés de nos ancêtres prennent vie. Alors, entrez et laissez-vous emporter par les mots du grimoire de Mamm-Gozh ».

Les voisins, amis et curieux affluent peu à peu dans ce nouvel espace, impatients de découvrir le spectacle. Certains se sont endimanchés pour l'occasion et quelques mères ont apporté des plaids pour que leurs enfants soient installés plus confortablement.

Une douce effervescence règne dans la salle, emplie de parfums de fleurs sauvages et de chuchotements enthousiastes. En coulisses, l'émotion est à son comble.

Gadaïck et Liam, parés de leurs magnifiques costumes, vivent pleinement leur personnage. Leur baiser est électrique. Les autres comédiens respirent profondément pour apaiser leurs nerfs, avant leur entrée en scène.

Immobile sur l'estrade, dissimulée derrière les lourdes tentures de velours bordeaux, Marie-Anne tend l'oreille, curieuse d'entendre les réactions du public. Les mains crispées sur les pans de sa robe, elle visualise les rangées de sièges se remplir.

Soudain, derrière elle, une voix familière la fait sursauter. C'est Charlie Hart, cet homme que Gadaïck lui a présenté. Qui aurait pu penser que des personnalités aussi différentes pourraient se lier d'amitié ? Et pourtant, dès le premier abord, elle a ressenti une connexion profonde.

Il tient dans ses bras un adorable bébé d'un an qui rayonne de bonheur.

— Marie-Anne, Emmy vous cherche pour l'aider à enfiler son costume de Morgane. Et avec sa petiote, elle ne s'en sort pas. Elle craint d'abîmer la magnifique robe que vous lui avez créée.

— J'y vais, répond-elle en souriant.

— Je m'occupe de sa Janette, dit Charlie avec son lourd accent américain. On va s'asseoir au premier rang, j'espère qu'elle sera sage.

Marie-Anne et Charlie, rapprochés par leur veuvage respectif, s'écoutent et laissent leurs émotions résonner l'un dans l'autre.

Les cours que Charlie a pris auprès de Lucien, son tuteur de français en Californie, se sont avérés être une excellente base. Heureux de constater ses progrès fulgurants, il s'exprime avec une éloquence de plus en plus naturelle, tantôt fluide, tantôt marquée par la recherche du mot juste. Marie-Anne corrige patiemment ses erreurs, et il boit ses paroles comme un homme assoiffé. Ils parlent de tout et de rien, de leurs histoires, leurs souvenirs, leurs peines. Ils rient, ils pleurent ensemble.

D'un pas vif, Marie-Anne dépasse sa fille et Liam, occupés à réajuster leurs habits.

— Ma mère s'est découvert une passion de costumière depuis qu'elle est à la retraite.

— Ce qu'elle réalise est vraiment impressionnant, renchérit Liam.

— Quand Maman entreprend quelque chose, elle ne le fait pas à moitié, rétorque aussitôt Gadaïck, avec un brin de fierté. Je suis tellement contente pour elle.

— Puis, elle s'entend super bien avec Charlie.

— Ça lui fait du bien d'avoir de nouveaux amis, murmure Gadaïck. D'ailleurs, qui pourrait résister à son charme !

Emmy apparaît, méconnaissable. Sa perruque, d'un noir de jais, est tressée en une couronne élégante, agrémentée de perles et de coquillages. Sa robe flottante, d'un bleu profond, avec des manches longues ornées de vagues et de tourbillons complexes rappelle les eaux mystérieuses d'un lac enchanté. Autour de sa taille, une ceinture en argent scintille, incrustée de pierres précieuses aux reflets changeants. Elle marche lentement. Arrivée au niveau de Gadaïck et de Liam, elle se drape dans sa cape en velours sombre, brodée de symboles ésotériques. Telle une créature mystique à la fois belle et dangereuse, elle se fond dans l'obscurité. Ses yeux, soulignés d'un trait d'eye-liner bleu électrique, brillent d'une lueur surnaturelle. Elle incarne à la perfection la légende de la fée des eaux, sur le point d'ensorceler le public.

— Place au spectacle ! chuchote Liam tendrement à Gadaïck.

— Show time ! répond-elle avec entrain avant de se détacher de lui pour rejoindre Emmy.

Les projecteurs s'allument, l'adrénaline monte d'un cran. C'est le grand soir, celui qu'elle a tant attendu. Gadaïck jette un dernier coup d'œil vers Liam, qui lui lance un pouce levé encourageant. Elle est prête à se surpasser et à livrer une performance mémorable.

Là où l'inquiétude l'habitait autrefois, Marie-Anne éprouve désormais une immense fierté en voyant sa fille briller dans la robe qu'elle a dessinée pour elle.

Pendant des semaines, aux côtés de deux expertes de l'aiguille engagées par Liam, Marie-Anne s'est attelée à la confection du costume de Viviane. Des heures de découpe, d'essayage et de retouches ont été nécessaires pour parfaire cette pièce maîtresse. D'un bleu pâle, elle évoque les reflets doux d'un lac baigné par la lueur de la lune. Chaque point, chaque fil, porte en lui la tendresse d'une mère pour sa fille.

Lorsque Gadaïck a vu le résultat final, elle est restée bouche bée. La robe, légère comme si les doigts délicats des nymphes l'avaient façonnée, souligne la grâce naturelle de Gadaïck. Ce costume est bien plus qu'un simple vêtement. Il symbolise une unité indestructible entre trois générations. Un lien tissé avec soin et passion, qui a traversé les épreuves et les révélations.

Le destin de Marie-Anne a pris un tournant inattendu à travers sa fille. Elle a retrouvé Gadaïck, mais a également dû faire face à la perte tragique de sa mère dans la grotte de Kermellec. Les confidences du grimoire ont mis à jour un secret de famille : l'existence de Martin, son père biologique.

L'histoire de Charlie Hart a bouleversé les certitudes de Marie-Anne. Cette femme, si sage et mesurée, a fait un choix radical : tout quitter pour accompagner Charlie dans son pèlerinage.

Leur odyssée initiatique les a menés à travers la France, en train, en bus, en taxi et parfois même à vélo. Ils ont sillonné les régions, en quête des paysages les plus enchanteurs où confier au vent les cendres délicates de Jane.

Ils sont ainsi descendus jusqu'à Grasse par la route Napoléon, où dans un champ de lavande, ses poussières se sont mêlées à la terre fertile. Puis, ils ont remonté par les châteaux de la Loire pour atteindre les flancs de la falaise d'Etretat. Là, ils ont libéré les derniers vestiges de son être.

Au fil des kilomètres, Marie-Anne s'est laissée subjuguée par la force de Charlie, sa résilience et sa capacité à aimer.

« Jane aurait détesté me voir abattu », a-t-il dit à plusieurs reprises. Je dois apprendre à vivre sans elle et à jouir de la vie.

Charlie porte en lui une peine profonde, mais il sait aussi raviver les moments heureux qu'il a partagés avec sa Jane.

Marie-Anne ne se lasse pas de l'entendre évoquer ses souvenirs. Ensemble, ils savourent des croissants chauds et des fromages fins.

Le chagrin de Charlie, bien que présent, s'est apaisé au fil de leur voyage. C'est avec un sentiment de paix et de sérénité qu'ils ont rejoint la petite troupe de théâtre en Bretagne, réunie par Liam et Gadaïck.

Les regards complices de plus en plus tendres entre Marie-Anne et Charlie n'ont pas échappé à Gadaïck. Elle observe, intriguée et touchée, ces signes d'un possible renouveau.

Au dernier jour d'août, le grand soir de la première est arrivé. Les lumières de la salle s'éteignent progressivement. Le rideau se lève doucement pour faire place à un décor somptueux, où chaque détail témoigne d'un travail minutieux.

Morgane et Viviane apparaissent sur scène. Grâce à un jeu subtil d'éclairages et au talent de styliste de Marie-Anne, leurs costumes éblouissent. Les spectateurs retiennent leur souffle. Les héroïnes prennent vie devant eux, dans un univers magique où tout semble possible.

Morgane, l'enchanteresse, avance lentement vers le public ; sa robe chatoyante scintille sous les feux de la rampe. Viviane, avec sa longue chevelure dorée flottant autour d'elle, se tient près d'un lac, recréé par une grande toile tendue où des reflets bleus, verts et gris dansent grâce à une projection d'ombres d'arbres et d'effets visuels envoûtants.

— Chère Morgane, fille de la lune et des brumes, pourquoi es-tu si distante ?

— Viviane, ma protectrice, je me sens emprisonnée dans ces profondeurs. Les eaux murmurent des secrets que je ne parviens pas à saisir. Pourquoi m'as-tu éloignée de la terre ferme, où la lumière du jour caresse les fleurs ?

Soudain, une petite voix jaillit dans le public.

— Maman, s'écrie Janette, du doigt tendu vers Morgane, aussitôt qu'elle entend sa mère.

Quelques personnes se tournent vers Janette. Charlie Hart lui chuchote quelques mots pour la calmer.

— En toi, coule le sang et le savoir des anciens. Mais cette force est à double tranchant. Tu dois apprendre à la dompter.

— Pourquoi, me caches-tu la vérité depuis si longtemps, et qui dissimules-tu dans ta grotte ?

Janette reste concentrée jusqu'au final, qui se termine sous les acclamations enthousiastes du public. Les acteurs, radieux, saluent chaleureusement, reconnaissants pour l'ovation qu'ils reçoivent.

Charlie Hart ne peut retenir la petite fille, qui se précipite dans les bras de sa mère. Celle-ci l'accueille avec un grand sourire. Les applaudissements redoublent tandis que Janette fait une révérence pleine de grâce. Charlie se lève de son siège et s'écrie : « Bravo ! »

Gadaïck sent la présence invisible de Mamm-Gozh et de Martin, qui tiennent la lanterne de l'imaginaire au-dessus d'eux. La magie a opéré, les voiles sont tombés. Les gardiens de ce lieu enchanté veillent sur elle, leurs regards bienveillants lui confient :

— Je savais que tu trouverais ta voie, ma boudig koant.

— Merci, murmure Gadaïck, les yeux remplis de larmes.

FIN

Remerciements

Une pensée toute spéciale et pleine d'amour pour mon mari, mon roc Zhann Henry. Son amour inconditionnel, sa patience infinie et son encouragement constant ont été mes plus précieux alliés tout au long de ce chemin.

À mes trois enfants, Nolwen, Maéva et Yoann, merci pour leur compréhension, leurs sourires et pour avoir illuminé mes journées d'écriture. Ce livre est aussi un peu le leur.

Un grand merci également à mon fidèle binôme, Bruno, dont l'enthousiasme et l'aide ont été essentiels.

À Jean-Paul, Cyril et Christelle, dont les lectures attentives et les précieux retours m'ont permis de peaufiner ce récit.

À Jacques, pour le soin et le professionnalisme apportés à la mise en page, merci d'avoir donné à ces mots une si belle forme.

À Cristian, pour avoir donné vie à mon univers grâce à son talent d'illustrateur.

Et à Nolwen, pour son talent de graphiste qui a donné une identité visuelle unique à ce projet.

Enfin, un chaleureux merci à LICARES et à tous les Licariens de la promotion Nyx, leurs encouragements ont été une source d'inspiration et de motivation.

A vous tous qui avez cru en mon projet, du fond du cœur, merci.

Achevé d'imprimer en juillet 2025
sur ©Amazon Kindle Direct Publishing
ISBN : 979-8-218-70567-1
Independently published